ひだまり
イラスト：iyutani
元悪役令嬢とS級冒険者のほのぼの街暮らし
～不遇なキャラに転生してたけど、理想の美女になれたからプラマイゼロだよね～
TOブックス

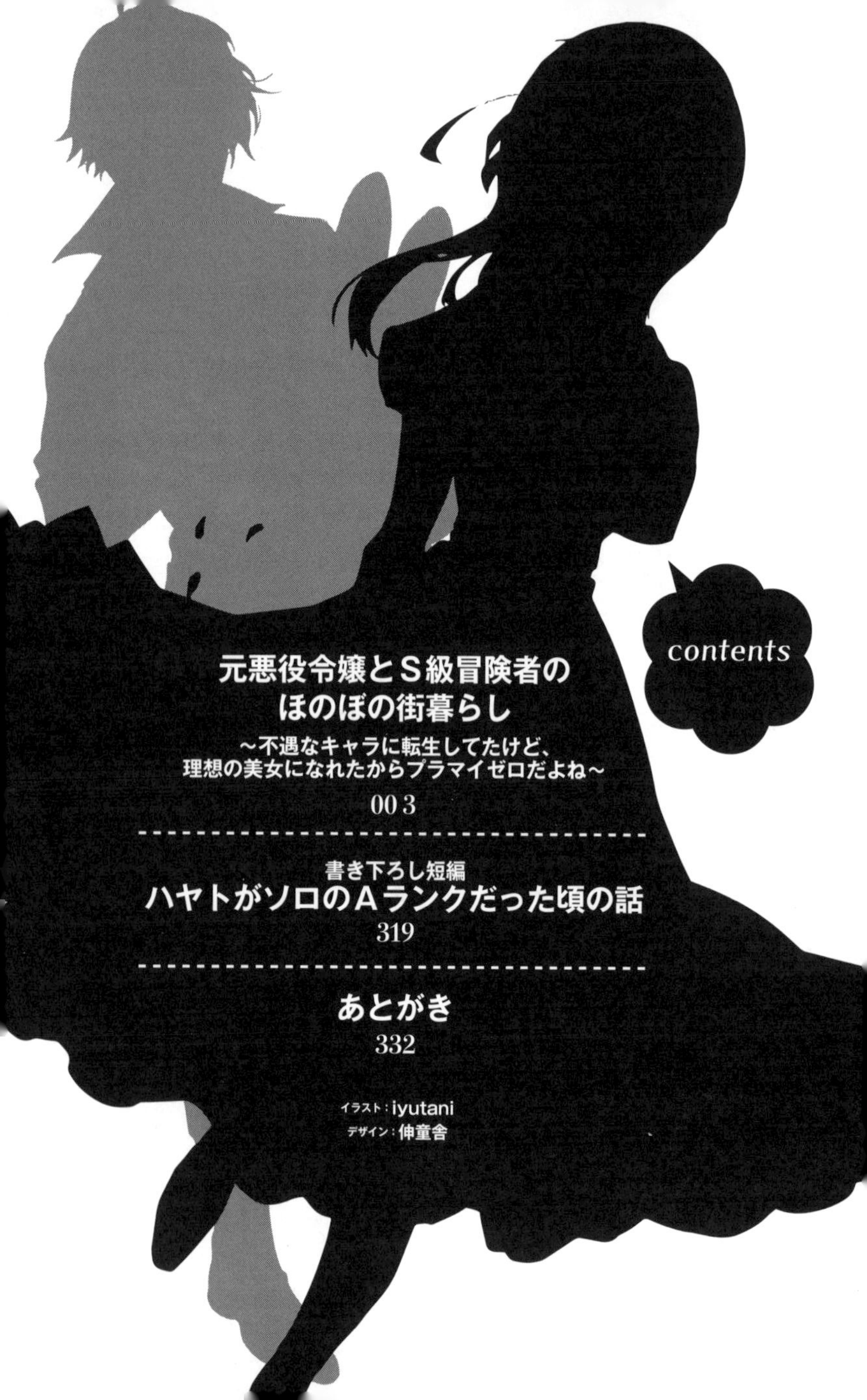

contents

イラスト：iyutani
デザイン：伸童舎

あれ？　私、悪役令嬢に転生してない……？

それは十五歳で貴族学院を卒業する日の朝のことだった。自室で制服に着替えている時に突然、天啓のように降ってきたそれは、前世日本でプレイした剣と魔法の乙女ゲームの記憶。

今、私は公爵令嬢アリーシャ・オファニエル・ステュアート。この国の王太子の婚約者であり、将来は王妃として君臨することが生まれたその日に決められたような筋金入りのご令嬢だ。

ゲーム内での私は、メインの攻略対象であるメルキセデク第一王子殿下――王太子の嫌味な婚約者として登場し、ヒロインに意地悪な言動を繰り返して、卒業パーティーで断罪される悪役の当て馬令嬢だった。

ヒロイン視点から見ていたアリーシャは金髪に青い瞳で顔立ちは悪くはないものの、ややぽっちゃり体型で、金にものを言わせて盛りに盛りまくった化粧や縦ロールの髪型、飾りでゴテゴテの悪趣味なドレス。加えて嫌味で高圧的な言動と、とにかく残念な少女という印象しかなかった。

殿下を含む攻略対象達と、ヒロインのイベントらしき恋愛模様。そして私自身。

全てゲーム内で見た記憶があり、実際にあった出来事でもある。

ゲームによると私アリーシャは今夜のパーティーで断罪され市井に追放されるらしい。〝その後、二度と現れることは無かった……〟という一行のモノローグで語られるに収まっていたのだ。果たして生きているのかどうかも定かではなく、ご想像にお任せします、というやつ。

今夜私は断罪、婚約破棄、追放の三連コンボを食らう。実際の状況を見てもきっとそれは間違いない。

「……なんてことなの……」

足元から力が抜けていく。なぜ。なぜ今なのか。せめて昨日までに思い出したかった。今からでは何をどう頑張っても巻き返せないではないか。

ていうか、別にいじめたりしてないのに。

そう、いじめてないのだ。

私の知らないところでは色々あったようだけど、私自身がはっきり〝やった〟と言えるのは、人目も憚らずイチャイチャする二人に嫌味を呈した事だけだ。

〝殿下は私の婚約者です。みだりに近付かないで下さいませ〟

するとピンクのフワフワ髪のヒロイン――後妻の連れ子という男爵家のご令嬢マリアは、可愛らしいまん丸の瞳に涙を浮かべ、傍らに立つ殿下の腕にきゅっとしがみつくのだ。

〝そんな……私、ただメル様とお友達になりたいだけなのに……〟

殿下はマリア嬢の華奢な肩を抱き、キッと私を睨み付けて冷たく言い放つ。

〝君を婚約者だと思ったことなど無い。マリアは私の大切な女性だ。傷つけるなど許さない〟

そう吐き捨てて、肩を抱いたまま二人でどこかに行ってしまう。そんな事が何度もあった。私がお邪魔だったのは、まあ良いとしよう。当て馬として完璧な仕事をしたとすら言える。だけど、なんでそんな事で追放までされなくてはならないのか。いくら何でもやり過ぎだと思う。

「ううっ……最悪だわ……」

ゲームのことはさておき、生まれた時から次期王妃となる事が決められていた私の、貞淑（ていしゅく）さと勤勉さだけを求められ続けたこの十五年とは一体何だったのか。努力も苦しみも全て、あの二人の恋愛のスパイスになるためだけのものだったというのか。

　そんなのってあんまりだ。

　長年殿下に抱いていた淡い恋心がひび割れて崩れていく。今の今まで、学院を卒業して結婚さえしてしまえばきっと私を見てくれると思って耐えていた。そんな事はあり得ないと、今なら分かる。

　絶望で涙が滲（にじ）む。うつむいて視線が床に向いた。その瞬間、溢（あふ）れんばかりの絶望や涙がひゅっと引っ込む。

　……えっ？

　床が見えない。

　胸元で豊かに盛り上がった二つの柔らかな曲線。それが視界を遮（さえぎ）っているのだ。

（えっ⁉……えぇーっ！）

　混乱する頭で必死に理解しようとする。

　これ何だっけ。

　おそるおそる両手を挙げ、そっと触れてみる。柔らかい。指が沈む。

（で、でかっ！　でかくない？）

　下から掬（すく）い上げてみる。重い。すごい。たぷんたぷんしてる。

　さっきから小学生並の感想しか出てこないが、それだけ衝撃を受けているのだ。だって、ブラの隙間がパカパカしないいなんて信じられない。下から掬い上げられるなんて、奇跡としか思えない。

いや、自分の体だ。あるのは知っていた。だけど今までは貞淑さを意識するあまり恥だと思っていたのだ。存在を意識しないように。無いものとして扱うように。隠して、無視し続けていた。

そこにまな板として人生を終えた前世の価値観が付け足された結果、今の私は知ってしまった。

これは持たぬ者がいくら努力やお金を積んでも決して手に入らない、神様からのギフト。素晴らしいものなのだと。

そう、悪役令嬢アリーシャは、ぽっちゃりでは無かった。隠れ巨乳だったのだ。

（ああ！　神様！　ありがとうございますぅぅ！）

生まれて初めて心から神に感謝し、祈った。窓から射し込む朝の光に神聖さを感じて涙が溢れてくる。

とうに婚約破棄の事などどこかへ吹き飛び、自らの体にくっついている夢の詰まった凶器を確かめることに夢中になってしまった。

「お嬢様、朝のお支度に参りました……っ？」

嬉しすぎて、下着姿で小躍りしているところに侍女のメアリーアン（二十歳）がやって来た。お嬢様の奇行に二、三歩下がりかけたが、すぐに持ち直す。動揺を見せないなんて、さすが公爵家の侍女だ。

「あら、ごめんなさいね。私ったらついはしゃいじゃって。おほほほ……」

ささっと制服を身に纏う。この世界でも貴族は着替えを手伝ってもらうのが普通だけど、何事も経験だという事で制服だけは自分で着るようになっている。着替えの過程で、ウエストのえぐい角度のクビレを素早く確認した。

　よきかな。よきかな。

　胸に合わせた大きいサイズの制服では相変わらずぽっちゃりに見えるけど、実はぽっちゃりではなく隠れ巨乳である。これって楽しい。今まで体の線を隠そうとドレスにゴテゴテと飾りをつけてみたり、野暮（やぼ）ったいデザインのものばかり着ていたのだ。なんてもったいない事をしてきたのか。

「朝からご機嫌がよろしいなんて珍しいですわね、お嬢様。何か良い事がございましたか？」

「ええ、とっても」

　鏡台の前に座り、絹糸のようなまっすぐでやわらかな髪に櫛（くし）を通してもらう。

　鏡に映る素顔のアリーシャはつやつや幸せオーラ満載で微笑んでいて、高圧的な表情ばかり描かれていたゲームのスチルよりずっと幼く見えた。てか、普通以上に可愛い。超美少女。

　なんだ、私って素材は超一級品じゃない。

　あんな武装メイク、しなくても良かったのに。

「まあ、それはようございましたねぇ」

　メアリーアンも微笑み、魔力に反応して熱が出るコテ型の魔道具を髪に当てようとする。

　魔道具。

　この世界では魔力は誰でも持っていて、魔法は勉強しないと使えないが、我がステュアート家の技術によって誰でも魔力を使って便利に生活できる魔道具が流通している。

　魔道具のエネルギー源は自分自身。この点においては日本より便利と言える。なんたって、コンセント問題に悩まされないのだから。

この便利さが広まり始めたのがお祖父様の代で、お父様は当時新婚。それで私が生まれた時、我が家が独占する魔道具の技術を取り込みたい王家がすぐに王子との婚約を決めてしまったのよね。

ちなみに、私アリーシャは転生者らしく魔力が非常識に多い。が、魔道具についての知識はない。興味が無かった。このコテは完璧な縦ロールを作りたかったアリーシャが、研究者肌の兄に頼んで作ってもらったものだ。興味は無いけど結果だけ欲しがる、ふざけた令嬢である。

「メアリーアン、髪はいいわ。このままで」

令和を生きた記憶が縦ロールに拒絶反応を示した。それにアリーシャのポテンシャルに気付いてしまった今、とことん私好みにしてみたいと思ったのもある。

「このまま、でございますか……？」

「ええ。私ね、気が付いたの。今までやり過ぎてたな、って」

そう言いながら、ドレッサーに山と積まれた化粧品を見る。今まではこれを全部使って顔を作り上げていた。明らかに過剰だ。

いや、理解はしている。あれはただ、心に鎧を纏うという意味で重要な儀式だったのだ。化粧品で肌を厚く覆い、まだまだ足りないと色を塗り重ね、別人のように装う。剥き出しの心が傷つかないように――。

そう、不安だったのだ。

次期王妃として不足はないか。大丈夫だよと言ってほしいのに、殿下は私に関心が無い。どうしたら良いのか。私はこれからどうなってしまうのか。

その不安は化粧だけではなく態度にも現れていて、やられる前にやれ、とばかりに常に刺々しく、周囲に高圧的な態度を取っていた。そりゃ嫌われるわ。

だけどその全てが今はもうどうでもいい。

別にいいじゃない。

殿下にフラれたって、私は女として傷ついたりなんてしないわ。だって巨乳だもの。誰が何と言っても最高としか思えない。

そっと胸に手を当てて微笑むと、メアリーアンは目をかっと見開いてぷるぷる震え始めた。

「お嬢様が……！　まともになられたっ！」

「まともって……まともってどうなのよ！　今までおバカだったとでも言うの？」

「いいえ！　感性のお話です！　実は私もあのお化粧はどうなんだろうとずっと思っておりました！

ああ、メアリーアンは嬉しゅうございます！　お嬢様は一晩でずいぶん大人になられたのですね！」

「自信を持ってもいいんだ、って気が付いただけよ」

涙ぐむメアリーアンをなだめ、自分で唇にクリアピンクのグロスだけをさっさと塗る。

そういえば、ヒロインのステータスアップアイテムは化粧品だったわね。可愛いデザインのパケで、たくさん集めて一気に使うのが快感だった。

もっとも、たくさん集めて一気に使っていたのは今も同じなのに、ステータスは上がるどころかむしろ下がっていた気がする。違う自分になりたくて、時間とエネルギーを無駄に消費していた。

私は私のままでも良かったのに。

じっと鏡の中の自分を見る。つやつやサラサラの金髪には天使の輪っかが輝き、化粧っ気のない小さな顔の中では青々と澄んだ宝石のような瞳が煌めいていて。ピンク色の唇は控えめながらもぽってりと肉感的で、なんというか、幼げながら色気もあり、なんとも危うい。

これで巨乳なのだから、神様は不公平だ。

悪役くらい引き受けないと、バチが当たるってものね。

思わず、ふぅとため息をつく。こんなに素材に恵まれていながら自信を持てず迷走してしまうなんて、女心とは複雑だ。


朝の支度を一分で終え、これからどうしようかと考える。

婚約破棄は、もうそれでいい。好きにすればと思う。ただ、パーティーでの断罪は家のためにも出来れば回避したい。だけど今夜起こる事に対して出来ることは、あまりにも少ない。

身支度はしちゃったけど、欠席したほうがいいんじゃないかしら……。

幸いにも一人を除いて家族仲は悪くないので、ここはやはり公爵たるお父様に相談するのが良さそうだと思う。婚約破棄をされるのは避けられなくても、事前に相談しているのとしていないのでは大違いだろう。

無いと思うけど、もし「お前など家の恥だ！　出ていけ！」と即座に追い出されたとしても、今かパーティー後か、たかだか半日程度の違いだ。大して変わらない。

転生ハイなのか、それとも巨乳で得た自信なのか。今の私に怖いものなど何もなかった。

「お父様、少しよろしいですか？」

「ああ、アリスか。どうした？……っと、今日はずいぶん雰囲気が違うじゃないか」

コーヒーでむせそうになっているお父様に私はぐっと詰め寄った。

「ええ。本日で学院も卒業ですから、生まれ変わるには良い機会だと思いまして。それよりも、私の今後についてお父様にご相談したく思いましたの」

その言葉にお父様も表情を引き締める。その様子に、お父様もマリア嬢の件はご存じだと思い至った。

——うん、あれだけおおっぴらにイチャついてれば当然か。

「私、婚約破棄されそうなんです」

「おお……ずいぶん直球だね……」

「誤魔化(ごまか)しても仕方ありませんもの。力が足りず、殿下のお心を繋ぎ止められなかった事、お詫(わ)びいたします」

深々と頭を下げる。以前の私だったら決して認められなかったし、口に出来なかった言葉だ。

お父様の深いため息が聞こえた。

「それで、アリスはどうするのかな？」

「そこなんですよねぇ……。殿下はきっと〝追放だ！〟なんておっしゃると思いますけど」

「追放？　アリス、お前はそこまでの事をしたのか？」

「心当たりはありませんわ。お相手の女性にちょっと苦言を呈したことがあるだけです」

「それだけか？　公序良俗に反する事はしていないのか？」

「はい。誓って」

「ふむ……」

お父様は唸り、思案顔になる。

「殿下は子供だな……」

真っ先に出てきた感想がそれって。つい吹き出してしまった。

いや全く、その通りだ。

そう、私が気に入らないのであれば断罪パーティーなどせずとも、穏便に婚約を解消する方法くらいあるのに。

ただ、

「おそらく、穏便に私を排除したとしても、かの令嬢は身分の問題で正妃にはなれませんから……新たな婚約者を宛がわれるだけだと思ったのでしょう。彼女をどうにか正妃にするために、周囲に愛を見せ付けておく必要があるとお考えになったのではないでしょうか。現婚約者の私を公衆の面前で辱めておけば、今後正妃候補を押し付けてくる人間も減りそうですし……」

「無理だろう。その令嬢では第二妃でも難しいのにまして正妃など……。庶民を蔑むわけではないが、その継子令嬢では殿下の後ろ盾にはなれない。アリスの件を抜きにしても、揉めるぞ。つい先日隣国の王女殿下と婚約された第二王子殿下もおられる事だし」

「愛の力で何とかするそうですよ」

「なんと無茶な……。殿下は王位継承権を放棄するおつもりなのか……？」

お父様は頭を抱えてしまった。

「ねえ、お父様。あちらがもうすっかりその気でいる以上、一方的に婚約破棄を言い渡されるよりも、陛下にご相談の上、破談にして頂いたほうがまだ公爵家の傷は浅いと思いますの」

「それはそうなんだが、すぐには無理だ。色々しがらみがあるからな。その、殿下の暴発はまだ先延ばしに出来そうか？」

「いいえ。残念なことに、今夜の卒業パーティーが暴発の場です」

「……確かなのか？」

鋭い視線を受け止め、こくりと頷く。お父様はため息をつき、椅子の背もたれに背中を預けた。

「ならば、打てる手はあまりないな……。アリス、せっかくの卒業式とパーティーだが、今日はどちらも病欠しなさい」

「はい、もとよりそのつもりです」

「そうと決まればまずは殿下にエスコートを辞退する旨を連絡しないと……」

「大丈夫です。殿下は初めから私をエスコートするつもりなどございませんわ」

「そ、そうか……。それほどまでに……。一応連絡はしておくが」

痛ましげに伏せられた目は、次に開いた時には公爵のそれになっていた。

「よく相談してくれたな、アリス。気位の高いお前には辛い決断だったろう。それで、お前の今後についてだが……跡取りでない以上、いつかは家を出なくてはならない。他の嫁入り先を探すか、修道院に入るか……いずれにしろ、考える時間が欲しい。後で改めて話そう」

「ええ、結構です、お父様。……その件ですけれど、もしお許し頂けるなら、私にも考えさせて下さいませんか？

　こうなった以上、自分の生き方を自分なりに考えたいのです」

「……内容による」

「ありがとうございます、お父様。愛していますわ」

「私もだよ、アリス。愛している」

　そう言ってお父様は目を閉じた。一礼して退室する直前、ぽつりと独り言を言うのが聞こえる。

「ルークにも注意しないといけないな……」

　ぱたん。扉を閉じた。

　ルーク。

　それは一つ年下の、義理の弟の名前だ。攻略対象ですでに攻略済みである。ちなみに年下ワンコ枠。

　金髪に青い瞳という私と同じ色彩を持つ彼は、元々は私の従弟だった。お父様の弟君の伯爵家の息子だったのだが、十年前、伯爵夫妻は夜会の帰り道、運悪く強いモンスターに遭遇してしまいそのまま帰らぬ人となってしまったそうだ。

　四歳にして両親を一夜で失ったルークをお父様は養子として引き取り、私の義理の弟になった。

私とルークは小さい頃は本当の姉弟のように仲良しだった。だけど思春期の入り口で突然距離を取られた後、そのままヒロインに傾倒し、以降は挨拶のみか「マリア先輩をいじめるな」と一方的に言いに来るだけの、殺伐とした関係になってしまったのだ。

いい子なんだけどね。

噂をすれば影がさすとやら、廊下の角から現れたルークは出合い頭に私と遭遇して、一瞬うろたえた。

「え？　えーと、ね、義姉様……？」

「ええ。おはよう、ルーク。……どうかして？」

「いえ、あまりにも別人のようなので」

「ふふ、そうかしら」

別人のようでいてこれが素の私なのよ。肩に入りっぱなしだった余計な力が抜けて、今は何の気負いもない。

フラれる事まで含めて自分を認められると、こんなにも楽になるのね。

久しぶりに私と普通の会話をしてしまったルークは慌ててイケメンショタ顔をキリッとさせ、背筋を伸ばして言った。

「義姉様、本日は卒業パーティーがありますけど、もうマリア先輩をいじめたりするのはやめて下さいね」

「別にいじめてないわよ」

「誤魔化しても無駄です。ひどい言葉を投げつけたり、ノートに悪口を書き込んだり、制服にお茶をかけたりトイレに閉じ込めて水をかけたり、挙げ句の果てには階段から突き落とそうとまでしたそうじゃないですか」

「ひどい言葉以外は心当たりがないわよ。なぜそれが全て私の仕業だと？　言っては悪いけど、マリア様、あちこちの女子生徒から相当恨みを買っているのに」

「そういう魅力のない女子生徒達のボスが貴女じゃないですか。大体、貴女以外に、あんなひどい事を思い付く人はいない」

「ちょ、それはどういう……」

　あんまりな言葉に反論しかけるが、悪役を受け入れようと決めた事を思い出し、口をつぐむ。

「……はぁ……。もういいわ。だけど、女生徒達に魅力が無いなんてとんだ節穴発言よ。彼女達みんなそれぞれ素晴らしいものを持っているの。撤回なさい」

　殊勝な事を言っているが、内心は大荒れだ。

　やだよー。濡れ衣なんて着たくないよう。

　ああ、巨乳様、私めの心をお慰め下さい。

　柔らかな感触を求めて身じろぎする。いくら不仲とはいえ、義弟の前でいきなり自分の胸を揉み出すような非常識を晒す訳にはいかなかった。両腕をきゅっと内側に寄せ、内腕で巨乳の重みや柔らかさを堪能する。

　はあ……。至福。

そうやってストレスを解消していたら、ルークは私をキッと睨み付けて言った。

「義姉様はこれだから嫌なんだ！　さも自分だけは清廉潔白みたいな事を言って、人の心の葛藤や弱さなんかには気付きもしない！　そんなふうだから皆心から慕ったりしないし、殿下だってマリア先輩に――」

そこまで言って、はっとしたように口を手で押さえた。

「っ……すみません、少し言い過ぎました」

「そ、そう……かしら？」

今更な事実ばかりだったような気もするけど。ていうかその前のほうがもっとひどい事言ってたけど。

何かしら、義弟のツボがわからない。

「……女子生徒達を侮辱するような事を言って、申し訳ありませんでした。……では、僕はこれで失礼します」

情緒不安定なのか、意気消沈したような様子でトボトボと歩き、私の横を通りすぎるルーク。

そのしょぼくれた姿が家に来たばかりだった頃の幼いルークと重なり、ふいに胸が締め付けられた。

「ねえ、ルーク」

足だけ止めて振り返らないルークに言葉を探す。あの頃のルークはもういない。だけどあの幼子に、あなたはいつも愛されているのだと教えてやりたかった。

「小さな頃、あなたと庭で蝶を追い掛けたり、チェスで遊んだり、お気に入りの本を読み合いっこしたりしたのを覚えている？……宝物みたいな時間だったわ。私にとって、今でも良い思い出よ」

返事がない。けど、聞いてはいるだろう。逃げられないうちに畳み掛ける。

「あなたがいてくれたおかげで今まで楽しかったわ。ありがとう」

ルークは俯いたまま、無言で立ち去った。


さて、今日の予定を全てサボる事が決定した私にはやる事がある。

私自身の今後について、ひとつの考えがあるのだ。婚約破棄後、修道院に入るのもいいだろう。訳あり令嬢としてどこかの後妻に入るのも、嫌だけど仕方ない。

だけど、それって果たして公爵家のためになるのだろうか？

言うまでもなく、私は大金をかけて育てられた。愛情もかけてくれた。それに見合うだけの恩返しが、修道女や立場の弱い後妻で出来るだろうか。

はっきり言って——難しい気がする。それよりも、魔力を生かして何か出来ないだろうか。例えば、魔道具開発、とか——。

そう考えた私は足早にステュアート家長男、次期公爵であるアキュリスお兄様、通称クリス兄（十七）の部屋へ向かった。

「クリスお兄様、アリーシャでございます。少しよろしいでしょうか？」

ノックして返事を待たずにすぐ扉を開ける。不躾だけど、これがお兄様の通常運転だからいいのだ。案の定、朝なのになぜか真っ暗な室内にいたお兄様は、ヨレヨレの白衣で何かをブツブツ呟きながら紙に設計図らしき図案を描き込んでいる。当然、私に気付いていない。

「お兄様?」

肩を軽く叩(たた)いて呼び掛けると、お兄様はびくぅっ! と飛び上がって、まるで暗殺者にでも襲われたかのような形相で振り返った。

「なんだっ!……ファっ!? 君は誰だ!?」

「アリーシャですよ、アキュリスお兄様」

「あ、アリス……? おかしいな、天使かと思ったけど。アリスだったらもっとこう、地獄の使者みたいな感じのはず……」

「地獄の使者……」

堕天使ですらないところにお兄様の素直な悪意を感じつつ、気を取り直してサッと一人掛けのソファに座る。

「そんな幻を見るなんて、また徹夜しましたのね。お身体に障(さわ)りますわよ」

「幻なものか。徹夜は必要だからしているんだ。なんたって、ひらめきは必ず夜中の二時から三時頃にやってくるのだから」

「そんな深夜のハイテンションで思い付いたものばかり開発するから、役に立たない妙な魔道具ばかり作ってしまうのですよ」

「ああ、君にはこの素晴らしさがわからないのだね。気の毒な事だ」

「メイドのパンツの色を知るメガネの素晴らしさなど理解したくありませんし、ドラゴンの模型がカタカタと歩くだけの魔道具など玩具でしかないと思っていますが」

　おっと、嫌みを言いに来たんじゃなかった。いけない、いけない。

「いえ、思っておりました、の間違いです。私、気付きましたの。この魔道具たちが秘める無限の可能性に」

　お兄様は怪訝な顔をするが、構わず続けた。

「例えばメイドのパンツの色を知る代わりにモンスターの核——魔石のある場所を見るメガネだったら？　例えば、思い通りに動く模型が、戦や病気で失った手足の代わりになるとしたら？　そう思ったら、いてもたってもいられずこうしてお兄様のところに馳せ参じたのです」

「ふむ……」

「お兄様、私に魔道具の技術を教えて下さいませんか？」

「別にいいけど……」

「何か問題でも？」

「そういうの、あんまり面白くなさそうだなって……」

　ピキッ。

「人の役に立つ技術に面白いもクソもありませんわよ！　大体お兄様は日がな一日部屋に籠って自分の趣味以外の事をしないから、やりがいを知らないのです！　取り敢えず応用の簡単そうな義手か義足を作りやがり下さい！　それ持って病院行けば私の言っている事が理解出来るはずです！」

　はぁはぁしながら言い切ると、気圧されたお兄様は「わ、分かったよ……」と言って机に向かった。

全く、貴族の道楽みたいな事にばかり情熱傾けちゃって。

この技術が門外不出だっていうところが魔道具の発展を妨げているのね。お父様はあまり開発が得意ではないようだし、このオタクしか新しいものを開発する人がいない。だけど安易に広めると危ない技術でもある……。難しいわね。

「アリス、これを見て」

「え？　何ですか？」

「魔道具の術式。学びたいんだろう？　模型タイプはわかりやすいと思う。これは義手の最初の術式になる」

「え、ええ」

授業は早速始まったようだ。見ると、それは数学の文字式によく似ていた。

例えばαがその模型が義手であることを表す記号だとして、＝の後にβプラス5とカッコ内において五つの記号とそれぞれに数字がくっついている（手のひらに指の本数と関節の数？）、プラスにyと五つの記号にまた数字がくっついている云々といった具合。

それは手という身体の一部分が何で構成されているかを突き詰めた一文であるように見えた。

――やべえ、数学超苦手……。

そう思ったが、ここで食らいつかねばどうする、と心を奮い立たせて今考えた自分なりの解釈をお兄様に伝える。

するとお兄様は嬉しそうな顔で驚いた。

「お宅、素質あるんじゃないの⁉　大体その通りだよ！　初見でそこまで理解するって凄(すご)いよ！　ここの記号はね、脳からの指令と義手を繋ぐための大切な過程なんだ！　ここが一番の肝(きも)だね！　それとこの数字はそれぞれの指を動かすために必要と考えた魔力量！　改良の余地はあるね。まあ、何をもって1かとすると難しいんだけどね、そこはお祖父様が定めた規定があるからね。それだけじゃカバーしきれない時は小数点まで使いたいけど、そこまでするのはちょっと面倒だよね。っていうか、人間が考え出しただけの文字記号と自然界の魔力が式で繋がっちゃったなんて、お祖父様凄いよね。マジ尊敬。マジ神。僕そのへんいまだによくわかんない。何か超常現象が起きたとしか思えないけど、これが公爵家の力なのかなって最近は思ってるんだ。それでさ、最後は必ず術式を素材の中に沈めてやんなきゃいけないんだけど、そこで魔法を使わなきゃいけないんだよ。その後に術式を隠蔽(いんぺい)する呪文が普通とちょっと違ってて」

　オタクスイッチを入れてしまった。

　途中からスルーして机の上を無為(むい)に眺(なが)める。そこには魔力をよく通す魔法銀のペンや使い道のよくわからない道具があった。すぐに見飽きて、頭の中で術式と義手を融合させてみる。

「……ねえお兄様、私思ったんですけど、このように一度に長い式を作らなくても、例えばこう……親指なら親指の式といった具合に、それぞれの箇所ごとに式を独立させる事は出来ないんですの？　そのほうが短くなって、ケアレスミスによるエラーも減らせそうな気がしますが」

「……出来るけどロマンがない」

「アホか！」

取り敢えず、義手作りは昼に終わった。

「ではお兄様、入りますよ」

今から入ろうとしているのは王都一大きな病院である。ここなら義手を必要としている人がいると踏（ふ）んでの事だ。

ちなみになぜここまで早く完成したのかは、このオタク兄が等身大の美少女人形を作ろうとしていたため、ちょうどいいサイズの腕の模型が既にあったからだ。その時ばかりは思わず虫ケラを見る目で兄を見てしまったが、尊敬の気持ちが生まれてきたのも事実。

誰にも理解されなくても白い眼で見られても、そこまでやれるって……凄い。

その凄い兄は隣（となり）でガタガタ震えている。

「おっ、おおお大きい病院だね。ひっ、人がたくさんいるんじゃないのかな。こんな玩具持ってきて怒られない？　気持ち悪いんだよって言われるんじゃないのかな」

「怒られませんし、これは玩具ではなく新作の魔道具です。自信を持って、しっかりなさって下さいませ」

気持ち悪いのは事実だが、それは言うまい。もっと堂々とすればいいのに。

「ほらしゃんと立って。前を向いて。そうそう、そうしていればちゃんと次期公爵らしく見えますよ」

「うん……」

スーツに着替えさせた兄は元が悪くないので一応イケメンの部類に入る。この残念な中身を知らなければ、天下のステュアート家の長男として憧れの視線を注ぐご令嬢もいるだろうが、引きこもりオタクの立ち居振る舞いはそうそう隠せるものではないので——今のところ独身から抜け出す予定は、ない。


「ごめんくださいませ。どなたか、お話が出来るお医者様を紹介して下さらないかしら」

「まあ……失礼ですが、どちら様でいらっしゃいますか？」

年若い受付嬢がそう言った瞬間、隣の年嵩の受付嬢が凄い勢いで立ち上がり若い娘を押し退けて私達の前に立った。

「と、とんだご無礼を！　申し訳ございません！　この娘はまだ年若く、世間を知らないのです！　私どもの教育不足でございます！　申し訳ございません！」

気の毒なくらい顔色を無くして平謝りする受付嬢を若い受付嬢は不思議そうな顔で見つめ、そのただならぬ様子に周囲も「なんだ」「なんだ」と視線を寄越してくる。

「……あっ、あれはステュアート公爵家の紋章じゃないか？」

誰かが呟いた一言が妙に響き渡り、ざわっと騒がしくなる。年若い受付嬢もさあっと顔を青ざめさせ、先輩に並んで頭を下げ始めた。

「も、申し訳ございません！」

「いいえ、私も不躾でございました。名乗りもせず、何の連絡もなしに急に押し掛けてごめんなさいね。何せ新しい魔道具がつい先ほど完成したばかりで、一刻も早く試したい一心で。つい」

「とんでもございません！　新しい魔道具、でございますか！　今すぐ院長を呼んで参ります！」

バタバタと駆けていく受付嬢達と、視線を集める私達。兄は完全に空気に徹するつもりのようで、魔道具を入れた紋章付きの箱を抱えたまま微動だにしない。だけどそれがかえって高貴なる者の堂々たる振る舞いに見えるようで、「あれが次期公爵か……立派だな」という気の毒な一言が聞こえた。

ここでお付きの従者に間違われないところがさすがお兄様ね、と思うべきか迷っていると、バタバタと足音をさせて院長らしき白衣のおじいちゃんが駆け込んできた。

「こ、このたびはステュアート家の方々がお見えと伺いまして、取り急ぎ参じた次第でございます。何やら新しい魔道具をお持ち下さったとのことですが……」

「ええ。この箱の中なのですけど、どなたか腕を必要としている方はいらっしゃらないかしら」

「腕、ですか……。少しお時間を頂けますか？　すぐに調べて参ります」

「お願いいたします」


ほどなくして、私達はひとつの病室に案内された。

「この患者さんは、一月ほど前にモンスターに襲われて右腕を無くしております。若いこともあり、既に傷はほとんど塞がっているのですが……精神的に強いショックを受け、いまだ立ち上がることが出来ず、退院を先延ばしにしております」

院長が小声で説明してくる通り、ベッドに横たわる患者は空虚な瞳でどこか遠くを見つめている。

まだ十代と思われる彼女は可愛らしい顔立ちをしているが、光の無い眼差しと若さとのギャップが少し恐ろしいものに感じた。

「……ほら、お兄様。お願いしますわよ」

「う、うん……。ちょっと、ししし失礼します」

噛んでるけどそれに反応する者はなく、人形のように反応を見せない彼女の入院着をお兄様がはだけさせ、腕を確認する様子を誰もが固唾(かたず)を呑(の)んで見守っていた。

「アリス、義手持ってきて。間違えないでね、右だよ」

「はっ！　はい！」

急にちゃんとしだした兄に慌てて右の義手を差し出す。急ごしらえの義手は木目もそのままのクスの木製だ。ここに来て初めて、色も塗って来なかった事に思い至った。それを申し訳なく思いながら、兄が義手を切断面に合わせる様子を見守る。

「ねえアリス。今から接合の魔法を使うんだけど、人体と魔道具を繋げるのは実は初めてなんだ。歴史的な瞬間になると思うんだけど、多分呪文は機密になる。僕が詠唱(えいしょう)している間、皆に聞こえないようにしてくれるかな？」

「わかりました」

兄の周囲にのみ隙間を作って、部屋全体に静寂(せいじゃく)の魔法をかける。これで誰も兄の声が聞こえなくなった。

痛いくらいの無音の中、私だけが兄の口元が見えるポジションにいたために詠唱の様子を観察できた。

（萌え……不憫美少女萌え……）

読唇術ではそう言っているように見えたけど、ううんそんなはずないと打ち消す。

（できたよ）

兄の口がそう言ったので、静寂の魔法を解除した。

「たぶん動くと思うんだけど……どうかな？」

その言葉に、少女は瞬きをして指先に視線をやった。ぴくり、と木の指先が動く。少女の瞳に光が宿る。

「手……わたしの、手……？」

腕を挙げ、まじまじと見つめながら指をグーパーと動かす。

「凄い……。動くわ……！　嘘みたい。私、もう生きていけないと思っていたのに……！」

あっという間に目が潤み、ぽろぽろと涙がこぼれだす。

「良かったね」

そう言って微笑む兄は、不覚にもちょっとカッコよかった。


たくさんの人々の称賛や尊敬の眼差しをこれでもかと浴び、上の空な表情で公爵邸に帰ってきたお兄様は、一言も言葉を発さずに部屋に直行し閉じ籠った。

様子を見に行くと、お兄様はスーツのまま机に向かい、等身大美少女人形そっちのけで何か部品を組み立て始めている。傍らには新しい設計図があって、そこに描いてあるのは右腕の義手――なんだけど、よく見るとより人体に近付けるための改良案が細かく書き込まれていた。今度は色や爪まで繊細(せんさい)に作り籠むつもりのようだ。

「クリスお兄様」

「……ん？」

「やりがい、ありましたでしょう？」

「……そうだね。面白かった」

「私もです」

私もやってみたいな、と強く思ったくらいに。

「また教えて下さいね」

そう言って、兄の部屋を後にした。


その日の夜、卒業パーティーでは。

「アリーシャ・オファニエル・ステュアート！　私メルキセデク第一王子の名において、貴様との婚約を破棄する！」

「で、殿下！　そのご令嬢は違います！　人違いです！」

「何っ⁉」

王太子は元アリーシャと同じタイプの武装メイクを施(ほどこ)したよそのご令嬢に、婚約破棄を言い渡していた。

「きゃはっ！　メル様ったらうっかりさんなんだからぁ！　確かにお化粧濃いし体型まで似てますけどぉ！　もぉ、ちょっとぉ、アリーシャ様ぁ〜！　王太子様がお呼びですよぉ〜。どこにいらっしゃるんですぅ？　お返事くらいしたらどうなんですかぁ？」

みるみるうちに会場が冷え込んでいくも、彼ら逆ハー軍団は気付かない。会場のほぼ全員が同じような事を考えていた。これ、ヤバイやつや。

一体彼らは何をしようとしているのだろう。この国を大国たらしめているのは、他ならぬステュアート家の魔道具だというのに。特に学院中の噂の的だった男爵令嬢の煽り方が凄い。あんなの誰だって怒る。なぜ傍らに侍る男達は諌めもしないどころか、満足げに頷いたりしているのだろう。

誰でもいいから、誰かアレを早く止めて差し上げろ。

その想いに呼応するかのように赤いマントを引き摺った国王陛下が会場に駆け付け、なんと御自ら王太子にまさかのゲンコツを落とした。

「この馬鹿ッ！」

「あいたっ！」

「ステュアート公から連絡があったから飛んできてみれば！　まさかこのような醜聞を引き起こすとは！」

「しかし陛下、聞いて下さい！　アリーシャは権力をかさに着て、この可憐さで次期王妃の座を射止めたマリア嬢をいじめたのですよ⁉　そのような者、次期国母にふさわしくありません！」

「お前は何を言っておるのだ⁉　お前の母など毎日のように侍女を折檻しているが国母の役割は果

たしておろうが！　大体権力をかさに着ているのはお前の方じゃろう！　全く！　でなければこのような場で婚約破棄宣言などと度胸の要る真似出来んわ！　それと！　勝手に次期王妃をすげ替えるでない！」

「まっ待って下さい陛下！　痛いです！」

国王陛下に耳を引っ張られながら会場の外に引きずられていく王太子を、ギャラリーは身動きひとつ出来ずに見送った。

「きゃっ！　ちょっとぉ、何するのよぉ！」

金切り声に反応して視線を戻すと、近衛兵達が残りの逆ハー軍団を拘束していた。

「無礼な。この手を離したまえ」

「はっ！　その程度の力で俺を拘束出来ると……うっ、外れねェ!?　な、何で!?」

「生徒達から手を離しなさい。ついでに私も離してくれるといいのだが」

腹黒クール枠の宰相の息子。脳筋枠の騎士団長の息子。教師枠の教師。以上が今回の逆ハー軍団である。

危うくその一員になりかけていた年下ワンコ枠のルークは、離れたところからその一部始終を見守っていた。

朝、別人のように美しい姿で現れた義姉と話してから、ルークは思い出していた。

公爵家に来たばかりの頃、天使のように可愛らしかった義姉と遊ぶうちに、両親を失った悲しみが少しずつ癒されていったこと。

やがて家族としか見てもらえないことに苛立ちを感じるようになり、時を同じくして下手くそな厚化粧と悪趣味なドレスばかり着るようになった義姉にうっすら失望を感じたこと。

しばらくして、無垢なマリア先輩に出会って恋に落ちたこと。マリア先輩が義姉にいじめられたと言うたびに、失望が深くなっていったこと。

――今日、義姉と話してからは、夢から覚めた気分だった。

義姉が、ルークと過ごした時間を覚えていたことが嬉しかった。あの時間を〝宝物〟と表現したことに泣きそうになった。自分の中にまだ義姉への想いがくすぶっていた事に気が付いたのだ。

卒業式の後、マリア先輩やメルキセデク殿下達に、婚約破棄はともかくパーティーでの断罪は取り止めるよう進言したが、聞き入れられずに彼らだけで強行した結果があれだ。義姉は欠席だと義父が言っております、と何度も伝えたのだが。

〝あの派手好きで見栄っ張りで中身のない女がパーティーに来ないはずがない〟の一点張りで、何かに取りつかれたかのようにパーティー断罪に固執する彼らに空恐ろしさを感じた。

近衛兵に連行され会場を後にする彼らの騒ぐ声が聞こえなくなった頃、国王と共に会場に来ていた宰相から箝口令が敷かれた。しゃべったら禁固、と脅されて、会場内にいた誰もがこの巻き込み事故を恨めしく思ったのだった。

その頃、ステュアート公爵家では夕食を終えたアリーシャと公爵とで今日の報告と話し合いが行われていた。

「そうか……あのクリスが義手を作った、と……」

「はい。とてもご立派でした。さすが次期公爵、ステュアート公爵家は安泰だと誰もが絶賛しておりましたわ」

お父様は氷を浮かべたブランデーを一気にあおる。その瞳が涙に濡れていたのは気付かないことにした。

次期公爵がひきこもりオタクであることに誰よりも気を揉んでいたのがお父様なのだ。涙のひとつくらい出て当然である。

「お兄様は天才ですけど、そのぶん私以上に世間知らずなところがありますから、世間との橋渡しをする存在が必要だと強く感じました。あの才能を生かすも殺すもそれ次第。私なら機密も守れますし、お兄様を立派な紳士に仕立て上げることも可能です。いずれお嫁さんをもらってお役御免になる時がくるのは承知ですが、いかがでしょう。それまでの間、私をお兄様の助手として、家に置いていただけませんか？　ついでに助手をしながらお兄様のお嫁さん候補を見繕って、世話焼きババア的な仕事をするのも考えております。きっとお役に立てますわ。修道院や後妻業はその後でも構いませんこと？」

「ぐうの音も出ないね。それで構わないよ。……というかアリス、なんだか時々言葉遣いが下品になってないかい？」

「あら、そうでしょうか？　気が付きませんでした。ホホホホ」

自分を解放しすぎたかしら。ちょっと反省。

「うむ、気を付けなさい。……それにしても、魔道具に関心がなく、クリスを一番嫌がっていたあのアリスが一番の理解者になるなんてね。わからないものだな」

「別に嫌がってなどおりませんでしたわ。ただ、得体が知れなくて不気味に思っていただけです」

「それを嫌がると言うんだけどね」

公爵家の夜は、穏やかに更けていく。

翌朝の新聞では、ステュアート公爵家の跡取り息子が自由自在に動かせる義手の魔道具を開発したというニュースが、腕を失った少女に寄贈したという美談つきで大きく取り上げられていた。

――さて、どんな魔道具を作ろうかしら。

昨晩、無事にクリスお兄様の助手という形で時間稼ぎに成功した私は考えていた。もちろん助手で終わる気はなく、いずれ自分で作る気満々である。数学的な思考は苦手だけど、挫折(ざせつ)するにしてももうちょっと頑張ってからだ。

「取り敢えずお兄様のところに行こうかしら……」

ひらめきはまだ訪れず、今必要なのは勉強と経験だとお兄様の部屋へ向かう。すると、メイド達がやけにざわついている現場に遭遇した。

「騒がしいわね。何かあったの？」

一人のメイドを捕まえ、何事か訊ねる。

「ええ、あの、あ、アキュリス様に女性のお客様が見えております！」

「まあ！　それは本当⁉」

「はい！　先んじて家令（かれい）様が対応しておりますが、このような事は初めてで皆動揺しておりまして！　騒がしくしてしまい誠に申し訳ございません！」

「何言ってるの！　そんなの騒がしくなって当然よ！　お兄様には伝えた⁉」

「いえ、そちらは家令様のご判断により保留中にございます」

「そう、ありがとう」

　いそいそと応接室へ向かう。

　あの兄に会いにくる女性がいるなんて、詐欺（さぎ）か奇跡かのどちらかしかない。これは助手兼世話焼きババアとして要確認案件だわ！

　ちょうどティーセットを載せたワゴンが応接室に入るところだったので、開いたドアから女性の顔を見ることができた。

「あらっ？　あの子は……」

　見知った顔に思わず声が漏（も）れる。するとその女性はパッと顔をこちらに向け、花が咲くように表情を綻（ほころ）ばせた。

「お嬢様！　お会いしたかったです！」

　そう言って立ち上がった彼女は、昨日病院で義手をつけたあの女の子だった。

「もう退院しましたの？」

「はい！　お蔭さまで！　本日はどうしてもお礼を申し上げたくて、退院した足でそのまま立ち寄らせて頂きました！　見て下さい！　こうして鞄も持てるんですよ！」

昨日とは打って変わってキラキラした笑顔の彼女は、木の義手で大きな鞄をひょいと持ち上げる。

おお、あのくらいの重さでも持ち上げられるのか……。

「ジェフリー、彼女は私が対応するわ。あとはお願いね」

ジェフリーとは家令の名前である。〝あとはお願いね〟の意味するところを正確に受け取った初老の彼は礼を執り、音もなく退室していく。

これからこの子の素性を調べ上げ、お兄様に会わせても大丈夫かどうかを判断するのだろう。

こちらから会いに行くのと、家まで会いに来るのとでは、警戒レベルが違ってしまうのを許してほしい。

「……ごめんなさい、私ったら勢いだけで公爵家を訪ねてしまって……。冷静になって考えれば、手続きも取らずに面会なんて出来る筈がなかったのに。……ええと、私、ラヴって言います。家名はありません。出身は十二番街の孤児院で、今はAランクの冒険者として王都ギルドに所属してます」

「え、Aランク……!?」

かなりの大物だった。

話を聞くと、ラヴは孤児院のお兄ちゃん達が腕が立つ仲間達で結成したパーティーに後から参加した、女剣士だそうだ。彼女は華奢だけど、この世界では人は見かけに寄らない。きっと魔力の影響だ。話を戻すと、元々冒険者は孤児出身の者が多く、自立心も仲間意識も強いので、実力さえあれば女だからと侮られたりする事もないらしい。冒険者としての仲間に恵まれたラヴには剣士の才能もあったようで、めきめきと頭角を現した。危険な任務にも次々と挑戦した。気が付けばＡランクという高みに上り詰めていて、多くの孤児院に寄付が出来るまでになった。

孤児だから不幸、孤児だから無知――世間からはそう言われがちだけど、だからって本当に不幸になってやる義理は無い。無知でも、こうして腕ひとつで孤児院に寄付できるくらいお金持ちになれる。

努力すれば、幸せになれる。

小さな仲間達に、そう示してきたつもりだった。

転機はＳランク承認のためのクエストで訪れた。

Ｓランクとは、ドラゴンの討伐によって承認される冒険者の最高ランクのことである。この世界において、ドラゴンとは災厄であり、神格化されるほどの強モンスター。挑めばもちろん命を落とす確率は高い。しかし、若くして底辺からＡランクに駆け上がったラヴは怯まなかった。パーティーの仲間達も同じで、自分達ならいけると信じて疑わなかった。

結果、惨敗。

一人も命を失わなかっただけマシだと、誰もが言った。

ドラゴンの戯れのような爪の一振りで右腕を失ったラヴは気を失い、仲間達に抱えられて撤退し、あの病院で目覚めるに至る。

目覚めたラヴは、もう剣士として戦えないことを知った。それどころか、普通の生活も送れなくなってしまった事にも気が付いた。水を飲もうと何気なくベッドから降りようとして、バランスが取れず転んでしまい、受け身も取れず床に頭を打ち付けた時初めて、これまでの強い自分はもういないと実感したのだ。

ひたひたと絶望がやってきた。

今までの自分は、稼いだお金を孤児院へ寄付していっぱしの市民になったつもりで、孤児達に〝皆も頑張れば私のようになれるよ〟と嘯いていた。冒険者になりたがる子供達を、積極的に支援した。こんなリスクを孕んでいる事など、〝わかったつもり〟で——。

なんて傲慢だったのだろう。

なんて愚かだったのだろう。

才能に甘えて、鍛練が不十分だったかも知れない。少し立ち止まって、自分達の力量を検討するような慎重さが足りなかったかも知れない。

だけどすべては後の祭り。戦う手段を無くした自分はもう何も出来ないし、この先どうなるのか、何も分からない。

努力？　頑張る？　何を、どうやって？

これからは、物乞いのように生きていくしかないんじゃないか。こんな綱渡りのような生き方を子供達に勧めていたなんて、自分はなんて罪深い事をしてきたのか。もう自分は、死ぬしかないのではないか？

そんな事ばかり考えていたある日、ステュアート公爵家の方々が面会しに来る、と医者に伝えられて——。

その後は、知っての通りである。

「天から神様が降りてこられた、と思いました」

ラヴはうっすら涙ぐみながら回想を終えた。

私は何も言えず、圧倒されたような心地で乾いた喉に紅茶を流し込む。

凄い子だわ。ちょっと、人生が濃すぎるんじゃないかしら……。

改めて自分が恵まれた環境にいるのだと教えられた気持ちで、どこか後ろめたさを感じつつラヴを見やる。薄茶色の髪で、茶色の瞳。ごく普通の色合いを持つ私と同い年くらいの彼女は、私の眼には悟りを開いた修験者のような、どこか神聖な存在に見えた。

「……ラヴは、これからどうしますの？」

「そうですね……。だいぶ身体の感覚が変わりましたし、さすがに今までと同じようにモンスターと戦うのは厳しいです。ですが、家事や普通の体力仕事なら問題なく出来そうなので、冒険者稼業は引退して、何か仕事を探そうと思ってます」

「何だか勿体ないわね」

「いいんです。せっかく拾った命ですから、大切にしないとです」

そう言って、義手の木目をそっと撫でた。元々兄の等身大の美少女人形になる予定だった腕などと絶対に知られてはいけない雰囲気に、曖昧に微笑む。

ラヴは空になったティーカップをソーサーに置き、ぺこりと頭を下げた。

「それでは、私帰りますね。今日は突然お訪ねしたのに会ってくれて、ありがとうございます。アキュリス様には、改めてお礼のお手紙を送らせてください」

「ありがとう。私からも伝えておくわ。ええと、こちらからも連絡したいのだけど、どちらにお住まい？」

「ありがとうございます！　今は、この住所に」

そう言って、急いでメモ紙に住所を書き渡してくる。義手は固い木製だから、さすがに字を書くのは大変そうだ。一刻も早い改良が望まれる。

「では、お邪魔しました」

「いいえ、楽しい時間を過ごせたわ。ありがとう」

ラヴを見送り、急いでジェフリーの下に駆け込む。

「ジェフリー！　彼女はどうだった⁉　大丈夫そう⁉」

「は、大丈夫そうです。話は全て事実のようでした。次回は通しても構わないかと」

「よっっっし！」

ジェフリーは通信型魔道具を机に置いた。

ラヴは界隈（かいわい）では結構有名人であったらしく、公爵家の名の下にギルドへ問い合わせてみれば、すぐに大まかな行動履歴を教えて貰（もら）えたらしい。我々貴族は、うかつに他人を懐には入れられないのだ。それが魅力的な人物であればあるほど、用心しなければならない。

「私が！　どんだけ！　ラヴを我が家の侍女に誘いたかったか！　わかります⁉　ねえ、わかります⁉」

「わかります、わかりますから、落ち着いて下さい」

「もー！　今から、今からでもいいかしら？　まだそんなに遠くまで行ってないわよね？」

「落ち着いて下さい。まだ公的な一面がわかっただけです。侍女ともなれば、ギルドや孤児院の者達にも彼女の人となりを聞き取ってからでないといけません。……マリアの乱の再来は御免ですよ」

貴族達の間では、身分の低い令嬢が男性の高位貴族達を手玉に取って社会を大いに乱していくことを、いつからか〝マリアの乱〟と呼ぶようになっていた。

とある令嬢が学院に入ってからなので、ここ一〜二年での話である。

「そうね……。落ち着くわ。ラヴはきっと、我が家に来れば深い付き合いになるもの。急いては事を仕損ずるというもんね」

——お兄様、ラヴはきっと、いい子です。しかもお兄様に好意的でした。元Aランク冒険者とあれば、お父様も認めて下さるはず。

嫁、ゲットして下さいませ！

時計の長針が一周するかしないかの頃、人物調査を終えたとジェフリーから伝えられた。

「え、早くない？」

「そうでもないですよ。彼女は有名人ですからね。私も噂だけは存じておりました。実際の人物像は本日初めて知りましたがね。いやなかなかどうして、しっかりした女性のようですな。もし本人が望み、家政婦長や奥様が良いと言えば、侍女として受け入れる事は可能でしょう」

ようやく侍女勧誘へのゴーサインが出た。

人間関係良好な上に身持ちは固いようで、今までお付き合いした異性はいないとのこと。話によると、ものすごく強いSランク冒険者の実兄がいて、彼が男関係を鉄壁ガードしているという。ちなみにSランク兄とは今も一緒に暮らしているが、彼は少し前から他国へ遠征している、というのはSランク兄と直接知り合いだという我が家の影の話。案外身近で繋がってた。

ジェフリーいわく、どんなに住む世界が違っても、頂点付近の人間関係は近くなるものです、との事。妙に説得力があった。

しかし、Sランクの兄か……。

普通なら安心材料のはずなのに、なぜだか不安になってしまう。

ラヴちゃん、うちのお兄様には高嶺の花なんじゃないかしら……。

……まあ、ダメならダメで構わないか。侍女になってもらうだけでも御の字よね。

私は先にお母様に話を通すことにした。

侍女？　ジェフリーがいいって言ったの？　じゃあいいんじゃないかしら、と気のない返事をしていたお母様は、クリスお兄様に会った上で好意的でしたと聞いた瞬間、ガタッと音を立てて椅子から立ち上がった。

「ほ、ほほ本当に……？」

「はい。昨日の義手の女の子です。今日の新聞に載っているらしいのですが」

「そう、あの子ね……」

　ぽつりと呟き、堆く積み上げられた新聞の山に静かに手を添える。信じられない事に、あれは全て今日の新聞だ。業者か。

　朝、お兄様の記事が一面に載っているのを知ったお母様は、公爵家総出で王都中の売り場から新聞をかき集めさせたという。

「お母様……その大量の新聞、どうするんですか？」

「決まってるじゃない！　使用人全員に配る分と、お友達に配る分と、観賞用と保存用とあと予備の分よ！」

　まるでオタクのような言い分に血縁の業の深さを感じる。

　そういえばお母様は社交界でも有名な本コレクター、特に英雄伝や偉人伝を好んで集めていたけど、それってもしかして――。

　何かの可能性に気が付きそうだったけど、まあいいか、と考えるのをやめた。とにかく、お父様より先にお母様を〝ラヴを囲い込み隊〟の味方につけようと思う。なぜならお母様は、クリスお兄様を溺愛(できあい)している。そのクリスお兄様が、次期公爵の札を以(もっ)てしてなお婚約者が決まらないのでやきもきしている。

　決まらない理由は、うちが公爵家としても突出して力を持ちすぎたため、貴族間のパワーバランス的に難しく、本来なら王家から降嫁(こうか)するのが一番良かったのだけど、あそこには男子しかいない。かと言って、他の高位貴族では王家からすれば面白くないし、ならば下位貴族、と打診(だしん)してみれば、お兄様に会う前はウキウキとしていたご令嬢が、いざ会ってみれば徐々に目の光を失っていくさまを何度も見てきたからだ。

そういうのって、お兄様だけでなく、お母様もけっこう傷つくらしい。お父様としてはそれでも良かったらしいけど、家に入るお嫁さんとなればお母様の発言権は絶大だ。

「アキュリスに好意とまではいかなくても、もう少し歩み寄る気持ちを持った方がいいわ」と、なかなか首を縦に振る機会に恵まれず、ズルズルと時間ばかりが過ぎて今まできていた。

「その娘を今すぐお連れしなさい！　侍女で良いのかしら？　私の妹に頼めば養子にしてもらえるわよね、そうしたらすぐに婚約者としてお迎えできるわよ」

「お母様、落ち着いて下さい。まだ何も始まっておりません」

「始めなければ始まらないのよ⁉」

こりゃダメだ。危険すぎる。うかつに期待させるような事言うんじゃなかった。

「お母様。好意的と言っても、まだ数分間顔を合わせていくつか言葉を交わしただけです。お兄様がどんな人か知っている訳ではありません。私としては、計画的に、段階を踏んで、ゆっくり、少しずつお兄様の本当の姿を知ってもらう必要があると考えておりますわ。ひとまず、私の侍女にしても構いませんこと？」

「……上手くやれるの？」

「もちろんですわ」

目を合わせて、静かに頷きあう。

その一部始終を部屋の隅で見ていたメイドは、まるで悪巧みをしている四天王のうちの二人のようだった、と後にメイド仲間に語った。


先触れを出してもらい、馬車をゆっくりとラヴの家へ走らせる。

隣に座るのはメアリーアンで、彼女の手元にはお母様に持たされた手土産がある。中身は、惚れ薬の効果があるとされている最高級チョコレートだ。本当にそういう魔法的効果がある訳じゃないけど、これをもらった女の子は口説きやすくなるという殿方の共通認識のようなものがある。らしい。

お母様ったら、惚れ薬を持たせるなんて何を考えているのかしら。持っていくのは私なのに。

カラカラと車輪の回る音を聞きながら、ぼんやりと考える。

……馬車型の魔道具なんてどうかしら。車みたいに、馬がいらなくて、自分で運転して走るやつ。

構造と術式を頭の中で組み立てようと思考に耽るうちに、馬車はラヴの家の前についた。そこは小さいながらも可愛らしい一軒家で、よく手入れされている温かみのある家だった。

メアリーアンがドアをノックすると、先触れを聞いていたらしいラヴがすぐに出てくる。

「お嬢様！　ついさっきぶりですね！　狭いところですが、どうぞ入ってください！」

「ありがとう。急にごめんなさいね。どうしても早くお話ししたいことがあって」

そう言いながら手土産を渡す。チョコレートだと伝えると、ぱあっと顔を輝かせた。

「チョコレート！　大好きです！」

材料のカカオは高く売れるのでよく採ってきましたけど、あれ採ると必ずファイアハイエナの群れが追いかけてくるんですよね、などとたくましいエピソードを繰り出しつお茶を淹れてくれるラヴ。

　それからチョコレートをお皿に綺麗に並べてくれて、三人で一緒にテーブルを囲んだ。まずは世間話に花を咲かせ、お茶を半分くらい飲んだあたりで頃合いと見て本題を切り出す。

「……そういえばラヴ、お仕事を探すとおっしゃったわね。当てはあるの？」

「うーん、頼めば働かせてくれそうなところはいくつかありますけど、まだ決めてません」

「それなら……もし貴女がよければですけど、うちで働きません？　ちょうど人手が足りないと思っていたところだったの」

「えっ……!?」

　ラヴは目を見開いて固まってしまう。

「や……やっぱり嫌？」

「いやいやいや！　嫌とかではなく……ステュアート公爵家の使用人、ですか？　私が？」

「ええ、そのつもりでお誘いしたのだけど……どうかしら？」

「ぜひ！　お願いします！」

　テーブルに乗り上げる勢いで前のめりになってお願いされた。逆にびっくりだ。

「そんなに即決して大丈夫ですか？　その、ご家族の方と相談などは」

「必要ありません！　むしろ兄ちゃんが帰ってくる前に決めちゃいたいくらいです！」

「そのお兄様だけど、先ほどはお話に出て来なかったわね。立派な方のようだけど、いったいどんな方なんです？」

「ぐっ……。すみません、隠したつもりはないんですけど……。兄ちゃんは私が見てきた中で一番強い人です。……身内の欲目でもなんでもなく、本当に強いんです。そもそも最初に孤児達を纏めてパーティーを作り上げたのが、兄ちゃんでした。でも、兄ちゃんはパーティーなんて組まなくても、一人でじゅうぶん強かった」

ぽつぽつと語る口調はどこか心細い。その時なんとなく、ラヴ達パーティーがSランクへの昇格を急いだ理由が見えた気がした。

「元々、仲間の皆も私も、自分達だって弱くはないけど兄ちゃんは別格だって知ってました。だから兄ちゃんがソロになるって言い出した時は誰も反対しなかった。そのあとすぐです。兄ちゃんがソロでドラゴンの討伐を達成したのは。それを聞いた時、やっぱり私達は足手まといだったのかなって思って……」

きっと、対等になりたかったのだ。はっきり口にした訳ではないけど、そういう事だった。

「兄ちゃんは凄い人なんです。兄妹ですけど、私とは全然違う。……兄ちゃんから少し離れたい、って、正直、そういう気持ちもありました。お願いします。お嬢様、私を雇って下さい」

雇用、決定。

……目的は達成したけど、何か違う。

ラヴちゃんさぁ、お兄さんとちゃんと話しなさいよ。

給金や勤務時間、休日などの話は家政婦長の代理としてメアリーアンが書状を読み上げた。

お給金良すぎませんか、と震え上がるラヴだったが、そんなことはない。たぶんAランクの時のほうが稼いでいたはずだ。

通いか住み込みか訊ねると、ラヴは逡巡(しゅんじゅん)したのち兄ちゃんが帰ってくるまでは、と、ひとまず通いを選んだ。私もそれがいいと思う。

明日からでもいいとの事で、明日の朝迎えを出す、と言うとすごい勢いで謝絶された。自分で行きますから、と。

「じゃあ、明日からよろしくね」

「はい、お嬢様。よろしくお願いいたします」

早くも緊張した様子でお辞儀(じぎ)をする。

いい子なのは間違いないんだけど、少し危ういところがあるわね。もっと自信持っていいのにな……。

その日の夜、うちのクリスお兄様の下で改良版義手を組み立てるお手伝いをしながら話をした。

クリスお兄様は部屋に籠っていたゆえ昼間の出来事を知らないけれど、明日からラヴが来るのだから少し意識を変えてもらわなければならない。

しかしラヴの〝お兄ちゃんに劣等感を感じる方向のコンプレックス〟のことをややもや考えていた私は話の切り出しかたを間違えてしまった。

「……ねえ、お兄様。もし、とっても可愛くて気立てが良くて努力家で優秀な妹がいたら、どう思います？」

「それはもしかして自分の事を言っているのか？」

「違います！　いや、そうかも知れないけどそうではなくて」

「そうだよね。もし本当にそんな理想の妹がいたらかわいくてしょうがなくて、何でもしてあげたいって思うはずなんだけど、僕そんな気持ちになった事一度もないし、架空の話だよね」

……腹立つな、このお兄様。

別に私だって自分のこと気立てがいいなんて思ってないしー！　努力家でもないしー！　別にいいけどー！

「じゃあそんな女の子が実在するとして、もし妹じゃなくて我が家の使用人の中にいたら、どうですか？」

「……もう部屋から出られない。怖くて。パンツの色を見るくらいはするけど」

「あ、その魔道具は没収しておきますね」

「え、ちょっ、アリス！」

焦った様子のお兄様に構わずメガネ型魔道具を懐の中にしまう。

「お兄様、私が聞きたいのは、怖いとかそういう事ではなくて、かっこいいところを見せたいとか何でもしてあげたいって思わないのか、とか、そういう事です」

「そりゃ……思うけど」

「それならこんな魔道具など絶対に使うべきではありません。最高にかっこ悪いですし第一最低です。明日から私、お兄様の言動に逐一口出ししますからね」

「な、なんで急にそんな……」

「私が王妃の道を無くし、お兄様も私も変わらなければいけない時期が来た。ただそれだけの事です」

「そんなぁ」

「というか、明日からその理想の妹のような可愛い子がうちに来るのですよ。お母様も私も、もしその子がお兄様にとって大切な人になるようであれば、応援するつもりでおりますわよ。もちろん、彼女の気持ちが一番優先されますが」

　話が思いがけない方向に転がったのか、お兄様は口をぽかんと開いたまま硬直した。

「理想の……妹のような……可愛い子……？」

「ええ。昨日義手をつけた子がおりますでしょう？　あの子、うちで雇うことになりましたの。私の侍女としてですけど。明日からよろしくお願いいたしますね。そうそう、あの子、お兄様に大変感謝しておりましたわ。〝まるで神様のように見えました〟とまでおっしゃいまして。これは……がっかり、させられないですわね？」

　お兄様はガタッと立ち上がり、乱雑に転がる魔道具や素材、紙や筆記用具などを片付け始めた。今まで、どんなにメイドが片付けようとしても〝物の場所がわからなくなるから〟と言って触らせなかったのに。

「お手伝いしますわよ」

　素材を種類別に分けて、箱にしまっていく。等身大美少女人形の残骸はそっと箱の一番下に入れた。

翌朝、お兄様はガチガチに緊張していた。それはもう、見てすぐわかるくらいに。いつもなら徹夜明けで朝食もとらずに眠りにつく時間なんだけど、今日はしっかり夜に寝てもらって（でも眠れなかったみたい）綺麗に片付けた部屋でメアリーアンに身だしなみを整えてもらった。これで姿勢にさえ気を付ければ、一見ちゃんとしたイケメン貴族の一丁上がりだ。どうしても会話には残念さが滲み出るけど、オタクスイッチさえ入らなければちょっと寡黙で気難しそうな人、という印象くらいでおさまるはずだ。

……おさまるよね？

期待に目をキラキラさせているお母様と、昨晩お母様から話を聞いたらしいお父様、それと何だかよくわかっていないけれども雰囲気がいつもより浮ついているのを察して黙っているルークと、お兄様と私。皆で朝食を食べる。

ジェフリーが「ご到着なさいました」と知らせてきたのは食べ終えてお茶を飲んでいた時だった。私とお母様が同時に立ち上がり、お兄様はカップを持ったまま停止。お父様とルークはよくわからなさそうな顔をしてジェフリーと私達を交互に見る。

「私が出迎えて来ますので、お母様はどうぞお部屋でお待ちになっていてくださいませ」

「いいえ、この家の女主人は私なのだから私が出迎えてしかるべきでしょう。アリス、貴女こそお部屋で待っていなさいな」

「お母様今まで使用人の出迎えなんてした事ないでしょう？」

先を競うように二人並んで競歩しているうちに女性使用人用の休憩室に到着し、扉に手をかけた。

その時、ふと何か薄膜を突き破ったような――魔法の結界を抜けたような感覚が、身体を突き抜けていった。

「……!?」

思わず手を引っ込める。お母様も同じものを感じたようで、浮わついた表情はなりをひそめ、剣呑な空気を張り詰めさせている。

結界の魔法がラヴのいる部屋に張られていて、それを私達が破った？　誰がなぜ、そんな事を……？　ちょっと意味がわからない。

扉の前で固まっていると、背後からジェフリーが説明してきた。

「……ラヴ嬢のお兄様も、ご挨拶に見えております」

えー!?　帰ってきたのー!?


先にジェフリーが扉を開け、すっかり勢いを削がれた私たち母娘がしずしずと後に続くと、ラヴが慌てて立ち上がって礼をした。

「おはようございます！　あ、あの、今日から、よろしくお願いいたします！」

「ええ……、よろしくね」

正しい反応の仕方がわからなくて無難に答える。ジェフリーが険しい表情でラヴの背後に行き、座ったままの兄らしき人物に話しかけた。

「ハヤト様、勝手に魔法を使われては困ります。それも奥様とお嬢様に向けてなど、言語道断でございますよ」

「それは悪かった。だけど奥様とお嬢様に向けたつもりはないんだ。俺はこの部屋に悪意を弾く結界を張って、お二人はそれを破って入って来られた。それだけだ」

低く爽やかな声で語られる内容はなかなかに失礼だ。悪意渦巻く社交界ですら、余程の事情でもない限り初対面の前から魔法でフィルターかけるなんて先制パンチはかまさない。

「ちょっと兄ちゃん！　そういうのやめてって言ってるじゃない！」

「牽制(けんせい)は必要だ」

これはとんだモンペ兄、と思っていると、ハヤト氏は立ち上がってラヴの背後から姿を現した。

すると。

――なんて美しい人間。

しばらくの間、そんな阿呆(あほ)な感想しか浮かばなかった。

ハヤト氏は薄茶色の髪で瞳も同じ色と、ラヴと同じ色合いをしていたが、造形が神がかって美しかった。髪も肌もなんだか発光しているようにすら感じる。

メルキセデク王子よ、今どこで何をしているか知る由(よし)もないけど、君の完敗だ。

眼球が死んだように動かず、目を離すことが出来ない。

こ、これが、目が溶けるという現象か……!?

「もー、兄ちゃんてば！　お嬢様は私の恩人なんだからね！　悪意とかある訳ないし、失礼だからやめて！」

「お嬢様以外の人間はわからないだろ。平民だからと下に見てくる奴がいないとも限らない」

「そうだとしても、私は大丈夫だってば！　私だってそれなりに強いの知ってるでしょ！」

「まあな」

軽い兄妹喧嘩（げんか）を放心状態で眺めていると、ハヤト氏は肩をすくめて私たち母娘に向き直る。いちいち動作が絵になる男だ。ああ、これは身内だったら確かにコンプレックスを抱く事もあるかも知れない。

「初めまして、奥様。お嬢様。ラヴの兄のハヤトです。妹に義手を贈って下さったそうで、お礼も兼ねてご挨拶に参りました」

ひぃ！　美形すぎて怖い！　こっちを向かないでほしい！　こんな事ってあるんだ⁉　知らなかったよ！

お母様はさすが公爵家の女主人というべきか、肝のすわり方が私とは違ったようで、堂々とした様子で優雅に微笑んだ。

「いいえ、妹さんは大きなお怪我をされて大変でしたわね。さぞかし貴方も驚いた事でしょう。アキュリスの研究が役に立って良かったわ」

「はい。恥ずかしながら、外国にいたもので妹の怪我の事はつい最近まで知りませんでした。妹も連絡してくれればいいのに、無茶をしたのが余程後ろめたかったのか周りに口止めをしていたようで……。噂を聞き、急ぎ帰国して来た次第です。本当に驚きました。公爵家の方々に助けられたなど、実物を見るまでとても信じられない事でしたね」

あはは、おほほ……。

クリスお兄様の恩を売りたいお母様と、平民だからって妹に無体働いたら許さねーぞでもありがとうと言いに来たハヤト氏で和やかに会話が進む。冒険者もSランクとなれば、公爵家といえども無下には出来ない。

力がある上に全く違う世界で生きているので、権力が利きにくいぶん下手な貴族より厄介なのだ。

はっと我に返った私はラヴに近寄り、こっそり話し掛けた。

「お兄さん、ラヴがうちで働くのはオッケーなの？」

「はい、酒場の給仕とかよりお嬢様のところのほうが安全だろうって」

そりゃーね。ラヴ可愛いし、変な男近付けたくないのはわかるよ。ものすごい変な男を少しずつ近付けようとしている私が言うのもなんだけどさ。さっき結界に弾かれなかったのが不思議なくらいだよ。

その後、ハヤト氏はお茶を一杯飲んだところで帰って行った。下げられていくティーカップを無意識に目で追ってしまう。

……え、それ、洗っちゃうの？　本当に？　聖遺物として祀らなくていいの？

自らに芽生えた危険な思想にはっと気付き、慌てて振り払う。

そんなことより、まずはラヴの着替えだ。侍女は主人よりはいくらか地味になるが、ドレスで仕事にかかるのがこの国の文化である。

元がいいから腕が鳴るわね！

腕を取って、私の部屋に引きずり込む。

「さあ、メイドさん達。やっておしまいなさい」

「えっ、ちょっと、お嬢様？　っ、きゃーっ！　な、何をなさりますか!?」

メイド達が寄ってたかって着てきた服をひっぺがすと、ラヴはハヤト氏にはとても聞かせられない悲鳴を上げた。

「ええと、薄茶の髪と瞳だから、何色のドレスでもいけるわよね。デザインは顔立ちに合わせて可愛らしいもののほうがいいかしら」

他人のドレス選びで悩むのって楽しい。

半裸で呆然と立ちすくむラヴに次々とドレスを当て、何だか妹の世話をするお姉ちゃんのような気持ちで久しぶりの女の子らしい時間をウキウキと過ごした。


「お嬢様……。私、こんなの聞いてません」

装飾が控えめなパステルピンクのドレスをまとい、髪を編み上げたラヴは可愛い顔をゲッソリとさせて呟いた。

「私、てっきり、掃除とか、馬のお世話とか、そういう仕事だと思って来たんですけど!?　こ、こんな、いいとこのお嬢様みたいな格好していったい何の仕事したらいいんですか!?」

「そうね、まずは言葉遣いの勉強から始めましょうか。淑女（しゅくじょ）にふさわしい言葉を使って初めて公爵家の使用人として認められるのよ」

「つ、つまり今の私では使用人と認められないと……？」

「……残念ながらそうなるわね。まずはお嬢さんになりきって、どういう事をされてどんな気持ちになるのか知ってほしいの。そうすれば、何をすればいいのか、私が言わなくてもわかるようになるでしょう？」

――ごめん嘘ついた。

言わなくてもわかるようにとかいう無茶ブリ、以前の私ですらしない。ただ、着飾って給金をもらうという発想が浮かばないのは前世の記憶持ちとしては理解できるので、少しでも引け目なく、その状態に慣れてもらえるようにと思ったのだ。

納得したらしいラヴはキリッと表情を引き締めて、姿勢を正した。

「……わかりました！　お嬢様の気持ちを理解するんですね！　精一杯学びます！」

「出来なくてもいいの。ほどほどにね」

罪悪感で顔が見れない。

でも、もし本当にうちのお嫁さんになるとしたら、ドレスに慣れたり言葉遣いをお嬢様言葉に直していくのは必要なことよね。今から始めておいて損は無いはず。

……お兄様、このお嬢様バージョンのラヴを見たら可愛すぎて腰を抜かさないかしら。ちょっと心配。

それから何日か経った。

ラヴがいる間はお兄様にはつかず離れずの距離をキープしていたら、意外と無難にやり過ごすことが出来た。そうやって何度か顔を合わせているうちにお兄様もラヴに慣れてきたようで、今では軽い挨拶くらいなら普通に出来るようになってきている。ラヴも少しずつ動作が優雅に、言葉も丁寧になってきて、全てが良い傾向である。

「アキュリス様って素敵ですよねぇ……」

軽く挨拶を交わして去っていくお兄様の後ろ姿に、ほぅ、とため息をつきながらラヴは呟いた。

おお！　意外とやるじゃないか！　お兄様！

お兄様がラヴに恋をしているのはもう明確で、夜ちゃんと寝て食事もとって、身なりに気を使い、慣れないながら運動もしているのを私は知っている。

別人のような涙ぐましい努力っぷりに、男子三日会わざれば刮目（かつもく）して見ざるを得ないのね、と感無量だ。毎日会ってるけど。

やはり男子が変わるには、家族の百のお小言より美少女の一度の微笑みである。報われてほしいと思っていたから、自分の事のように嬉しい。これからは、少しずつ、お兄様の本当の姿をやんわりと見せていかないとね。

そういう意味ではここからが本番だ。事前に心構えを仕込んでいく必要がある。

「そう？　素敵かしら？　クリスお兄様って変わってるのよ。自分の好きな事を話し出したら止まらないの」

「それは研究者肌の方にはよくある事ですわ。好きな事に全力で取り組めるからこそ、偉大な結果を残せるのですものね。素晴らしい事だと思います」

「……人前に出ると緊張しちゃって、話せなくなったり妙な事を口走ったりするのよ」

「普段の威厳（いげん）あるお姿とのギャップが素敵なんです。もう何度キュンときたか」

あれ……？

これ、私の手助け、要る？

思った以上に順調、むしろ順調すぎて怖いくらいだ。というかラヴよ、いつからそんなに分厚いフィルターを目に装着しちゃってたの。義妹（予定）は、心配です。

実は今日はお兄様からラヴに贈り物をする日なんだけど、私、そこにいないほうがいいかも知れない。

ラヴに淹れてもらったお茶を飲みながら、お兄様が声をかけてくるその時を待った。

「ラ……ラヴ、さん！　ちょっと見てほしいものがあって。アリスと一緒にぼ、私の部屋に来て下さい」

——来た。

贈り物——改良版義手が完成したんだ。

「はい、なんでしょうか？」

ニコニコしながら歩くラヴと一緒にお兄様の部屋に向かう。

お兄様が扉を開けると、陽光が照らす正面のテーブルに白い肌の色をした腕が置いてあった。

「……あれは？」

「君の新しい右腕。作ったんだ。今のより自然で使いやすいと思う。軽くて、必要な魔力も少なくした。……受け取ってもらえたら嬉しい」

それを耳にした瞬間、ラヴは両手で口を覆い、目を涙で潤ませた。

「そんな……！　私のため、ですか？　そんなに、目の下に隈を作ってまで……⁉」

「これは、……元々だよ」

お兄様が下手くそな微笑みを浮かべると、ラヴは泣き崩れてしまった。

「ど、どうしたの？　やっぱり、泣くほど気持ち悪かった……？　ごめん、僕……」

「違います……っ！　嬉しいんです！　これ以上泣かさないで下さいよぉー！」

うわーん、と声を上げて泣きじゃくり、お兄様はオロオロと狼狽えている。

そして私に視線で助けを求めてきたから、首を横に振り、口の動きで〝い　け〟とゴーサインを出す。するとお兄様は頷き、何を思ったか、懐に手を入れて中から小箱を取り出した。

えっ⁉

指輪⁉

いや確かに〝いけ〟って言ったけど、そっち⁉　普通こういう時って、抱き締めたりハンカチを差し出したりするんじゃないの⁉　いきなりプロポーズとか、コミュ障にもほどがあるんじゃなくて⁉

「ラヴさん！　もし貴女がよろしければ、僕と結婚してくれませんか？」

ラヴはしゃくりあげながらお兄様を見上げ、見つめ合った後、静かに頷く。

お兄様は嬉しそうに左手を取り、薬指にやたらでかい石のついた指輪を嵌(は)めた。

「でも、本当に私でいいんですか……？　平民だし、身体は片腕で傷物だし……」

「うん、僕はね、失った手が右で良かったと思ってるんだ。こうして、ラヴさんの本当の指に指輪を嵌める事が出来て」


お前、誰だ。

私は白昼夢(はくちゅうむ)を見ているのかと頬(ほほ)をつねり、夢では無いと確認してから黙ってお兄様の部屋から一人で退室した。


その日から、ラヴは正式にお兄様の婚約者となり、本当の手と変わらないような義手をつけて、貴族になる勉強をする事になった。

お兄様はあの突然変異後も紳士として恥ずかしくない言動を意識し続け、やがて本物の紳士っぽさが板につき始めた。元々頭は良かったのだ。本人がその気になり、一度要領を掴んだ後の習得は早い。

長年の懸念材料だった後継者どうするよ問題にひとまず片がついた形で、お父様もお母様も使用人達も、もちろん私も喜んだ。邸(やしき)は毎日お祭り騒ぎのようである。

ただ、ラヴとしては私の侍女ポジから早々に離れる事が気がかりなようで「せめて結婚式を挙げるまではお嬢様の侍女をやらせて下さい！」と直談判(じかだんぱん)に来たのだけど、そうもいかないのでクリスお兄様を呼んで部屋まで連れて帰ってもらった。

「結婚しても私はずっとお嬢様の侍女ですよおおぉぉ！」

少しずつ遠ざかるラヴの声を聞きながら、椅子の背もたれに体を預けて虚空を見上げる。

婚約と同時にお兄様は、領地経営に関わる事など次期公爵へ向けた実地教育が本格的に始まり、忙しくなってしまった。おかげで趣味の時間がほぼ無くなってしまったようだけど、今まで放蕩息子をやってきたツケが回ってきただけだ。自業自得である。

……お兄様に自動で動く車の案とか見せたら、大喜びしてくれそうなんだけどな。今オタクスイッチを入れてしまったらお父様に叱られる気がする。

仕方ないので一人で過ごしているけど――考えてみたら、婚約破棄以降、これまで私の周りにいた人達が一気にいなくなってしまった。お兄様やラヴといたから気付きにくかったけど。

学院も王妃教育もなくなり、結婚の予定もない令嬢生活のなんと憂鬱なことか。かと言って、お茶会って気分にもなれないし。

魔道具の勉強はしているけど、近々家を出たなら封印しなきゃいけない知識かと思うといまいち身が入らない。

まあ……色々あったけど、（私以外）皆ハッピーで良かったね。

と言いたいところだけど、このお祝い事から置いてきぼりを食らったのが私の他にもう一人いる。

ハヤト氏だ。

彼はクリスお兄様がプロポーズした日、妹が婚約したと聞いて大層驚いていた。「いくらなんでも早すぎない⁉」と。その通りすぎる。

だけどラヴの意思が固いことと、お手つき後でなくいきなり婚約だったことが良い方向に作用し、クリスお兄様のラヴへの献身を認めたハヤト氏は最終的に祝福の言葉を述べた。

「幸せになれよ」

私はその時、うちは家族が増えるのを無邪気に喜んでいるけれど、ハヤト氏は一人になる事に気が付いた。

あの手入れの行き届いた、小さくて温かい家。

ラヴが結婚した後、彼はあそこに帰っても明かりは消えたままで、おかえりと言ってくれる人もいないのだ。

彼はどんな気持ちで家族を送り出してくれるのか。それを思うと、胸が少し痛くなった。


鬱々していても仕方がないと気晴らしに庭を散歩していたら、婚姻に向けての話し合いをするため家に訪れていたハヤト氏がちょうど帰るところに出くわし、なんと向こうから声をかけてきた。

「お嬢様、もうじき暗くなるよ。邸内に戻ったほうがいいんじゃないのか」

「いいのよ。私が何をしていようと、誰も気にしないもの」

つい拗ねた言葉が口をついてしまう。

実際、婚約を破棄された私はクリスお兄様の助手兼世話焼きババアとしてしばらくここに残る事を許されていたに過ぎない。あの時はまさかここまで早く結婚が決まるとは思わなかったけれど、お兄様が嫁と社会性を手に入れつつある今、私はもうお役御免である。お父様もお母様もそんなにすぐに追い出すほど薄情じゃないと知っているけど、居場所がないのも事実。

ハヤト氏は私と少し会話をする気になったのか、距離を空けて離れたところからついてくる。

「誰も気にしないって事はないだろ。天下の公爵家のお嬢様なのに」

「もうすぐお嬢様じゃなくなるのよ」

「なんで？」

「色々あるの」

「ふぅん。家を出るってこと？」

「ええ。両親は私を愛してくれていると思うけど……だからってずっと家に居座っていい訳じゃないし。結局、私、どこに行っても厄介者なのよね」

ふ、と小さな笑い声が聞こえた。思わず振り返りそうになったけど思いとどまる。

だって美形怖い。

「……何ですか？」

「いや、俺と同じだな、と思って」

「貴方が？　どうして？　力も名声も美しさも、人が欲しがるものたくさん持っているじゃない」

「それはあんたもだろ」

「いいえ、美しさしか持ってないわ」

お金はあるかも知れないけど、私が持っている訳じゃない。この場合はノーカンだ。

「自分で美しいって言っちゃうんだ」

「別にいいじゃない。誰も言ってくれないんだから、自分で言ってあげないと忘れちゃうもの」

「そっか」

声が急に近くなって、びっくりしてつい振り返った。すぐ後ろにハヤト氏が立っている。

いつの間に、こんな近くに。

彼はかがんで私の目線に合わせ、ばっちり目を合わせてきた。

彼の薄茶色の瞳の虹彩が実は金色混じりである事を初めて知る。消し飛ばされそうなほどの光のオーラをまともに浴びて、あと少しでショック死するんじゃないかしらと頭の片隅で思った。

「お嬢様は、可愛いよ」

「は……？」

「可愛い」

「う、そ」

「本当」

にこ、と笑いかけてきた。何？　この、懐かない猫が甘えてきた感じは――。

「だから、忘れないでね」

「はい」

間違いなく青春の一ページに刻み込まれました。老後まで毎日めくって楽しみます。

「ねえお嬢様。さっき自分の事厄介者って言ったけどさ」

「ええ」

「俺もそうなんだ。仲間だと思ってたやつらが、気が付くと俺の機嫌を窺うような顔をするようになってさ。ちょっとケンカっぽくなるとすぐ謝ってきたりして。……違うだろ、お前にも言いたい事あんだろって言っても絶対に言わなくなった。幸い、バカ言って笑っていられる関係は残ってたから、手遅れになる前にそこから離脱したけど……確かに俺も厄介者だった」

「そうだったんですか……」

おそらくラヴ達パーティーから抜けた時の話をしているのだろう。

そんな経緯があったのね。それにしても今日のハヤト氏よく喋るなー！　最近人と会話してなかったのかしら。怖い人だと思ってたけど、そんな事ないのかも。

輝く美形にも少し慣れてきたし、少しは仲良くなれそうな気がしてくる。

「……俺達ってさ、なんか……寂しいよな」

やっぱり最近人と会話してなかったらしい彼はぽつりと呟く。その姿は、生き方が上手じゃない人間そのもので、寂しいというありふれた言葉が憂鬱な心の中にスッと入り込んできた。

「……ええ、寂しい、ですわね」

何でも持ってるようで、何も持っていない私。ハヤト氏も同じなのかしらね。

この寂しさを何で埋めたらいいのか、私にはわからない。目が合って、どちらともなく笑みを浮かべた。

「お嬢様。妹を助けてくれて、ありがとう。これからもよろしくね。お嬢様じゃなくなっても、何か困った事があったら相談してこいよ」

「私は何もしておりませんわ。兄の力です。ですが、遠慮なく頼らせていただきますわ」

「俺、ハヤトって言うんだ。お嬢様の名前は？」

「知ってますし、ご存じでしょう？」

「お嬢様からは聞いてないし、まだ呼ばれたこともないよ」

「……そうだったわね。私、アリーシャです。親しい人はアリスと呼びます。わかりました？　ハヤト」

「うん、わかった。アリスね」

今日、私はハヤトと親しくなったようだ。


夜、お父様に呼び出された。

執務室に入ると、お父様は椅子に座ったままウトウト船を漕(こ)いでいる。

あら、珍しい……。

近付くとハッと目を覚まし、何度か瞬きをしてゆっくり目頭を揉んだ。

「お疲れのようですわね、お父様」

「ああ……。だけど、忙しいのはクリスの教育のためだからな。こんな忙しさなら大歓迎だ。アリスのおかげだよ。ありがとう」

「いいえ、私は何も。全てが収まるべきところに収まっただけです」

「ふむ……。それで、保留にしていた例の件なのだが」

うっ。

私の身の振り方についてかしら。怖い。

「本来ならローランド子爵（四十二）のところに嫁いでもらおうと思っていたんだがね」

アーーーッ！　二回も離縁している事故物件じゃないの！　なんてこと！　私、そんなに市場価値が無いの⁉

ぷるぷるしていると、お父様は気まずそうに頬をかいた。

「年頃の跡取り令息で婚約もしてないのはうちのクリスくらいだったし、ローランド子爵よりもうちょっと若いのだとギャンブル好きだったり三男四男で爵位を継げなかったりでアリスには少し酷かなって」

私のためみたいな言い方してるけど、四十二歳バツ二だって相当よね⁉　だって私、清らかな十五歳よ⁉

「ろ、ローランド子爵なら政略的にメリットがあるのですか？」

「いや、別に。クリスの時もそうだったけど、うちの場合は結婚するなら王族か伯爵以下じゃないと角が立つから。ローランド子爵はその辺りが丁度良かっただけ。ついでに言うと、彼は頭があんまり良くなくて、アリスを使ってうちの事業にちょっかいかけて来ても簡単にあしらえて楽だなって」

「そんな消極的理由でバツ二ですか⁉」

「うん……。だから、正直、絶対に行ってもらいたい訳でもないんだよね。どうする？」

「お断りしたいですっ！」

メリットがあるなら納得もしようが、ゼロをゼロのままキープしたいだけならお断りしたい。

「だよねぇ……。ただ、そうなると修道院しかないかなぁ。出来れば幸せになってほしいんだけどね。アリスにはクリスに真人間の道を作ってくれた功績があるから、希望があるなら聞ける範囲で聞くけど……何かある？」

「そうですね……」

頭をフル回転させる。修道院でも別にいいけど、入ってしまえば俗世（ぞくせ）との繋がりはほぼ絶たれてしまう。きっと戻っては来られない。

やり残した事はあるかしら。いやむしろやり残した事しかないんだけど、心残りというか。

心残り——結局、魔道具をまだひとつも作れてないし、それに。

それに、せっかく親しくなったハヤトと二度と会えなくなるのは寂しい。もし許されるなら——家にメリットがなくてもいいのなら。私、普通の庶民になりたいわ。

「お父様、私……庶民になって街で暮らしたいです」

正直に伝えると、お父様は目を丸くして驚いた。

「本気？」

「ええ。本気です」

「修道院のほうが楽だよ？　あそこなら戒律（かいりつ）は厳しくても生活は保証されている」

「承知の上です」

「……もし本当に街で暮らすなら、うちとの関わりは隠してもらう事になるけど」

「仕方ありません。公爵家に迷惑をかける訳にはいきませんから」

話しながら、私は図らずもゲームの通りになりつつある事に気が付いた。

あのゲームでアリーシャはエンディング後市井に追放されて二度と現れない事になっている。

まさか自分から市井に出るなんて言い出す事になるとは思わなかった。ここに来て強制力じみたものを感じて、戦慄（せんりつ）してしまう。

あの乙女ゲーム……逆ハールートを達成した後最初のメニュー画面に戻ると、攻略対象が一人増えるのよね。隠しキャラってやつ。

その隠しキャラって……。

ハヤトじゃん。

なんで忘れてたの……。お嬢様びっくりしたわー。毎回ギリギリアウトで記憶が戻るの本当やめてほしい。

「……そこまで覚悟が決まっているなら、許可しよう。アリスが自分で考えて決めたなら私も反対はすまい」

ほらー！　お父様もその気になってるじゃーん！　もう引くに引けない感じになっちゃってるし！

……いや、引く気はないんだけどさ。

強制力に従うのは癪（しゃく）だけど、確かに自分で考えて決めたんだから。自分の意思を曲げてまでゲームに逆らうのもそれはそれで癪だし。

四十二歳の事故物件に引っ越すか、修道院か、市井か。こんなの令和の乙女なら、誰だって市井を選ぶと思うのよ。街角で花育てたりパン焼いたり、たまにおしゃれして遊びに行ったりしたいじゃない。

「アリス、本当にいいんだね?」

「はい。わがままを聞いて下さって、ありがとうございます」

今夜の話はそこで終わった。


いよいよ家を出ることが決まった私は、部屋に戻って個人的に作った魔道具の基本メモ集で勉強をした。

だって一つも作れずに終わるのって悔しいじゃない。車型、作ってみたかったけど、あれはもう設計案だけまとめてお兄様に託すわ。もっと小さくてすぐに作れるものじゃないと、家を出るまでの間に完成させられない。

ひらめきを求めて属性を組み込む術式のページに目を通す。まだ私は炎や氷など属性を扱う魔道具に関われていないけど、魔道具とはむしろそっちのほうがメインだ。魔法は戦いのためひたすら威力と効率を重視するのに対して、魔道具は生活を便利にするために威力を抑えて、一定の出力と時間を維持できるように——。

ん?

これ、もしかして、魔法と魔道具を合わせて使うのって可能なんじゃないかしら。抑える術式があるなら、増やす術式にもなるわよね。考えてみたら魔道具って前世のファンタジー物で言うところの魔法付与に近いものがあるし。そんな感じで、例えば魔法効果を二倍にする術式を入れた魔道具を通して魔法を使ったらどうなるのかしら。

――試したい。

ごくりと喉が鳴る。

扇を取り出し、柄のところにインクでM×2と術式を書き込んで、定着させる魔法を使う。すると術式はスッと扇の中に沈んでいった。

一応、これで使えるはずだ。

壁に向かって扇を振り、その風に乗せてほんの少し魔力を使った氷魔法を放つ。魔道具が失敗なら、私の手のひらくらいの範囲で壁が凍る。成功なら――。

「凍れ」

放った氷魔法は私の顔よりいくらか大きく壁に氷を張って、光の粒になって消えた。

「や、やった……？」

わからない。確証を得たい。二倍では足りない。

「定着、解除」

解除すると扇に術式が浮かび上がってくる。二倍の数字を五倍に書き換えて再度定着、試す。

「凍れ」

効果は明確だった。

一見して明らかに違いが分かる範囲で壁が凍った。でも使った魔力は最小。これ、本気で威力ある魔法を使ったら一体どんな事になるのだろう。とにかく凄い事になるのは間違いない。

……どうしよう。

便利な生活道具だった魔道具が、兵器になってしまった。

これ、まずくないかしら。誰かに相談したほうがいいわよね。

「……お兄様、少しよろしいですか？」

相談相手に選んだのは、お父様ではなくお兄様だ。この手の話は何となくお兄様のほうが良いような気がしたから。

「ん？　何、どうしたの」

もうすっかり魔道具から距離を置き、領地の資料を読んでいたお兄様は以前と変わらない様子で私を迎え入れてくれた。

「これなんですけど、どうしたらいいでしょうか」

お兄様に手渡した扇から術式の定着を解除する魔法をかけ、文字を浮かび上がらせる。それを目にしたお兄様は険しい顔をした。

「アリス、これどうしたの」

「思い付いて試してみました」

「そうなんだ。分かってると思うけど、これは駄目なやつだよ」

「やっぱりそうですよね」

「うん。間違いなく王家に睨まれるし、何より、戦争に使われたら」

「ええ、わかります」

こんなものが出回ったら惨事しかない。それに、うちは生活を便利にする道具を作っているだけだから、どんなに儲けて力をつけても王家は婚約を取り付けてくる程度で見逃してくれているのだ。こんな兵器を作り始めたら、即、事業ごと没収である。〝反逆罪〟などの理由をでっち上げてでも。

「すぐ処分しましょう」

「うーん……まあ、自分しか使えないように設定して、道具の力ってバレない程度に出力を調整するならアリなんだけどさ」

「アリなんですか」

「まあね。父上も僕もこういうの持ってるし」

「へ、そうなんですか⁉　知らなかった」

「そう。ちゃんとすればバレないでしょ？　これはね、自分のフルネームを術式のここに入れてこう繋げれば……あ、名前だけは自分で書かないと意味がないからね。書いてごらん」

魔法銀のペンを借りてアリーシャ・オファニエル・ステュアートと書き込む。お兄様はそれを定着させ、扇を私に向けて扇いだ。

「癒しを」

回復魔法を私に向けて放つ。光がふわりと私の身体に纏わり付き、私をなんとなく元気にして消えた。

「今のが『1』の魔力量だとすると」

そう言って今度は魔法銀のペン先を私に向ける。へー、あれがお兄様の〝武器〟だったのね。

「これも『1』」

放たれた回復魔法はさっきとは明らかに違っていた。肩こりが治った。書き込んである数字は3くらいだろうか。

「ね？　ちゃんと自分しか使えなくなってるでしょ？」

「はい。なんだか……凄いですね」

「そう、凄いんだよ。でもあんまり数字を大きくしすぎると素材が耐えられなくて一発で壊れたりするから、いくらでも大きくできる訳じゃないんだ。そこがせめてもの救いだよね。今のところ魔法銀が一番耐えられるかな。七十倍までは耐えたよ」

「七十……」

十分に脅威だ。お兄様は扇に術式を隠蔽する魔法をかけて、私に返してきた。

「はい、アリス。使ってもいいけど、バレないように……あと、やり過ぎないようにね」

「わかりました。ありがとうございます」

「ううん、僕の方こそありがとう」

何が？　ラヴの事かな？

いいって事よ。

「あ、そうそう、お兄様。これ……良かったら作ってみて下さいませ。私の手に余りそうなので」

途中まで書いた魔力で走る車の設計案を手渡す。エンジン要らずなので私みたいな素人でもある程度形には出来たけれど、肝心のハコが大きすぎて試作には至れそうにない。お兄様なら出来るだろう。

「お⁉　おおお……っ⁉　何、何これっ！　おも、面白い！　アリス何これ最高じゃない！　ロマンの塊！　思い通りに走る車！　悔しい！　なんで僕今までこれに気付かなかったんだろう！」

「引きこもりだったからではありませんか？」

でも良かった、喜んでくれて。

早速夢中になってブツブツ言い始めたお兄様を置いて退室した。

——という訳で、一ヶ月後、みごと庶民になりました。

馴染みのあるドレスではなく、やわらかな綿の紺色ワンピースに身を包んでつばの広い帽子をかぶり、髪型はゆるい三つ編みにした。後れ毛もゆる巻きにしたし、自分でも清楚可愛いと思う。トランクを持ち上げて「今までお世話になりました」と挨拶をしたのだが、なんだかお父様もお母様も妙にあっさりしていて、お母様に至っては「お土産は三番街通りの角にあるパティスリーのプディングがいいわ」などと宣った。

完全に旅行感覚だと思われている……。

いいんだ。お兄様は初めて頭を撫でてくれたし、ラヴは泣いて見送ってくれたし、ルークも泣きそうな顔でハグしてくれたから。

ルークったら、あんなにはっきり私のこと嫌いって言ってたのにね。とうとう反抗期が終わったのかしら。良かった良かった。

——さて、これで長く親しんだ公爵家ともお別れだ。

涙が出てくるけど、学院を卒業した年の女子なら続々と結婚して家を出ていくのが当然のこの世界。いつまでも子供ではいられないのだから、と気持ちを切り替えて、新しい旅立ちに思いを馳せる。

暮らすのは貴族街からほどほどに離れた、いわゆる中流層が暮らす区域、十二番街。ラヴの家もここ。滅多に貴族が出入りすることがなく、ほどほどに品がありつつも活気にあふれていて、とにかく人が多い。身分を隠して暮らすにはぴったりと言える。

購入した家は憲兵（けんぺい）の見回りルート上にあり、元々治安が悪くないこの街でさらに安全な場所にある。

二階建ての、白くて小さな一軒家。購入費用は私のドレスを大量に売って工面した。おかげで今はまだつつましく暮らせば当面の生活費は賄（まかな）える。けど、なるべく早めに自立の道筋を立てないといけない。

あの扇はお守りとして持ってきたけど、金銀の刺繍（ししゅう）とレースで拵（こしら）えたザ・お嬢様な扇は、今の私が持ち歩くにはちょっと不釣り合いすぎて使えない。護身も兼ねて、枕の下に隠しておこうと思う。

今日から私の名前はアリス。家名はない。

田舎から仕事を求めて王都に来た。という設定になる。が。

「それは無理がある」

なぜか私より先にこの新居にいたハヤトはきっぱりとそう言った。

「やっぱりそう思います？　っていうかなぜ私の家にいるんですか？」

「お目付け役かな。公爵に頼まれたんだ。そのうち帰りたいって言い出すだろうから、それまでの間頼む、って言ってた」

「お、お父様って言ってた」

「嫁にしてもいいぞ、とも言ってたな」

「お父様ってば！」

バカ！　また悪役令嬢やらす気か！　あんなのもう二度とごめんだ！

「ハヤト、貴方もお忙しいでしょうから、どうぞお帰り下さい。私一人で何とかやっていきますから」

「そうもいかない」

「なぜ？」

「妹夫妻にも頼まれた。報酬も、既にもらった」

「報酬……。なぜ？　貴方ほどの方ならお金には困らないでしょうし、仕事くらい選べるでしょう？　わざわざ、ワガママな元お嬢様の面倒なんて見なくてもいいのに」

「他では手に入らない報酬だったんだ……」

……はあ。もしかして、あれか。魔道車（第一号機）か。ここに来る道すがらに通った空き地で見掛けたわよ。まだ売り出してないはずなのに、なんでこんなところに置いてあるのかしらって不思議に思ったのだけど。貴方のでしたか。

ものすごい注目を浴びてたし、子供達がよじ登って鈴なりになっていたわよ。あれ、大丈夫かしら。

「そう……。それなら仕方ないわよね……」

「別に仕方ないなんて思ってないけどな。報酬は確かにもらったけど、そうじゃなくたって様子くらい見に来たさ。約束しただろ？　お嬢様じゃなくなっても、頼ってこいって」

あ、微笑んだ。さすが攻略対象、表情だけで現金さを覆い隠してくる。

「そうでしたわね」

でも、これはあくまでもビジネスライクな関係。妹を助けた恩のある家のワガママお嬢様を見守りに来ただけの、薄い友情だ。であれば、私、もう悪役の業なんて背負わなくてもいいはずよね。

黙ってこれから始まるかも知れないヒロインとの恋愛を横から見守っていればそれで……。

いいわけないじゃん。

ヒロインてあのマリアでしょう？　ありえない。ありえない。本っ当にありえない。

今までマリアのことなんてすっかり忘れてたわよ。何でかしら、脳が思い出すのを拒絶していたのかしら。うん、そうに違いない。

別に性格のいいヒロインならいいのよ？　性格さえ良ければ。この娘なら幸せな家庭を築けると思えば、見守るどころか応援だってなんぼでもしたるわ。でもマリアだけは、ない！

断言する！　あいつは、性格が、とことん！　悪い！　私だって悪いかもしれないけど、それはまた別の話！

だいたい、現実で逆ハー作り上げた時点で浮気性確定だ。私なんてゲームですら逆ハーにはしなかったぞ！　ならなかったとも言うが。

おかげでハヤトルートのことは何も知らないけど！　ネットで顔見たことがあるくらいだけど！

マリアはダメだ。あいつをヒロインとは認めない。

——決めた。

今度こそ本当に邪魔したるわ！　悪役令嬢上等！　続投、決定！

そうと決まれば情報収集だ。もう出会っちゃってるのかしら。

「ときにハヤトさん。貴方、最近、ピンクの髪の女の子と出会ったりしませんでしたか？」

「ピンク……？　いたような、いないような。っていうか何、そのハヤト〝さん〟て」

「別に、深い意味はありませんわ」

まだ出会ってないのかしら。会っていたとしても、印象には残ってなさそうね。

「〝さん〟付けで呼ばれるとなんか新婚さんみたいだな……。ちょっと萌えるんだけど。もう一回言ってみてくれない？」

「からかわないでくださる？」

貴方、いま、猛禽類肉食獣に狙われているのよ。

当人は知らないから仕方ないとは言えてんで呑気なもので埒が明かない。独自に調査が必要なようだ。

とは言え、今の私は公爵家の人間ではないので、影を使って調べてもらう訳にはいかない。権力をチラつかせられないのだから、全て自力でやるしかないのだ。

マリアとハヤトがエンカウントするとしたらどこなのかしら……。

というか、マリアは今どこにいるのかしら？

しまったわ……。殿下やマリア達があの後どうなったのか、ちゃんと知っておくべきだった。お父様が少し笑いながら「知りたい？」って訊ねてきた時があったけど、心の底から興味がなくて「いいえ別に」と答えちゃってたのよね……。

あの時のお父様の表情からして、ロクでもない結末だろうとは思う。あれから皆どうしているのかしら。最近の事のはずなのに、もはや懐かしいわ。全然会いたくはないけれど。

まさか、全員勘当されてたりしないわよね。いやいや、いくらなんでもそこまでは……。

と、思っていた時もありました。そのまさかだった件について。

翌日、食材を買いにハヤトと一緒に街に出掛けていた時のことだった。あ、そうそう、結局ハヤトはお目付け役として私としばらく同居するらしくて、もちろん部屋は違うんだけど（私が二階でハヤトが一階）夜めっちゃドキドキした。すんごぉーくドキドキした。ドキドキしてたら朝になった。

ハヤトって何考えてるのかよくわからなくて掴み所のない人だけど、顔は本当にいいのよね。どうしたって意識しちゃうわよ。で、一緒に買い物してたら、次々と女の子達が現れて、ハヤトに「あの、カメレオンのハヤトさんですよね！　私、ファンなんです！　握手して下さい！」と声を掛けてくるのだ。

ハヤトもニコッと微笑んで毎回丁寧に対応するので、女の子達は頬を紅潮させて喜んで立ち去っていく。それが切れ目なく続くものだから、カメレオンて何？　と聞くタイミングをすっかり逃してしまっていた。

……アイドル名かな？

実際乙女ゲームの攻略対象だからね。外見、スペック共に乙女の理想を詰め込んだ姿はまさしくアイドルと言えるだろう。残念なことに、殿下達も攻略対象だったんだけどさ……。

ふと頭に思い浮かんだ不快な顔を無理矢理外に押し出す。その時だった。

「……ハヤト？」

聞き覚えのある、可愛らしくも耳障りな声に思わず身体が硬直し、鳥肌が立った。脳裏をよぎるピンクの頭。

――マリア男爵令嬢。

出たな！　天敵その名はヒロイン！

バッと振り返ると、やはりそこには天敵の姿があった。

両手を口元に当てて、丸い瞳を潤ませて小動物のようにプルプルしている。華奢な可愛らしさは健在だけど、元々薄かった貴族らしさは既になく、下町の可愛い子といった風情で回復術士が好んで着る白いローブに身を包んでいた。その熱い視線は真っ直ぐにハヤトだけを見つめ、隣にいる私は存在すら認識していなさそうだ。

「やっぱりハヤトよね⁉　私のコト覚えてる？　少し前に会ったでしょう？　静かな夜の森で抱きしめてくれたじゃない」

――マジ？

思わずハヤトを見上げると、彼は不思議そうな顔をして小さく首を傾げた。

「……？」

「えーっ、覚えてないのぉ？　ほら、ひと月くらい前の夜に」

「……ああ、もしかして、王都外れの森でマタンゴの菌床（きんしょう）になりかけてた？」

「きゃっ！　いやーん！　それは言わない約束よぅ！　あの時は助けてくれてありがとう！　おかげで今はすっかり元気なのぉ！」

くるんと回ってふらつき、バランスを崩してハヤトにしがみつくヒロイン。

「いっけない、私ったらまた……。でもなんだかハヤトの腕の中って、とっても安心するのよね。あの時もそうだったけど」

えへへ、と笑ってテヘペロするマリアに軽く殺意が芽生えるのは致し方ないと思う。

なんだそりゃ。

なんでわざわざ夜の森に行ってマタンゴに襲われるのか？　そしてなぜマタンゴの菌床になりかけて助けられた事を「静かな夜の森で抱きしめてくれた」と表現するのか？

ていうか私のこと見えてるよね？　くるんした時一瞬目が合ったよね？　何故いないものとして扱う？

いちいち思わせぶりな言葉のチョイスをする辺り、挑発するつもりが無いとは言わせない。

ふっ……。いいわ。

その喧嘩、買ったるわい！　聞け！　王妃教育で培（つちか）ったこの淑（しと）やかな声色！

「ハヤトさん、このかたはお友達なの？」

そっと指先で腕に触れ、つう、と手の甲までなぞる。

ビクッと反応したハヤトの腕を掴み、無理矢理腕を組んで密着した。この巨乳が押し当たるのは計算済みだ。その距離感、次期王妃の公爵令嬢として受けた教育ではありえないはしたなさ。すごく緊張するし葛藤はあるけど――お高くとまった貴族社会で貴女が武器にしてきたのはつまりこういう物でしょう？

貴女と同じ舞台に降りてあげる。

だから……これ以上、貴女の好き勝手にはさせないわよ。

「いや、えっ……、ちょっと、アリス……？」

ぎょっとするハヤトと、目を剥いて能面のように表情を無くすマリア。

――ごめんなさい、ハヤト。あとで説明するから、少しの間、キャットファイトに付き合ってほしいわ。

脳内でゴングが鳴り響いた。

「えっと……だぁれ？　ハヤト、関係ある人？」

先手、マリア。

私を見ても誰だか分からないようだ。それは演技なのか、本気なのか？　まあ、どちらでも構わない。

「あ、ご挨拶が遅くなったわね。ごめんなさい？　私、アリスといいます。ハヤトさんの――」

うっ。どうしよう。いきなり躓いた。

勝手に巻き込んだ手前、たとえ嘘でもあんまり迷惑になるような関係を吹聴するわけにはいかない。

友人？　ううん、それでは二人を邪魔する理由にならない。

恋人？　それはさすがに迷惑すぎる。

だって、私達三人、さっきからものすごい周囲の注目を浴びているもの。今から口にする事はきっと一瞬で市井に広まる。その辺りを踏まえると――。

「〝相棒〟です」

どうだっ！

友人よりも深い関係かつ、付き合ってる訳じゃないけど恋人の質にも口出し出来そうな絶妙なライン！

自分の出した答えに自分で満足していると、マリアはひきつった笑みを浮かべた。

「ふぅん……。そうなんだぁ。相棒、かぁ……。あんまり強そうには見えないけど、おねーさんモンスターとか大丈夫なのぉ？」

あら、本当に私が誰なのか分かっていないみたいね。

もし私がアリーシャだと分かっていたら、マリアはきっと「お金の力で一人だけ戦わせるなんてひどいわ！　いくら強い人でも、怪我をしたら痛いのよ！」とか言うもの。

庶民のか弱い女の子、というアピールポイントが使えないマリア。恐るるに足らず。

「モンスター？　さあ、どうかしらね」

ふふ、と笑って見せる。さぞ余裕そうに見えるだろう。本当はモンスターなんて実物を見たこともないが、戦わないタイプの相棒だって世の中にはいるはずだ。嘘はついてないからセーフセーフ。

マリアは悔しそうな顔をして「いいなぁ……」と呟いた。

あら、素直。

「うちの男達なんて大して役に立たないのに……」

うちの、男達。

逆ハー軍団のことか？　いるの⁉　どこに⁉

さっと見回すと、私達を遠巻きに野次馬している人だかりの中に見覚えのある四人組を発見した。

アッ――――！　ず、ずいぶん苦労をしている風体！　どうしたのかしら⁉

彼らは一様にボロボロになった装備品を身につけ、心なしかやつれているようだ。とても王族含む高位貴族達には見えない。どう見ても、ちょっと顔のいいだけの冒険者である。

「あ……あの……彼らが先ほどから何か言いたそうにこちらを見ておりますけど……」

「え？　あー、そうよね。ちょっと待たせちゃったかな。（ったくあいつらホンット弱っちいんだから……）あっ、そうだ！　良いこと思いついちゃった！　あのねハヤト、私達のパーティーに入らない？　ここだけの話だけどぉ……。王族がお忍びで参加してるのっ。私もだけど、なんと、全員貴族なのよ。内緒だからね？　で、王族の彼、Sランクになったら王様になれるんだって！　助けてあげたらきっと勲章くれるよ？　もしかしたら、貴族にもなれちゃうかもぉ」

何を！　言い出すのかこのお嬢さんは！　それ多分言っちゃいけないやつ！　王太子がドラゴン

倒すまで帰ってくるなって言われたんでしょう？　それ、実質勘当じゃん！　あと下衆（げす）い！　乙女ゲームのヒロインそんな事言わない！　小声も怖いし！

「断る」

ハヤトのあまりに冷たい声にマリアの表情が笑顔のまま強張（こわば）った。

「行こう、アリス」

強めに腕を引かれ、その場を離脱する。

「ハヤト？　待ってよぅ！　っきゃ！」

べしゃ、と転んだマリアの声にも振り返ることはなく、十戒（じっかい）のように人垣を割りつつ突き進む。

……ハヤト、怒ってる。

この人、こんな顔するんだ――そう思ったくらい、ハヤトの顔は怖かった。

不完全燃焼に終わったキャットファイトの会場から離れ、やがて街の中心の噴水広場に辿（たど）り着いた頃、ようやくハヤトの歩く速度が落ちてきた。同時に、張り詰めていた緊張感がいくぶん和らぐ。

「あの……ごめんなさい」

やっと絞（しぼ）り出した一言があまりにも情けなく喧騒（けんそう）にかき消え、ちゃんと聞こえたか不安になる。

でもハヤトの返事は普通だった。

「何が？」

「私の個人的な因縁（いんねん）に勝手に巻き込んだ挙げ句、貴方の相棒を自称して不快な思いをさせた事です」

「不快？　個人的な因縁？」

「……違うのですか？」

「違う！　全っ然違うよ！　むしろそこは……。ああ、そうか。俺が怒ったの、そのせいだと思ったのか。ごめん、アリス。違うんだよ。俺はただ……」

「……ただ？」

「……協力したら貴族にしてやる、って言ってくる貴族が苦手なんだ」

「ああ……」

苦手というマイルドな言葉に包んでいるが、実態はそんなふんわりした感情ではない事は察せられた。お互いになんとなく会話をした方がいいような雰囲気を感じ取り、噴水の縁に並んで腰掛ける。

「貴族は嘘つきですからね……」

私だってそうだ。

つい今しがた、堂々と相棒を自称してドヤ顔をかましていたではないか。

「ごめんなさい……」

「だからなんでアリスが謝るのさ。俺が言ってるのは、散々使い倒して用済みになったらあっさり切り捨てる奴らの事だよ。今よりもっと子供で弱かった頃はさ、孤児院の仲間が貴族の小間使いをやって……ある日突然いなくなる。そういうのを何人も見てきた。だからさっきの女の子もそういう奴らの一人に見えて、つい怒っちゃったんだよ……。アリスは――アリス達ステュアート家の人達はそうじゃないって、今はちゃんと分かってるよ。怖がらせてごめんな、アリス」

で、もうこれ以上謝るの無しね！　と殊更明るい声で言って、ハヤトは私を座らせたまま広場の向こうにあるアイスクリーム屋に走っていった。私の周囲にだけ聖属性の魔法、守護結界を残して。

魔力とはその人の心のあり方によって、温度や感触が微妙に違うもの。貴族が〝苦手〟と言ったハヤトの結界は強固でありながら、内側は春の日差しを浴びているかのように温かくて心地良い。何故か涙が出そうになった。

やがて両手にアイスを持ったハヤトが戻ってきて、結界は彼に触れると同時にシャボン玉が弾けるように消えた。

「お待たせ。はい、アイスクリーム。食べる？」

「食べます」

「ん。ミルクとチョコレートどっちがいい？」

「どっちも」

「……はい、どうぞ」

苦笑いして、チョコレートのほうを渡してきた。両方はくれなかった。今必要なのは、謝罪より感謝。気持ちを切り替えるために笑みを作る。

「ありがとう」

「うん。……で、あの女の子との個人的な因縁って何？　さっきからすげー気になってたんだけど」

話を転がしてくれたのでありがたく乗っかることにする。というのも、マリア一派と私の確執は貴族社会では周知のゴシップだ。隠しても仕方ない。

一部箝口令が出ているらしいけど、そこは私の知らない部分だし。知っている範囲なら話しても問題ないだろう。

「そうですよね。気になりますよね。ええと、私、政略結婚を予定していた相手がいたんですけど――」

晴天の噴水広場でアイスクリームを食べながら話すには些か爽やかさに欠ける話題だったけど。

例の男爵令嬢の登場から次々に高位貴族の跡取り息子達が彼女に籠絡されていき、殿下と私の婚約破棄に至った流れをかいつまんで話し終えると、ハヤトは「凄い話だな……小説みたい」と言った。

「あんな人達もうどうでもいい、と思っていたのですけどね。先ほどは彼女がハヤトまで毒牙にかけようとしているように見えて、ついカッとなってしまって」

「それで急にあんな風になったんだ？」

「はい。みっともないところをお見せしました」

「別にみっともないなんて思ってないけど……。でも、お嬢様があんなにくっついてくるとは思わなかったからびっくりはしたかな。……ねえアリス。俺、貴族のルールとか全然知らないから教えてほしいんだけど、男が女の子に触れる時はどこまでがセーフなの？」

「セーフ？」

「そう。多分、さっきのはアウトでしょ？」

黒歴史を無邪気に突つかれているような居たたまれなさを感じるが、自業自得なので仕方がないと気を持ち直す。

「……ええ、それは、その通りですが……。一般的に見られるのは、男性の手に女性の手を乗せる程度でしょうか。ダンスの時はその限りではありませんが」

「手を乗せる？……こう？」

そう言ってハヤトは自分の手のひらに私の手を乗せる。そういえば彼と触れ合うのはこれが二回目だ。

伝え忘れていたけど、エスコートが必要な時は大抵手袋をしているものなので、素肌同士で触れ合う事はそう多くない。多くないだけで無い訳ではないのだけど、人が行き交う昼間の噴水広場でただ手のひらを重ね合わせるという事が異様に気恥ずかしく、頬が熱くなって俯いた。

「そ、そうですわね」

「じゃあ、これは？」

もう片方の手がぽん、と頭に置かれ、指先が髪をそっと撫でる。限界だと思った。美形は三日で慣れるというが、まだその域に達しきれそうにない。

「あ、アウト！　それは、アウトです！」

「え？　そうなの？　そっか、頭を撫でるのはアウトか……」

心臓に悪いことをしてくれる！

それに、今のは頭を撫でるという無邪気さより、もうちょっとたちの悪い何かを感じた。

恐々としているとハヤトは、ふ、と笑い、手をそっと私の膝（ひざ）の上に戻す。

「いいこいいこ、ってやりたいな、って今までに何回も思ったんだけど、やっぱりダメか。やらなくて良かった」

ああ、もう。

こりゃあかん。認めよう。きっと最初からそうだった。

好き。


私は、冒険者の事をあまり知らない。

ＡランクやＳランクがトップ層なのはわかるけど、それがどのくらい凄いのか具体的に説明しろと言われると、ちょっと答えに詰まる。

Ｓランクは、まあ、ドラゴンを倒せるくらい？　じゃあＡランクは？　Ｂとどのくらい違うの？

……分からない。

冒険者に恋をしてしまったくせにそちら側の世界の事をそこまで詳しく知らない私は、好きな人のことをよく知らないなんて良くないよね、と思い、新しく作った〝ＬＯＶＥ－ＮＯＴＥ〟と名付けたノートにハヤトのプロフィールを書き込む遊びを始めた。

ちなみに〝～ＬＯＶＥ－ＮＯＴＥ～〟……流れるような筆記体でそう書かれたノートは、見るたびに心のどこかから『やめておけ。一生の恥になる』と声が響いてくる不思議なノートなんだけど、恋の始まりで絶好調な私の耳には届かない。

最初のページに名前と出身地、家族構成、それとどうやら二つ名がカメレオンであるらしい事、Ｓランク、とまで書いたところで、もう書く事が無いのに気付いて愕然とした。

もっとこう、年齢とか身長とか趣味とかあるじゃない、と考え、年齢：（推定）十七～十八歳くらい？　身長：（推定）百八十センチくらい？　趣味：不明と書き込んだところで、こりゃダメだ、と本人に直接聞くことにした。

「十六歳、百七十六センチ、趣味はレアモンスター狩りかな」

すごく十六歳らしい趣味ねと一瞬思ったけど、いやいやゲームの話してるんじゃないから、リアル狩りの話だから、と考え、それって素敵すぎない？　と惚れ直す。あと、歳が私と一つしか違わないのにびっくりした。

確かによく見れば美しさの中にどこか幼さを残した顔立ちである。

実績が凄いから勝手にもう少し上かと思ってた。今この状態をもってして未完成か……末恐ろしいな……。

「レアモンスターってどんなのがいますの？」

「ドラゴンとかフェニックスとかグリフォンとかかな？　神話に出てくるようなのはやっぱりレアなのが多いね。あとはミスリルゴーレムみたいに、貴重な貴金属をドロップしてくれるのもレアかな」

やっぱり好きなゲームの話を初心者向けにしてくれているような錯覚を起こしてしまう。これは単に私がただの世間知らずなせいなんだけど。

そういえば、前世ではそういうゲームも好きだったな……。

「いいな、面白そうね……」

ぽつりと漏らした独り言に、ハヤトは即反応した。

「面白いよ。すごく」

リアル冒険者なんて、面白いでは済まないような大変で辛い事がたくさんあるはずなんだけど、それでも尚〝面白い〟と言い切ってしまえるのは、才能ゆえ……かしらね。

「ていうかアリス、もしかして興味あるの？　市井で何か仕事するって言ってたけど……まさか冒険者登録しようとか思ってる？」

「正直、思ってました」

これは本当。だって孤児院の子供達が最初にする仕事は大抵冒険者の低ランククエストだってラヴが言ってたから、無茶さえしなければ私でもやれるんじゃないかなって思ってたのよ。

それに、冒険者界隈にはマリア達がいるから。

……彼女にはハヤトに近付いてほしくない。

「だめ……でしょうか？」

「そりゃね……。あー、でもなぁ。低ランクならそう危なくもないし、俺がずっとついていられるぶん他の仕事よりも安心かなぁ……」

「ずっと、ついていられる……？」

夢のようなシチュエーション。

マリアからの接触も監視出来て一石二鳥じゃない！

「ハヤト、私、やりたいわ。いつか私もレアモンスター狩る！」

「……仕方ないなぁ。じゃあ最低限動けるかどうか確かめたいから、ちょっとそこに立ってみて」

「こうですか？」

言われた通り、少し広いスペースに立つ。

「そう。じゃ今からゆっくり魔法を放つから、何かしらの方法で防いでみて。避けてもいい」

「わ、わかりました」

確かに、それくらい出来なければ認められないわよね。気合い入れていくわよ！

「ほいっ」

気の抜けた声と共に回復魔法が飛んでくる。確かにゆっくりだったので、難なく避けた。しかしドヤ顔する暇はなかった。次々に飛んでくる。しかも、段々速くなっていく。

「ち、ちょっと速くありません？」

「このくらい避けられなくてどうすんの」

やがてダンスで培った柔軟性とターンだけでは賄いきれなくなってきて、こちらからも魔法を放ち相殺する。

「やるじゃん」

「動体視力、と、反射神経、には、自信が、ありますの！」

眩しいくらいの光があちこちで弾ける。目がちかちかして、少しキツくなってきた。それを伝えようとした時、ハヤトが口の端を上げて笑ったのが見えて、嫌な予感がよぎる。

「あの！　私、そろそろ」

「ああ、キツいだろ。じゃあ最後に、そのまま俺の攻撃も防いでみて」

「無茶言わないで！」

「やってみないと分かんないだろ」

言い終わる前にハヤトの姿が消えた——ように見えた。おそろしく速い移動、私じゃなくても見逃しちゃうわね。最後に放たれた魔法が届くよりも早く、私の手首が掴まれそのまま後ろの壁に押し付けられる。

いわゆる壁ドン状態でデコピンを食らった。

「いった……」

はぁはぁ息切れしながらときめくという初めての現象に浸っていると、最後に飛ばした回復魔法がゆっくりと私に当たった。疲れが癒えて、体力が戻っていく。

「俺の勝ち」

「あのね、勝てる訳ないでしょう⁉」

そもそも勝負では無かったはずなのだが。でもおいしい思いが出来たからまあいいか。壁ドンごちそうさまでした。

「デコピン一回防げるようになったら冒険者登録しよっか」

「……頑張ります！」

一緒に野営して、寒さを凌ぐために抱きしめ合って眠りたいもの。頑張るわ。

というか、今日はダメだったけど、なんだかいける気がするのよね。階段の一段上にあるような、頑張れば手が届きそうな感覚がある。

下心しかない自分にやや失望しながら、その日の夜〝ＬＯＶＥ－ＮＯＴＥ〟にハヤトの身長と年齢、趣味とそれから魔法の飛び方の癖やよく狙ってくる箇所などの分析結果を書き込んだ。

翌朝、起床した私はさっそくベッドに横付けしてあるサイドテーブルの抽斗(ひきだし)からノートを取り出した。特に意味がある行動ではないのだけど、何だかこれに弱みを握られているような焦燥感に駆られたのだ。おかげで眠りも浅かった。

このノートは危険だ……。うっすら分かってはいたけど。見付かったら確実に死ぬ。見付からなくても、爆弾を抱えて生きていくのに他ならない。

衝動的に、魔道具の術式を読み取られないために使うステュアート公爵家きってのトップシークレット、特殊(とくしゅ)な隠蔽魔法の呪文をノートに向かって唱えた。

『ステュアートとミナーヴァは約束した』

スッと文字が消えた。これで見た目は未使用のまっさらなノートだ。ひとまずステュアート家の人間以外に読まれる事はなくなり、ほっと息を吐く。

この魔法が特殊なのは、この世界で信仰されている女神ミナーヴァと家の名前を使って発動する魔法だからだ。

このタイプの魔法は他には無い。普通は、起こしたい現象をイメージし（言葉はあってもなくても良い）、魔力を込めて魔法を放つ。それは例えば他人が同じ魔力量かそれ以上の魔法をぶつけると消滅する。昨日私とハヤトがやったやつがそれ。

だけどこれはステュアート以外の、他人の干渉を一切受け付けないのだ。なんでも本当に神様の力を借りていると思われるのだそうで、ゆえに解除にも神様の力が必要だとはお兄様の談。神様の力とはまたすごい話だ。あの家一体何なんだ。魔道具の始祖、お祖父様に一体何が起きたのか。お父様のお話だと「祈りが通じた」と言っていたらしいが――。

てなもんで、魔法を教わった時は「神聖な呪文だから使ったら必ず感謝するように」と念を押されたので、手のひらを組んで祈りを捧げる。

――ミナーヴァ様、ありがとうございました。御力をしょうもない事に使ってごめんなさい。

〝いいよ〟

「!?」

声が聴こえた。辺りを見回すが、誰もいない。静かな朝。

都合のいい幻聴かな……。

首を傾げ、気を取り直して身支度に取り掛かる。さて、今日は何を着よう？　人を好きになると、服選びが悩ましくなって困る。

水色のふわっと広がるワンピースに黒い細ベルトをきゅっと締め、NOTぽっちゃりをアピールすべく一階に降りると、ちょうど起き出してきたハヤトと鉢合わせた。寝起きっぽいポケーっとした表情で、寝癖がピョンと跳ねている。

ちょ、かわいすぎる！　その寝癖を直して差し上げたい……！

「おはよ……。早いね、アリス」

「おはようございます。ハヤト、髪が跳ねてますわよ。直しましょうか？」

「……ん。ありがと」

ポケーっとしたまま椅子に座り、無防備に背中を晒すハヤト。その背中を眺めていると、最初の失礼な態度が嘘みたいに打ち解けた実感が湧いてきて、何かたまらない気持ちになる。

にこにこしながら艶のある美しい髪に櫛を通していると、ハヤトは大人しく髪をとかされながら呟いた。

「……ねえ、なんで敬語なの？」

うっ。何となく答えづらい質問がきた。特に理由はない。何となくこのほうが落ち着くだけだ。答えるなら、貴方との距離感を測りかねている、になるだろうか。

「俺思うんだけど……普通逆じゃない？」

逆？……逆って、ハヤトが敬語になるって事？　えっ、それは聞いてみたい、けど、今の素な感じもすごくいい。どっちかなんて選べない。どうしたらいいの？

「……逆だなんて……。私はこれが落ち着くからそうしているだけです。ハヤトも試してみます？」

何を。

敬語が落ち着くのは私が恋にのぼせ上がって彼を意識しすぎているからだ。特にこちらを意識している訳でも無い彼が一体何を落ち着かせるというのか。しかし、彼は乗ってきた。

「んー……。そうだな。やってみますか。アリスお嬢様、もう頭は直りましたか？」

「頭⁉」

まさか〝ＬＯＶＥ－ＮＯＴＥ〟の件バレてるの？

一瞬で全身から冷や汗が出たけど、ハヤトは「はい。ここですよね？　あ、直ってる」と言いながら寝癖をちょいちょい触ったから、ああ、髪が直ったか聞きたかったのね、と脱力する羽目になった。後ろめたい事はするもんじゃないな……。アリス、十五歳。一つ賢くなりました。

その日のハヤト道場は、お互いに敬語でぶつかり合う何とも不思議な時間になった。

「ほらアリスお嬢様！　防御がガラ空きですよ！　それではまだまだ冒険者になどさせられません！」

弾幕のように回復魔法が飛んでくる。こんな勢いで魔法を撃ち続けるなんて、この人が初めてだ。

普通ならとっくに魔力切れを起こして倒れている。打ち出す数といい速さといい、この人、王宮魔導士よりすごいんじゃないだろうか。

「くっ……！　昨日より多いじゃないですか！　こんなの無理です！　本当に冒険者の皆さんはこんなのを防げるんですか⁉」

「よそはよそ！　うちはうちです！」

「それ防げないって事ですよね⁉」

「…………」

「何か言って下さい先生！」

「……その先生ってやつもう一回言って下さいませんか？　お嬢様」

「アホーー！」

数日かかって、ようやく魔法&デコピン防御に成功した。成功までに魔法かデコピンがヒットして敗北した回数、五十一回。私も大変だったけどハヤトも大変だったと思う。ずっと魔法乱れ撃ちの弾幕状態キープだったものね。お互いよく魔力が切れなかったものだわ。

私は魔力量が人よりかなり多くて、貴族の中でもおそらく一番だと学院でも言われてきたのだけど、ハヤトも相当だ。だってあれだけ撃ち続けても、全く底が見えてこないのだから。

さすがね！　好き！

「これでやっと登録できますわね……！」

デコピン寸前のハヤトの手を手のひらでガードしたままの状態で勝利の笑みを浮かべる。すると、彼は手のひらをピシッと弾いてため息をついた。

「んー……。実はあとひとつ、絶対に習得しておいたほうがいいやつがあるんだ」

「えっ？　回避と防御の他に……？　何ですの？」

「ロール」

「へぇ、ロール」

巻き。……巻き？

「どんなやつですか？」

「……倒されたりふっ飛ばされたりした時に、衝撃を逃がしつつ頭を打たないようにするやつ。すごく大事」

「なるほど」

受け身か。確かに重要だ。だけど実はそれ、もう学院と王妃教育で習ったんだ。王の隣に立つ者、いついかなる時も王を守るべく立ち上がれって言ってさ。めちゃくちゃコロコロ床を転がったよ。柔道とかある世界じゃないから、そんなに理論立ててガッツリ習った訳じゃないけど。倒れた時に頭を打たないようには、一応は出来る。

——でもあれは万が一の可能性のためにかじっただけだ。冒険者ともなれば、ふっ飛ばされたり倒れたりが、万が一ではなく日常茶飯事になるのだろう。にわか知識では危ない気がする。ここは黙ってハヤト先生に習っておくか。

「わかりました。ご教示ください」

「うん……。でも」

「……でも？」

「本当にいいの？」

「なぜです？　とても大事なことじゃありませんか」

「そうだね……うん。じゃあまず、危ないから場所を移ろうか」

「？」

言い訳するけど、この時の私は完全に脳が修行モードになっていて、真面目に受け身をモノにする事しか考えていなかった。それに加えて、王妃教育の時は、師匠が横でやって見せるのを真似して単独で転がる練習をしただけだったのだ。今回も同様に見本を見せてくれるのだと思っていた。だから、ハヤトが自分の使っている部屋のベッドの横に私を立たせ、いきなり肩を掴んで足払いをしてきた時は、何が起きたのか本気で理解出来なかった。

「大丈夫？」

ストリートファイト的作法でベッドに転がされた私は、ポカーンとして天井を眺めていた。ハヤトが心配そうに上から覗き込んでくる。

「大、丈夫、です」

いや、大丈夫じゃない。全然受け身取れなかったよ。思いっきり頭と背中打った。ベッドにだけど。どこも痛くないし大丈夫なんだけど。でも大丈夫じゃないんだ！　乙女心がショート寸前どころか発火しそうなんです！

「ん。ロールが必要になる時って、今みたいに事前にわかる訳じゃないからね。転がるぞ！　って思わなくても身体が勝手に転がるくらいじゃないと。本当はベッドの高さに倒れても練習にならないんだけど、最初は倒れる事自体に慣れたほうがいいから」

「そうですね」

言ってる事はわかるけど、もう少しマイルド（色んな意味で）に教えてはくれないものか。まさかいきなり崩し技を決められるとは思わなかった。妄想の中では野営で寒さをしのぐために仕方なく抱き合って眠ったことはあるけど、実際に訓練のために仕方なくベッドに転がされてみると気まずさしかない。

ああ、だからさっき「本当にいいの？」って聞いてきたのか。わかるか！　あの聞き方じゃ伝わらないよ！

これはちょっとあかんやつな気がする。ちゃんと出来ますよってアピールして早く終わらせよう。

ムクリと起き上がり、何事もなかったかのような顔で立ち上がった。

——いいか、アリス。無だ。無になれ。ここは彼ベッドではない。イケメンが経営する道場の畳だ。

「要するにこういう事ですわね？　倒れこむ時には身体を丸くして、自分のへそを見るようにしながら、衝撃に逆らわずこうやって受け流して、膝同士は重ならないように少しずらして……」

一人で実演して見せる。スカートなので本気の受け身は出来ないけど、やり方は理解していると分かってもらわなければ。でないとまた投げられかねない。

足が露出しないように気をつけながら、ベッドの上で横受け身の感じでゆっくり転がる。無事に技もどきを披露し終えると、どこかに追いやったはずの恋愛脳が帰ってきて、道場の畳が実は彼ベッドだったという事を思い出させてきた。

初の彼ベッドがロマンスの欠片もなくて残念だ。とほほ。

せめて匂いだけでも覚えて巣に帰ろうと、綺麗に整えてあるファブリックにこっそり頬を押し付ける。

……新品の匂いしかしない。

チッ。

ばれてないか確認するためにチラッとハヤトを見上げた。するとハヤトは気まずそうな顔で目を逸らし「やっぱこれはやめよう」と言った。

「え、なんでですか？」

ばれてたの!?　私は性懲りもなく……！　私はなぜ！　何度も黒歴史を繰り返してしまうのか！

後悔と反省の嵐に内心のたうち回るけれど、現実は私の想像を遥かに超えて桃色の風を運んできた。

「自分で言い出しておいてなんだけど……。なんか……すごくいけない事をしている気分になるから……やめたい」

いけない事。

同居してても巨乳を押し当ててても壁ドンしてもベッドに押し倒してても！　別に何て事ないけどな、みたいな顔をキープしてきたあのハヤトが！　ついに〝いけない事〟って言った！

君、そういう思考回路あったのか！　勝手に無いものだと思ってたよ！

謎の感動を覚えた私は、調子に乗って浮かれた言動をし男子の矜持を傷つけてはいけないと、何でもないような表情を取り繕い「じゃあ私は自主練ですわね」と取り澄まして言った。

――いやほんと、自主練するしかないよ。こんなの心臓がいくつあっても足りる気がしない。

一連の流れにホッとした思いで起き上がり、髪と服の乱れを整えて部屋を出る。と、後ろから突然右腕を引かれて回れ右状態になり、ハヤトと向き合う形になった。大好きな薄茶と金の混じった虹彩に射貫かれて、思考が止まる。ただただ、言葉に耳を傾ける。

「教えられなくてごめんな。だけど、俺が必ずアリスを守るから。危険な目には絶対に遭わせないから――アリスは自分のやりたい事を、やりたいようにすればいいんだよ」

――そこからどうやって自室に帰ったのか、記憶がない。ふと気付いたら、さっきの出来事をポエム仕立てでノートに書き連ねているところだった。危なかった……また黒歴史を量産するところだった。

（美しい記憶は胸の内に秘めておいてこそよね）

多少冷静さを取り戻した私は、そのページを切り取って炎魔法で滅した。

――ついに！　冒険者登録できました！

今、ギルドのカウンターに座る私の手元には新人冒険者の証――その名もN（ニュー）ランクの冒険者証がある。

銀杏（いちょう）の木の板で作られたカード状のそれは、初めに自分で名前と得意分野と主な拠点地を書き込み、一見透明な板にしか見えない魔道具に乗せて魔力を通す。すると書いた文字がカードに刻まれて、魔法的な効力を得るというもの。魔法的効力とは、冒険者証に魔力を通した人物が倒した魔物の種類と数を記録してくれることを指す。誤魔化しは不可能らしい。

これは属性を含まない純粋な個人の魔力が、種族や個体ごとに色や波長のようなものが違ってくるから出来るわざ。この魔力の色や波長、それと性格によって、使いやすい魔法と使いにくい魔法が分かれてくるがそれは余談。

Nランクの期間は三ヶ月。それ以降は全員一律に新人を脱し、三ヶ月の間に積んだ実績を見て大体F～Cランク辺りに振り分けられるそう。ちなみに冒険者証が木のカード状なのはNランクのみで、他は全てドッグタグタイプの小さな金属プレートになる。ネックレスにして身に付けるのが一般的だとか。ランクが上がるごとに素材が良くなっていって、下からＦクロム、Ｅ真鍮、Ｄ銅、Ｃ銀、Ｂ金、Ａプラチナときて、Ｓは淡く青く光る魔法銀になるそうだ。この世界、魔法銀はレアモンスターのレアドロップ以外では出てこないのでプラチナ以上に貴重。

あとでＳのタグ、ハヤトに見せてもらおうっと。

で、この冒険者証を再度透明な板状の魔道具に載せると、板に文字が浮かび上がって記録を閲覧できるとの事。このシステムが完成したことで、それまではみ出し者達が嘘・大袈裟・紛らわしい報告ばかりするような、ろくでなしの代名詞とされていた冒険者という職業が、一気に健全になり庶民にまで広まったという。

このシステムを作ったのはうちのお祖父様なんだけど、一体どういう術式なのかしら。私がかじってきたものとは扱う情報量が段違いで、完全に理解の外だ。謎すぎる。もはや式というより、Ｃ言語で書かれているんじゃないかしら。あー、実家にいる時に見せてもらえば良かった。

……ん？　Ｃ言語？　まさか、式じゃなくて文章でも良かったりしないわよね？

ふと頭に思い付いた閃きを、いや、自分はもう公爵家の人間ではないのだから試すべきではない、と打ち消して、目の前で色々説明してくれているリズという若い受付嬢に意識を集中させる。ちなみについて来てくれたハヤトはギルドに入る前にファンに捕まって、まだお外にいらっしゃる。彼が常に神対応なのは知っているし、それは素晴らしい事だと思うので、握手会が長くなるのは仕方がないと思い待っていたのだけど……人気ラーメン屋のお昼十二時みたいに列がぐんぐん伸びていくのを見て、諦めて置いてきた。

マリアがやって来ないかが心配だけど、あれだけファンがいればマリアもそうそう割り込みはできまい。彼女は大人しく並ぶタイプではないし、昼時のラーメン屋に割り込みなんてすれば大騒ぎになるのだから、そしたら即出動すればいいのだ。

……でも、さすがに遅くない？　そろそろ来てくれるといいんだけど。

「……説明は以上になりますが、何か質問はございますか？」

「いいえ、大丈夫です」

「左様でございますか。それでは……パーティー編入の申し込みはどうなさいますか？」

「え？　パーティー？　申し込むんですか？」

「はい。Nランクの方は……特に若い女性は、自分が入るパーティーはよく選んだほうがよろしいかと。まれにソロでやると仰る方もいらっしゃいますが、危険なのでお勧め出来ません」

「それは、そうですね……」

「まだ決まっていないのでしたら、入り口近くにメンバー募集の張り紙がございますので、ご覧になって行ってください。あ、書いてあるパーティーのランクは所属メンバーのランクを平均にしたものです。メンバー間で極端に差がある事はそうありませんが、一応ご留意下さい」

リズが示す両開きの扉の横には確かに掲示板があり、たくさんの張り紙がしてあった。興味をそそられて覗いてみる。

ふむふむ。

『魔導師募集！　Dランク以上！　分配率応相談！　蒼い銀狼（D）』

『まだまだ駆け出しですがよろしくお願いします！　当方回復術士。前衛出来る方求む　タンデライオン（F）』

『ポーターに空き有、賄い付き。日当：銀貨5枚　無限流星（B）』

……お、面白い！なんか自由の象徴って感じ！

蒼い銀狼とかそういうのはパーティー名かな？　で、かっこの中は自分のところのランク？

夢中になって張り紙を眺めていると、横からにゅっと手が伸びてきて、私の見ている紙にバンと手をついた。

びっくりして振り返ると、見ず知らずの男がパーソナルスペースを無視した距離感で私を見下ろしている。

「君……編入先を探してるの？」

「え、ええ……？　別に、探している訳では」

「そんなに警戒しなくても大丈夫～。取って食ったりしないから。今、僕のパーティーの募集見てたでしょ？

僕、その無限流星（B）のリーダーなんだよね。こう見えて結構強いんだよ。よく優男って言われてるけど（笑）。君フリーのNちゃんでしょ？　ギルドに入って来た時から気になってたんだよねぇ。すっげー可愛くってずっと見てたんだ。良かったらうち来ない？　本当だったらポーター……あ、荷物持ちしか募集してないんだけど、君だったら今すぐ正式メンバーにしてあげてもいいよ。いきなりBランクパーティーに正式に誘われるなんて無いよ？　いい話だと思うけど」

「け、結構です」

圧が！　圧が凄い！　今生初めて出会うタイプだ！

奴は首にかけた金色のプレートをこれ見よがしに指先で弄りながら喋る。

「えー？　なんで？　あ、男しかいないと思ってるのかな？　大丈夫だよ。ちゃんと女子もいるから。どうしても不安なら、食事でもしながら話しようよ。おいしいお店知ってるから連れてってあげる。君、名前は？　連絡先も教えてよ。今度遊びに行こう？」

流れるようにナンパすんな！

さすがにちょっと怖くなってきてジリジリ横に移動し逃げに入るけど、無限（仮名）氏もジリジリ近付いてくる。

うわーこれどうしよう。困った。

幸い出入口が近いので、よし強引に話を打ち切って逃げよう、と思っていたら、その両開きの扉から小柄な女の子が一人入ってきて、私達を見るなり目を吊り上げた。彼女もまた金色プレートを首から下げている。

「ちょっとアレク！　何してんの！　またナンパ⁉」

「うわっ、ち、違うよベティ。Nの子が困ってたから助けてあげようと思って」

「えっ」

ちょっと待て。困らせてたのは君だよアレク。

ベティと呼ばれた女の子は、私を上から下まで品定めするように眺めると、キッと睨みつけてきた。

「アンタさ、Nのくせに可愛いからって B の男に色目使って近付こうとしないでよね！　この人いつもこうなんだから、真に受けて無限流星に入れるなんて思わないで！」

えぇー……。理不尽。

唐突に痴話喧嘩に巻き込まれてしまった。どうやってここから逃げようか考えていると、騒ぎを察知した冒険者達がヒューヒューと囃し立て始める。

「お！　またアレクを巡る戦いか？」

「ベティは強えし喧嘩ッ早いからなぁ！　Nのお嬢ちゃん頑張れ！」

勘弁してよ！　一切関係ないってのに。

ベティから剣呑な空気が発せられる。ギルドの職員達はこちらを注視しているものの、「お前止めて来いよ」「いやムリムリムリ怖い」みたいな仕草をしていて、介入してくる気配は無い。滅しろ。

「あの……ベティさん？　誤解があるようですけど、私は別にあなた達と関わりを持とうとは思っていませんよ。少し落ち着いて下さい」

「言い訳する気⁉」

ああ、これ聞いてくれないやつじゃん……。

それで気が済むならビンタの一発くらい覚悟すべきか。

ハヤトに守護結界かけて貰ってあるから、痛くは無いだろう。彼の結界は魔力の密度が半端じゃなくて、文字通り鉄壁なのだから。

よし！　来い！　ベティ！（痛くないから）受け止めてやる！

一触即発の女達とそれを面白がる男達でボルテージが最高潮に高まった瞬間、空気を読んだように扉が開いてハヤトが入ってきた。

もう！　遅いよ！

突然現れたハヤトの存在感はある程度見慣れたはずの私から見ても際立っていて、一瞬でギルド内の空気が彼に持って行かれたのが肌でわかった。

「カメレオンだ……」

アレクがそう呟く。ベティも瞬きを忘れたように見入ってしまって動かない。

周囲からも「あれがSのハヤトか……」「久し振りに見たな」「帰って来てるって噂マジだったんだな」等、様々な声が聞こえる。どうでもいいけど、Sのハヤトって言わないでほしい。今後そんな風に見てしまうこと請け合いだから。

そんな彼がまっすぐNの私の下にやって来るものだから、無限流星達を含め周囲の人々はいったい何が起きるのかと固唾を呑んで見詰めている。そんな中、彼は申し訳なさそうな顔で言った。

「ごめん、アリス。遅くなった」

「……本当ですわよ」

（え〜〜っ⁉）

アレクとベティはそれぞれ目を剥いて口をぱくぱくさせた。静かにざわめきが広まっていく。これで事態が収拾できそうだとホッとした私は、さっさと退散すべくハヤトの腕を引いた。

「もう終わりましたから、帰りましょう」

「ちょっと待って、まだパーティー登録してないじゃん。俺のＩＤも必要でしょ？」

「……今度でいいです」

ざわめきが大きくなる。「ハヤトがパーティー組むって！」「嘘だろ⁉　あれ以来誰とも組む気はないって全部断ってきた男だぜ⁉」「相棒できたって噂本当だったのか」「あのお嬢ちゃんＮだよな？　何で相棒⁉」「恋だろ」「バカ！　言うな！」等々、全部聞こえてしまっている。

いたたまれない。帰りたい。恋とか言わないでよ。彼は公爵家に頼まれてるだけなんだから。

この騒めきをどう受け止めているのか、ハヤトは困惑顔で聞いてきた。

「なんか騒がしいけど……何があったの？」

「別に何も」

「そんな訳ないじゃん。そんな泣きそうな顔して」

「してません」

「してるよ」

「してませんって」

別に泣きそうになんてなってない。

この強情さに聞き出す事を諦めたハヤトは
「帰ったら聞くからね」

と言って私をカウンターに引っ張って行き、私の手からカードを取り上げ魔道具の板の上に置いた。そして自分の服の首元をゆるめ、首に掛けられていたチェーンを外し中から青白い光を放つ魔法銀のプレートを取り出す。それを私のカードの隣にしゃらりと置いて、リズに伝えた。

「俺とアリス。二人パーティーの登録お願いします」

リズは血の気を失った顔でぐらりと横に倒れ、そのままカウンターの向こう側に崩れ落ちて行った。

「キャー！」

「リズ！　どうしたの⁉」

「この子ファンクラブ番号一桁の筋金入りなのよ！」

今度はギルド職員達まで大騒ぎだ。ハヤトにファンクラブまであったとは。

……私、刺されるかも知れない。イヤ、いいさ。それならそれで構わない。むしろ本望だ。女の子にとって、恋とは戦いそのものなのだから。


大騒ぎのさなか何とかパーティー申請を済ませた私達は逃げるようにギルドを後にし、帰路についた。パーティー名は未定。三ヶ月以内につければいいらしいので、その間にちゃんとしたのを考えるつもり。

「で、アリス。何があったの？」

帰宅した瞬間始まった尋問に、簡単に答える。

「痴話喧嘩に巻き込まれただけです」

「何それ。どういう事？」

「浮気性の男性が悪い癖を出して、女性が怒ったんですよ」

「……ああ、あいつ――流星のアレクか。あいつは確かにそういうトラブル多い……っていうかアリス、あいつに絡まれたの？」

「そうですけど」

「……っ！　どこか触られなかった⁉」

「いえ、どこも」

否定するとハヤトはあからさまに脱力し、ほーっと息を吐いた。

「……俺がちゃんとついてなかったから、ああいう奴が寄って来るんだよな。ごめんな、アリス。怖かっただろ」

「少し」

でも平気だ。結果何もなかった訳だし。

そう伝えるために、にこりと笑みを浮かべて見せる。するとハヤトは苦しそうな表情で俯いた。

「……俺、もう、握手してくださいって言われても断ることにする」

「え⁉　なんで⁉」

つい素になってしまった。

だってだって、ファンを大切にするのはアイドルの理想の姿じゃない！　そういうところ尊敬していたのに！

だけど、ハヤトの認識は私とは少し違ったようで。

「なんでも何も、おかしいとは思ってたんだよ。何で皆ただの冒険者と握手したがるんだろうって。

煙突掃除夫みたいな扱いなのかなって思って毎回応じてたら、どんどん人が増えるし」

「ちょ、ちょっとストップストップ！　今なんて言いました？」

「どんどん人が増える」

「違ーう！　その前！」

「煙突掃除夫？」

「そう！　それ！」

聞き間違いじゃなかった。本当に言ってた。え、ほんとにこの子、自分を〝触ると幸運になれるジンクス〟扱いされていると思っているの？　この人、自分がファンクラブまで存在するアイドルだって知らないの？　ウソでしょ？　そんな事ってある？

「……ハヤトさん、ちょっとお伺いしたいんですけど、貴方、ご自身の事をどう思っていらっしゃるの？」

「……ちょっと強いと思ってる」

「それだけですか？　もっとあるんじゃないですか？　よく考えてみて」

「何だよ、急に」

「いいから！」

腕組みをして、うーんと首を傾げる。

「…………珍種？」

「否定はしませんけど、どうしてそう思ったのですか？」

「〝カメレオン〟」

思いがけない答えにどきっとした。

その二つ名を本人が口にするのは初めてだ。その意味を私はまだ知らない。

「……それ、皆さんもおっしゃってましたけど、どういう意味ですの？」

「そっか。アリスはまだ知らないのか。今教えてもいいけど――今夜、教えてあげる。夜まで待って」

ド天然疑惑のさなかに不意に飛び出す、小悪魔な一面。そのギャップの破壊力に一瞬意識を失いかけるが、なんとか自我を保ち、こくりと頷く。

「……わかりました。夜まで待ちます」

一体何を教えてくれるのかしら。とりあえず今日は長風呂をすることが決定した。公爵家から送られてきていた香油(こうゆ)を塗りたくる仕事が増えたからね。

「とにかく、俺と握手しても別に幸運なんて降ってこないんだから――その間、アリスをほっとくのはもう嫌だ。もう握手はしない」

決意は固いようだ。――そう、私の立場を気遣って握手をやめると言うのね。……いよいよ本気で刺される未来が見えてきた。

「……ハヤト、私、後悔なんてしませんわよ」

「へ？」

何の話、と言いたげな表情の彼の頬にそっと触れる。

明日にはバッドエンドを迎えるかも知れない悪役令嬢だから、このくらいのご褒美は許されてもいいと思うの。

ハヤトは怪訝そうな顔をしながらも、おとなしく触られてくれている。

「……なんで触るの？」

「さあ、何でかしらね。煙突掃除夫だからじゃないでしょうか」

「だからそういう効果は俺にはないって」

「そうですか？　私、今、とっても幸せですよ」

するると、彼の頬が少し赤く染まった。

うぅ、かわいい。ド天然だとしても全然アリだと思う。この顔と才能を持ちながら、どうしてこんなにピュアなまま生きて来られたのかしら。不思議。

「私ね、貴方に出会えた事自体が幸運だったと思ってますのよ」

「ん……ねえアリス、俺にも幸運をちょうだい？」

そう言ってハヤトも私の頬に触れる。

くすぐったい。

「なぜ私に？」

「俺もこうすると幸せな気持ちになれる気がしたから」

……そうよね。この人はそういう人よね。きっと天然タラシってやつなのよ。まったく、どれだけ人を惚れさせたら気が済むのかしら。

ハヤトは私の頬を気が済むまでむにむにしてから、そっと指を耳に滑らせた。くすぐったさとはまた違うぞくりとした感覚に襲われる。

……あ、これヤバいやつ。

「あのっ……ちょっと……それは」

「ああ……そういえば、頭撫でるのってアウトなんだっけ」

そう言いつつ、止める気配はなく両手で耳を撫で、耳たぶを柔らかく揉みこむ。

「あ、頭よりもアウトですわよ！」

「そう？　でもこれはアリスが始めたんだよ。もうちょっと我慢して？」

えー⁉　私そこまでしてないのに！

楽しそうな顔にSの性質が見え隠れする。やっぱりSのハヤトだ。もしくはカメレオン。優しかったり失礼だったり、小悪魔的だったり天然ピュアだったりSだったり。状況によってころころ色を変える彼の性質はまさしくカメレオンの二つ名にふさわしいものに思える。

あの二つ名はこの七色な性格のことなのね。きっと。


その日の夜、長い入浴を済ませた私を自室にいるハヤトが呼んだ。時刻は既に八時を過ぎて、いつもならそれぞれ自室で過ごしているところ。同じ屋根の下とはいえこんな時間に会うのは初めてで、どんな顔で部屋に行けばいいのか分からない。

いったい何を教えてくれるのかしら……。

妄想ではとっくにキスまで済ませているけど、妄想が暴走気味で足がすくむ。

「何してんのアリス。入っておいで」

「は、はいっ」

促されてハヤトの部屋に入ると、部屋の明かりを落とした彼はゆっくりと窓際に歩いていった。

「？」

「……もう、そろそろかな」

そう言ってカーテンを開き、窓を開ける。月の柔らかな光と風が吹き込み、開け放たれた窓の中心には満月がぽっかりと浮かんでいた。

「そろそろ、とは……？」

「まあ、見ててよ」

満月を背負って窓にもたれる彼の姿は、何だかとんでもなく美しい。見てて、と言われたから有り難く見ていると、彼の艶々した美しい髪に変化が現れた。銀色が現れたのだ。

「え？」

月の光を吸い込むように、静かに、薄茶の色が銀に変わっていく。

「え、えぇ……？」

見間違いかと思ったけどそうじゃない。みるみるうちに変化が広がる。

「うそぉ……」

たった数秒の間に、彼は完全な銀髪に変化してしまった。

「ね？　カメレオンでしょ？」

いつもの口調で小首を傾げる彼の瞳も、宵闇のような群青色に変化していた。

「……なにそれ……」

なんだかすごいものを見た気がする。ここは確かに魔法がある世界だけど、魔法で容姿を変えることは出来ない。化粧品が豊富にある事からもそれは明白だ。こんなふうに色が変わる人がいるなんて、聞いたことがない。

「それは、どういう事ですの……？」

要領を得ない質問になってしまったけれど、仕方ないと思う。だって頭の中が変色後のハヤトを焼き付けるのに精一杯なのだから。元々存在感が浮世離れしている彼の、唯一とも言っていい親しみのある部分があの薄茶色の髪と瞳の色だったのに、今はそれすらも耽美的な色合いになってしまった。最近やっと見慣れてきたところだったのに、また最初からやり直しである。もう頬に触れるなんて出来そうにない。無理。美形怖い。

どういう事、と言った私の質問にハヤトは少し肩をすくめ、

「さぁ……。俺もよく分かんない」と言う。

——わからんのかい。

「生まれつきだったみたいだけど……妹はこんな体質じゃないし。俺の他にもいるなんていう話も聞かない。遺伝ではなさそうだし、本当、なんなんだろうね」

銀色の髪に群青の瞳で話す彼は、いつも通りなのにいつも通りじゃない。不思議な感じ。

「あの……色が変わることで何か他の変化はあるのですか？　すごくパワーアップするとか、性格

が変わるとか」

「んー……。そういうのは変わんないけど、魔力の性質は少し変わる」

「魔力の性質ですか」

「うん。土地によって空気中の魔力の性質が変わる感覚ってあるでしょ？　泉の近くだと水の魔力とか、火山の近くだと火の魔力とか。どうも俺、しばらく居るとその場所の魔力の色に染まるみたいなんだ。夜は月の魔力が強いからこんな色になるけど――その色の魔法が使いやすくなる感覚はあるかな」

「へ、へぇ～……」

火山は知らないけど、確かに小さい頃家族で行った領地の湖周辺では水の魔力を強く感じたものだ。ああいうのに染まるという事は……。

「ええと、それって……まさか、他にもバリエーションが」

「うん。月の色の他にも、新月だと黒になるし、あとは場所によって水色になったりピンクになったりするよ」

「水色!?　ピンク!?」

ねぇどうしてそんなリトマス試験紙みたいな事になっちゃってるの!?　いや見たいけど！　ものすごく見たいけど！　ピンク！

「完全な青とか赤にはならないのが、自分としては〝染まりきってない〟感覚になれて良かったと思ってるんだ。何ていうか、自分自身がちゃんと残ってる感じで」

そう語る彼からは自分の特殊体質に対する困惑の軌跡が読み取れて、少し気の毒になった。確かに、もし私がそうだったら意味が分からなくて困るしか無いだろう。なんとか前向きな声掛けをしたくて、言葉を絞り出す。

「ものすごく分かりやすくて、素直な身体ですわね」

少しいかがわしい感じになってしまった。恋愛脳になってから私はちょっとおかしくなっている自覚はある。ハヤトはもちろんその点はスルーしてくれた。

分かってる。そういう人だってもう分かってる。たまに変なとこで反応したりするけど。

「素直？……まあ、そういう事になるのかな。でも自分で意識して変えてる訳じゃないからね。前のパーティーメンバーには〝笑っちまうからやめろ〟ってよく言われてたけど、無茶言うよな」

「わ、笑ってしまうんですか……」

「そりゃね。空気中の魔力の質が変わるって事は、それだけ強い魔物が出てくる可能性がある場所ってことだから。みんなピリピリしてる時に一人だけ頭が突然ピンクになってたら笑うでしょ」

この神秘性を前に〝笑うからやめろ〟とは……。

本人もこの体質を珍種の一言でおさめたり、男子の世界って大雑把(おおざっぱ)というか何というか。

「そういえば、カメレオンって言い出したのもそいつらだったな。懐かしいよ」

少し遠い目をして優しく微笑む彼は、どこか寂しそうだ。あの群青の瞳が今見ているのは、異質ゆえに離れざるを得なくなった、仲間のいる場所。

私では代わりになれないけど、少しでもその寂しさを埋めることが出来たら……どんなにいいだろう。

そう、後ろで守られているだけじゃ、仲間にはなれないのだ。ラヴや以前の仲間達の気持ちが、今は少し分かる。

強くなりたい。そして、堂々と彼の隣に立ちたい。

きっと私もすぐに、そう思うようになる。

話が一段落したところで、ハヤトはちらりと時計を見た。私もつられて見る。もうすぐ八時半。

「……ああ、もうこんな時間か。アリス、部屋に戻りな。お風呂上がりだったのにごめんね」

「いえ……。では、私はこれで」

「うん。おやす……あ、ちょっと待って、アリス」

「え？」

「髪が、濡れてる」

そう言って彼は私の頭の上に手を置いた。温かな魔力が流れてくる。風、火、水の複合魔法。次の瞬間には髪はすっかり乾いて、サラサラと魔力の風に靡(なび)いた。

風魔法と、発火させない程度に調整した微弱な火魔法の合わせ技で髪を乾かす手法。これは、確かに知識としては存在する。だけど二種類の属性の組み合わせは非常に難しく、下手にやると頭が燃える危ないやり方なので普通はやらないのだ。理美容の職人が十年かけて到達する地点とも言われている。だから魔道具が有り難がられるわけなのだけど——彼は既にその辺りの魔力コントロールが完璧だった。しかも水魔法の要素まで入っていて、おかげで乾いたばかりの髪が異様にしっとりしている。二つの属性を合わせるのも難しいのに三つ、それもうち二つは火と水なんて。相反する属性を同時に使うなど本来は不可能と言われているはず。

彼は、やっぱりちょっとおかしい。

そう片付けることにして、お礼を言った。

「ありがとう。すごい、髪がサラサラになりました」

「ん。ちょっと髪触らせて。触ってみたい」

「いいですよ」

ドキドキするけど、髪くらい今さらでしょ、という気持ちもあり、月光バージョンのハヤトに髪を触らせる。

「本当だ。すごく綺麗。なんかいい匂いするし。あれ？　洗髪剤、俺も同じの使ってるよね？　何か違うの使った？」

「実家に送ってもらった香油を使いました」

気付いてくれて嬉しい。こういうのに気付く男はモテるのだ。気付かなくてもモテるだろうが、さすが攻略対象である。

「ハヤトも使います？　いいですよ、使っても」

「何で俺が」

笑いながら後頭部を一撫でして、その手が顎(あご)をくいと持ち上げる。あ、と思ったら顔が近付いてきて、ちゅ、と頬にキスの感触がした。

「おやすみ、アリス。また明日ね」

「おやすみ……なさい……」

ほっぺにちゅうされちゃった……。

なけなしの知能が、元々しない仕事を更にしてくれなくなった。

おかげで、おやすみのキスならお返しにこちらからもして良かったんじゃないかしら、という事に翌朝まで気付けなかった。


刹那的な生き方をしがちな冒険者は朝に弱いのが多いらしく、朝イチでギルドに行けば変に目立たずに依頼を取って来れるかも知れない。という事で、私達は依頼を受注すべく朝九時にギルドへ向かった。

ハヤトは髪も瞳も朝にはすっかり元通りで、何だか昨夜のことが夢だったように思えてくる。この国にそういう文化はないけど、あれはただの挨拶だったと思えてきた。少し前まで外国に遠征していたっていうし、きっとそうだ。そういう事にしておこう。

正常性バイアスな気もするけど、今はそれでいい。

だって色々、怖い。


ギルドの中は目論見通りまだ冒険者の姿はほぼ無く、職員と子供の冒険者達がチラホラいるのみだった。受付嬢達は二人で現れた私達を見た瞬間動きが止まり、纏う雰囲気に静かに動揺が走る。

しかしスッと視線を外し、黙々と仕事に戻った。

あれ、意外と普通……？

親の仇のような目で見られても仕方ないと思っていたのだけど。

拍子抜けしていると、カウンターの奥にいたオレンジ髪の大柄な男性が私達に気付き、片手を挙げて声をかけてきた。

「おう！　ハヤトじゃねぇか！　きっと来ると思って待ってたぜ！」

「ピートさんじゃん、久し振り。昨日いなかったね。二日酔い？　あ、そうだアリス。この人ね、ピートさん。ここのギルド長」

「まあ、そうでしたか。ピートさん、私アリ……スと申します。昨日からこちらでお世話になっております。以後よろしくお願いしますね」

もう少しでアリーシャと言うところだった。初対面の人に対する挨拶は身に染み付いてしまっているので、こういう時に咄嗟にご令嬢してしまいそうになる。取り繕ってにこっと微笑むと、ピートさんは四十代半ばと思われる浅黒い肌を少し紅潮させてがりがり頭を掻いた。

「アリ……スさん、お話は伺っております。ここでは何ですから、二人ともどうぞこちらへ」

やけに丁寧な物腰のギルド長にハヤトも不思議そうな顔をして、私と目が合いお互い首を傾げた。

案内されたのはギルド長室で、執務机の前に置かれた応接スペースの革張りのソファにハヤトと並んで座らされる。ピートさんは向かいにどかっと座り、まずは職員が出したお茶を一口飲んだ。

そして人払いをし、三人で向かい合う。

「……何？　ピートさん。かしこまっちゃって。らしくないじゃん」

「ハヤト……お前なぁ……。ステュアート家のご令嬢を前にして平然としていられるほうがおかしいだろ」

あら、ばれてる。

「ご存じでしたの？　私、登録の際には〝アリス〟とだけ書いたのですけど」

「もちろんです。レディ・アリーシャ。……とはいえ分かったのは、昨晩遅くに公爵家からご連絡を頂いてからですが。いわく、社会勉強のため市井に紛れて生活しているご令嬢が、どうやら冒険者ギルドに登録したようだ。公爵はお嬢様の意思を尊重し静観するご意向でおられるが、よろしく頼む、とジェフリー様より仰（おお）せつかりまして」

「まあ……」

社会勉強だなんて、ものは言いようね。実際は嫁の行き先がないだけなのに。

「そう畏（かしこ）まらないで下さいませ、ピートさん。私がステュアートである事は隠しておくよう、父から申し付けられているのです。どうか気安くなさってください」

「そう仰られてもですね……」

苦笑いをしてお茶を飲むピートさん。汗をかいているので喉が渇くのだろうか。すごい早さでカップが空になっていく。

「隠そうと思っても、いずれ嗅（か）ぎ付けられるのは確実ですから。レディ・アリーシャ。ご無礼を承知で申し上げますと、一目で高貴なご身分とわかるお姿をしておられます上、なんでも、そこにいるハヤトと護衛としてではありますが同居状態であるとか。ハヤトの妹がステュアート家に嫁ぐらしいと一部で噂が出回りつつある今、こいつの隣にいる高貴な女性といえば自然と身元の推測もつくというもの。元より、公爵も本気で隠し通せるとは思ってはいないでしょう。あえてハヤトに護衛を依頼していたり、噂が周知されるよりも前にうちに連絡を入れてきた事からもそれは明白です。もはや公然の秘密となっているという前提で動かれたほうがよろしいかと」

「……それも、そうですわね」

「ええ。それで本題なのですが、昨日、何やらギルド内で騒動があったようで……。関係者を代表しまして、私がお詫び申し上げます。誠に申し訳ありませんでした」

「とんでもございません。今の私はただのアリスですから、謝罪など不要です」

「有り難きお言葉……。職員達には朝礼にて、仕事に私情を挟まぬよう厳重に言い含めておきました。大丈夫だとは思いますが、何かございましたら私めに仰っていただければ」

「お気遣いありがとうございます。ですが何事も〝社会勉強〟、自力で対処できることは自力で何とかするつもりでおります。あまり心配なさらないで下さい」

「はっ……。もし必要でしたら、ギルドから公爵家にお願いをして護衛の数を増やすことも考えておりますが、いかがいたしましょう」

「不要です」

頭を伏せたピートさんに直ってもらい、お茶をいただく。すると隣で黙っていたハヤトがぽつりと呟いた。

「ピートさん、俺がいるから大丈夫だよ。……それに、アリスには才能がある。自力だけでもで相当上まで行けると思うよ」

　えっ。

「そうなの？」

　ピートさんと私の声が被った。

　何それ知らない。そんな評価初めて聞いたけど、どういう事？

「アリスはとにかく魔力量が多い。俺と長時間、延々撃ち合っても平気だった。まだ底が見えた訳じゃないけど、今まで会った人間の中で一番多いと思う。反射神経や動体視力も良かったし、体幹もしっかりしている。あと、見て分かるように、適応力も度胸もある。冒険者として成り上がる奴が持ってる要素を、アリスは全部持ってるんだ。危険な目に遭わせたくないのは俺も同じだけど、危ないからって薬草集めみたいな事ばかりさせるのは……今は、勿体ないと思ってる」

　そ、そうなの？

　ポカーンとしていたら、ピートさんは難しそうな顔で唸り、腕組みをして考え始めた。

「ふむ……。ほとんどの冒険者がせいぜいBランクで頭打ちになる事を考えると、才能とは貴重なもの。お前がそこまで言うのなら実際にそうなのだろうが……ちゃんと守れるのか？」

「当然」

　自信たっぷりに言い切る。

「……責任は重大だぞ？」

「わかってる。でも、もうアリスは俺の相棒なんだ。いつか一緒にレアモンスター狩りに行く。そうだよな？　アリス」

「はいっ！」

言葉のひとつひとつが嬉しくて笑顔で頷くと、ハヤトも微笑んでくれる。

私が前に言ったこと、覚えていてくれたんだ。どうしよう、好きすぎる。

手を差し出してくれたのでそこに手を乗せると、きゅっと握って手のひらを指先で擽ってくる。

そうやって見つめ合い、にこにこしていたら、ピートさんは何かを察したのかそれまで温和だった表情を強張らせた。

「ハヤト……お前……まさか……」

「何？」

「ご令嬢と……その……いや、はっきり口にするのは憚られるが……。お前、護衛だよな？」

「うん。そのつもりだよ」

「その割には空気感が妙にやらしい感じがするけど！　お前大丈夫か⁉　色々と！」

やらしい感じの空気感⁉　そんなの出してました⁉

「何言ってんのピートさん。大丈夫に決まってるじゃん。ベッドに倒したことあるけど何もしてないし、キスだってまだ頬っぺたにしかしてないよ」

「いやそれ全然大丈夫じゃないよ⁉」

「やだ、ピートさんってば。あれはただの訓練と挨拶ですわよ。挨拶で頬にキスなんて外国ではよくあるそうじゃありませんか」

「ここ国内ですけど⁉」

ピートさんは蒼白になった顔面を両手でそっと覆った。

「俺、何も聞かなかった事にしよ……。もうやだ、最近の若い貴族はどうなってんだ……。殿下達も困った人達だし……」

かの人達も迷惑をかけているようだ。ごめんなさい、ピートさん。


その日ハヤトが選んだNランク初の受注は、Nランク専用の薬草集めではなく、Eランク向けの「王都はずれの森に大量発生した人喰い林檎(りんご)の駆除(くじょ)」だった。

街を走る辻馬車の車列に紛れて、私はクリスお兄様製魔道車(初号機)を郊外へ向かって走らせていた。道行く人々がびっくりした顔で振り返る。

「ママ〜! あの馬車お馬さんいないのに走ってるよ〜?」

可愛らしい子供の声に自然と笑みが浮かぶ。バイバイ、と手を振ると子供ははにかんで手を振り返してくれた。

設計図だけ引いてお兄様に丸投げした魔力で走る車は、馬車しかないこの世界でも浮かないように、馬車に近い年代のクラシックカーをイメージしたデザインでなかなか可愛い姿をしている。

これすごいの! ちゃんとブレーキもハンドルも付いてるんだよ! 走らせるの面白い! 魔力と魔道具ってすごい便利だね。ミナーヴァ様もお祖父様もお兄様もグッジョブ!

隣にいるハヤトは、むくれた表情で黒い牛革のベンチシートに深くもたれ座っている。

「俺も動かしたかった……」

ごめんて。

だって一応関係者としてはどう動くか気になるじゃない。

「郊外に出たら交代してね」

はいわかりました。

頷いて、混み合う馬車道を抜けて街から離れる。徐々に家が減り、畑が増え、気が付けば既に他の馬車は一台も見えなくなっていた。たまに人っぽいのがいる！　と思ったらかかしだったっていうくらいの見事な田園地帯。

さてそろそろ交代かな、と思って隣を見ると、あれ……寝てる。

寝てる！

そっとブレーキを踏んで車を停めた。

妙に静かだと思ったら寝てたのね、へぇ、そうなの……。

普段見ることの出来ない寝顔をじっくり眺める。

目を閉じていても素敵……。睫毛(まつげ)が長いのね。寝顔がカッコいいなんて夢が広がるわ。……さて、ここに二つの選択肢があります。

一・起きるまで寝かせてあげる。

二・普通に起こす。

三・悪戯(いたずら)する。

……どうしても三つになってしまう。削ろうと思っても出て来る辺り三が本命としか思えないんだけど、それはさすがにね。さすがにね～……！

……反撃が怖い。

今までの経験から言って、寝ているところに悪戯なんかしようものなら倍返しが待っている気がしてならない。

……うん、やめておこう。起きるまで待ってるのもそれはそれで何だか悪戯に近い気がするし、普通に起こそう。私にだって、寝顔をじっと見つめるのは失礼じゃないかな、と思う気持ちくらいあるのだ。散々眺め倒した後で言うのもなんだけどさ。

「ハヤト、起きて。交代しましょう？」

肩を掴んでゆさゆさ揺する。

「ん～……」と小さく唸ってゆっくりと瞼（まぶた）が開き、やがて焦点が合って視線が私を捉える。それまでの間に、私はある事を閃いていた。

──彼が起きて最初に見るのが私。

雛鳥（ひなどり）は、卵から孵（かえ）って最初に見たものを親だと思い、愛着を抱き、一生懸命ついて歩くようになるという。

親になりたい訳じゃないけれど、これ、使えないかしら。

可愛い雛鳥の親への愛情を利用するなど自分でもなかなかに下衆い考えだとは思うが、一考の価値はある気がする。

「……おはよ、アリス。ふぁ～、これ眠くなるねー。振動がちょうど良くて気持ちよかった」

「おはようございます。よく眠っていましたわね。きっと公爵家の馬車で使われているサスペンションシステムがこれにも使われているんですわ。道が悪くても振動が大きく軽減されるんですのよ。ところで、これから毎朝でも起こして差し上げましょうか？」

話の持って行き方がやや強引だったような気がするが、意思は伝わったはずだ。

お願い！　うんって言って！　刷り込まれて！

「ん～、じゃあお願いしようかな」

やった！

「でも大体俺のほうが起きるの早いよね。じゃあさ、早く起きたほうが起こしに行くのはどう？」

えっ。

「な、なぜ私のほうが遅いと分かるんですか？」

「音。あと、気配」

「そうですか……。気配ですか……」

少し恥ずかしいけど、確かに二階の音というのは一階に伝わりやすいもの。気配のことは正直わからないが、何か達人にしか感じないものがきっとあるのだろう。

でも寝ているところを見られるのは嫌！　変な寝顔だったらどうするの⁉

「せっかくですけど、私は結構ですわ。……朝はベッドから出る前に読書をするのが習慣ですの」

「へえ。そっか。……なんで目を逸らすの？」

「何でもありませんわ」

うぅ、何もしてないのに反撃をくらった気分だ。ともあれ運転の交代をしなくては。

「ハヤト、交代しましょう。私がそっちに移るので貴方はこちらに来てください」

狭いけどベンチシート型なので楽にいけるはずだ。

シートに膝を立てて、よいしょとハヤトの向こう側に足を出そうとした時、失態に気付いた。

これ、またがないといけないじゃん。

前世で免許取りたてで嬉しくて、友達とこうやって交代していた記憶がある。だから無意識にそうしてしまったけれど。これまたがないといけないじゃん。どうしよう、既に半分くらい足向こうにいっちゃってるんだけど。

進めず、さりとて引くに引けず困っているとハヤトも同じことを考えてしまったようで。

「……一回降りれば良かったんじゃない……？」

と正解を言った。

「そうですわね……」

おとなしく足を引っ込めようとすると、ハヤトは「まぁ、いっか」と言って身体を運転席のほうにずらしてきた。

「ちょ、ちょっとぉ！」

「多分このほうが早いよ」

「そうですか⁉」

ハヤトの顔の横に両手をついて、まるで私が壁ドンしてるみたいな状態で片足を向こう側に下ろす。さっきは楽にいけると思ったけど実際そんな事はなくて、ハヤトの脚が長いからもう片足が引っ掛かってしまってなかなか向こう側に行けない。

やだもうどうしたらいいの⁉

「アリス、膝、両方のせて」

「はいぃ！」

半ばパニック状態でハヤトの言う通りに膝立ちになる。完全に跨いでいる体勢だ。しかも壁ドン。何か乙女として大切なものを失った気がする……。しかしハヤトは追い討ちをかけてきた。

「座って」

「はい⁉」

貴方の上にですか⁉

「いやいやいや無理無理無理」

「でも動けないでしょ？　座ってくれたら後は俺がやるから座って」

どうしてこんな事になってしまったのだろう。

心を無にしながらハヤトの上に腰を下ろす。

彼の手がきゅっと頭と腰に回ってきた時、無にした脳が突然エンダアアアイヤアアアとラブソングを歌い出した。もう色々限界だ。

色々諦めて私もハヤトの首にしがみつく。こうなったら転んでもただじゃ起きない精神で行くしかない。腹さえくくればこれはおいしい状況とも言える。うん、そうだそうに違いない。これはおいしい。

ハヤトは運転席にずりずり移動し、私を抱えたまま助手席側に身体を倒した。ぽすんと背中がシートについて、ああ、これで向こう側に行ける、とぼんやりと思う。

「……アリス、腕。離して」

そう言われて、しがみついたままだった腕を慌ててほどいた。身体を起こしたハヤトは、ふぅ、とため息をついて、

「あんまり早くなかったな」

と言って苦笑いした。

「次からは交代する時ちゃんと降りよう」

「そうですわね」

見事に意見が一致した瞬間だった。


問題の森はここから普通の馬車なら二十分ほど走ったところにあるそうだ。魔道車に魔力を通したハヤトは目をきらきらさせて道を走らせていた。彼もまだ年相応の表情をすることがあるらしい。微笑ましくて、こっちまで笑顔になる。

郊外にはのどかな田園風景がどこまでも広がっていた。

問題の森にはおよそ五分で到着できた。アクセルを踏み込む強さによって段階的に使う魔力量を

増やしスピードを出せるよう、お兄様が改良してくれたおかげだ。これがあるから町中では小さな魔力でゆっくり走り、郊外では大きく魔力を消費しハイスピードで走ることが出来る。道が舗装されればもっと速くなるだろうが、これでもじゅうぶん速い。

魔力をどう通すか決めさえすればここまで簡単に自動車が出来てしまうのだから、魔法のある世界ってそれだけでチートよね……。

それはさておき、大事なのは目の前の仕事だ。

森の手前に車を停めて降りると、ここから既に赤い果実がそこらじゅうにみっしり実っているのが見える。まるで収穫期の果樹園みたい。しかしこの森に林檎の木は無いはずだ。あれが全てモンスターかと思うと、まさに異常という言葉しか浮かばない。

「異常繁殖したって書いてあったけど、これは想像以上だな……」

ハヤトも少し驚いているようだ。

「アリス、人喰い林檎がどういうモンスターか復唱してみて」

「はいっ！　林檎に擬態して、獲物が近付くと急激に巨大化し大きな口を開けて鋭い牙で噛み付いてこようとする、単体ならさして脅威ではないモンスターです！」

ついさっき教えてもらったからね。覚えたよ。

「そう。で、対処法は？」

「噛まれないように気を付けながら、魔法が得意なら魔法で粉砕、物理が得意なら物理で粉砕するのみです！」

対処法も何もない脳筋な内容だが、事実そうする以外にない。

「そうなんだけど、これだけ多いと大変だね。Ｅランクじゃ手に余るんじゃないかな。大して強くはないから、色んなパーティーに少しずつ狩ってもらおうとギルドは思ってるんだろうけど……。これ、アリスならどうする？」

「遠くから魔法で一つ一つ撃ちます」

というかそれ以外にどうしろと。

学院でも、多数が相手の時はなるべく距離を取ってダメージが分散しないように一体ずつ確実に仕留めろと教わったよ。あそこは対人用の教育をしているけど、モンスター相手でもこの場合は同じやり方だと思う。

「悪くはないけど、それだと時間がかかるよね。魔力が多いなら、こういうやり方が出来るよ」

そう言ってハヤトは人喰い林檎の群れを見上げる。

「まず、俺と相手を魔力で繋げます」

ハヤトが見ている方向の林檎がうっすら白い光を帯びる。白い光。これが彼の魔力の本来の色。

彼は次々にモンスター達を白い光に染めていく。今はまだ、それだけだ。ダメージを与えるでもなければ状態異常を加えるでもない。以前の私なら、これに何の意味があるのか理解できなかっただろう。だけど若干ゲーム脳が入った今の私には分かる気がする。これは全体攻撃のためのいわば〝ロックオン〟状態ではないだろうか。相手に自分の魔力を留め置き、後から属性や殺傷力を加えるやり方――予想でしかないけれど。メリットは魔法を使う上で最も集中力が必要な〝属性を与える〟のが一度で済む事、デメリットは相手と魔力で繋がる事、だろうか。属性を与えず何の変質もさせない状態の、純粋な魔力で相手と繋がるのは、それなりにリスクがある。相手の魔力や悪意の影響を非常に受けやすくなるのだ。対抗手段はただ一つ、押し返す事のみ。力比べだ。魔力が強くなければ出来ない。

辺り一帯の人喰い林檎の群れがひと通り白い光を纏った時、ハヤトは「いくよ」と言って魔力を一気に雷の属性に傾けた。

一瞬、目がくらむほどの金色の光が迸る。バチバチと弾けるような音と共に無数の人喰い林檎がドサドサ倒れ、地面に落ちたのち光の粒子になって消えた。

自然界の魔力が何かしらの影響を受けて変質し固まって結晶化、それを核にして実体を得たもの。それがこの世界におけるモンスターの正体。核（魔石とも呼ばれる）を破壊すれば消えて、たまにアイテムをドロップするという何ともゲーム仕様です。

「一度に消えましたね、モンスター」

「ラクでしょ？」

「それはそうですけど……」

複数の相手をマーキングして全体攻撃に持ち込む。確かに便利と言えば便利。戦局次第では絶大な効果が期待できると思う。しかしいったい誰が好き好んで敵と魔力で繋がるなど危ない事を思い付くのか。

「どなたに教わりましたの？」

「自分で考えた」

ギャンブラーだな！　いや、押し負けない自信があるのか……。彼らしいと言えば彼らしい話ではある。

「確かに楽ですけど、逆に利用されたり相手に乗っ取られたりはしませんか？」

魔力による乗っ取りとは、読んで字の通り、人格の変化の事を言う。軽度ならちゃんと回復するが、重度だとずっとそのままという危険度高めの代物だ。他人の魔力を抜き取ってやれば回復を早めることは出来るけれども、分別が難しく、出来る術士は少ない。勿論、人間が人間相手にやると立派な犯罪になる。

「うん。力負けしなければ押し返せるから乗っ取られないし、利用もされないよ」

複数の敵と繋がるリスクを考えると慎重になるべきとは思うけれど。効率は確かに良い。

「これ、前の仲間も使おうとしたけど——あまり数を補足できなくて、上手く行かなかったんだ。でもアリスなら出来ると思う。あの量の人喰い林檎を見て、アリスはどう思った？」

「異常だと思いました」

「そう。怖くはなかった？」

「はい。そういえば全く怖くありませんでしたね」

林檎に擬態しているとはいえ、あれだけの数のモンスターを前にして恐怖を感じなかった。

私、けっこう図太いのね。

怖くない、と私が言った答えに、ハヤトは口の端を上げた。

「それこそが魔力の強さで負けてない証拠だよ。やってごらん？　あの数でもきっと押し返せる」

「はい」

周囲に人喰い林檎がいなくなってしまったので、場所を移した。そこにはまだまだ沢山、赤いモンスターが鈴なりに実っている。この数を前にしても確かに負ける気はしない。敵の全てが私の手の中にあるような、そんな感覚。

「大丈夫だと思うけど、もしも押し負けそうな気がしたらすぐに攻撃魔法に変換するんだよ」

「はい、気を付けます」

頷いて敵に向き直る。まずは一体に向けて自分の魔力を飛ばしてみる。私のも白い魔力。ハヤトと同じ。嬉しい。

相手側から僅(わず)かな抵抗を感じるけれども、どうという事はない。次々に魔力を飛ばし、ロックオンの数を増やしていく。ハヤト道場で散々早撃ちしてきた経験がここで生きている。属性を与える必要もなく、動かない相手に魔力を当ててるだけ。道場と比べると何と易しい事か。

数が増えるごとに抵抗も強く感じるようになるけれど、それでも負ける気はしない。視界に入るぶん全てを捕らえたところで魔力に攻撃性を与える。ハヤトが雷だったから、私は風にしよう。そう思って空気が動くイメージを送る。鋭く、刃のような風のイメージ。

森の中に無数の風切り音が鳴り響く。林檎に擬態したモンスター達が同時にバラバラに砕け、雨のように地面に降り注ぎ光の粒子となって消えた。

壮観！

「やった！」

初めてモンスターを倒した！　立ち上る光の粒子の中で、喜色満面で振り返る。

「ハヤト！　やったよ！」

嬉しさを隠し切れない私と同じような顔をして、彼は右手を挙げる。ハイタッチの合図に、私も右手を挙げた。

「ねえ、そこにいるのもしかして、ハヤトじゃない⁉　そうよね？」

突然森に響いた不快な声に、はっとして振り返る。そこにいたのは、お馴染みふわふわピンク髪のヒロインこと男爵令嬢マリア。とその他四人。

でーたーなー！　天敵！　相変わらず口元に手を当ててプルプルしてますのね！　それ可愛いと思ってやってるの⁉　可愛いけど！

……ん？　よく見ると少し、くすんできた……？

回復術士の白いローブは替えが無いのか、土汚れを頑張って落としたような痕跡があるし、ふんわりくるんとしていたピンク髪は何だかしぼんで元気がない。

ど、どうした……？

「ハヤト～！　会いたかったのぉ！　おばけリンゴ怖かったぁ～！」

マリアは以前と同様、私には目もくれず丸い瞳に涙を浮かべてハヤトのところに走ってくる。

私にはわかる。あいつはこれから三秒以内に何かに躓く。確実にだ。

「きゃっ！」

ほらね。ワンパターンなのよ。だからハヤトにも行動を読まれてさりげなく避けられちゃってるじゃない。

受け止めてもらえなかったマリアは、すんでのところで転ばずに済み何とか体勢を整えた。そしていつもの台詞を呟く。

「いっけない、私ったらまた……」

本当だよ。

しかし台詞にいつものキレと勢いがない。本当にどうしちゃったのかしら。

黙って様子を窺っていると、マリアは震えながら潤んだ瞳で私を見てきた。

「アリーシャ様……もうやめて下さい！　全部全部私が悪いの！　メル様達は悪くない！　だからもう許してあげて！」

「はいっ⁉」

彼女はいったい何の話をしているの？　思わずハヤトを見ると、彼もまたびっくりした顔をしている。

「ええと、どういう事ですの？」

「ほらぁやっぱりアリーシャ様じゃないですかぁ！　ハヤトの隣で庶民のふりしてるって噂は本当だったんですね！　この前はどうして無視なんてしたんですか⁉　そんなに私が気に入らないんで

すか⁉」

気に入るか！　ていうか無視っていつの事⁉　この前初対面のふりした事を言っているの？　わからない！　誰か助けて！

「私、ハヤトのことも助けてあげたいんです。アリーシャ様、彼は凄い人なんですよ！　なのにこんなところで護衛なんてひどい……本来のお仕事に戻してあげて下さい！　私はどうなってもいいから、もう、権力で人を縛り付けるのはやめて！」

こんなところで、護衛なんて。

予想していた言葉だけど、胸がズキッと痛む。相変わらず人の心の弱みを衝くのが上手い。彼は確かに公爵家に頼まれて私の側にいる。権力は関係ない、なんて言えない。

「あのさ……俺は好きでやってるんだけど……」

ハヤトの助け船に今は乗る事にする。

「……だそうよ。彼が本当はどう思っていようと、少なくとも貴女が口を出すことじゃないの。引っ込んでて下さる？」

すると、とうとうマリアは顔を覆って泣き出してしまった。

「そんな……っ！　私、助けてあげたかっただけなのに……！　でも仕方ない……ハヤトはお仕事中だもんね。それに殿下とアリーシャ様、愛し合う婚約者同士の二人の間に割って入ったのは私だもの……。アリーシャ様に話を聞いてもらえるはずがないわ……」

「愛し合う⁉」

ないない！　ちょっと！　ホント変な事言うのやめて！

「愛し合ってなどいませ……」

「アリス」

ぽん、と後ろから肩に手を置かれた。メルキセデク殿下だ。ゾワッと鳥肌が立つ。幼なじみも同然な彼にこんなに拒否反応が出るようになっているのね。知らなかった。その手、今すぐに離してほしい。

振り返ることが出来ない私に殿下は語りかけてきた。

「アリス、私はどうしようもなく愚かだった。ずっと隣にいてくれた君の愛に気付く事が出来ず、少しばかりの火遊びが楽しくてつい溺（おぼ）れてしまった……。そんな私を陛下はお叱りになられて試練をもたらしたが、君と一緒なら陛下もお許し下さるはずだ。私と一緒に王宮に戻ろう」

つまりもう城に帰りたい、と。よほど勘当生活が堪えられないと見える。無理もない。王太子からの転落だものね。だけど——。

「お断りです」

ぱし、と手を払いのけて振り返った。久しぶりに対面する殿下は髪の艶が失われ、顔色も悪くあちこちに傷が出来ている。マリア回復術士に回復して貰えていないのかしら。気の毒ね。

「何故？……ああ、アリス。君は本当はそんなに美しかったんだね……。そうだ、思い出した。幼い頃の君は確かに今のような花の妖精もかくやという愛らしいお姫様だった」

「もうお止め下さい、殿下。私は今の生活が気に入っているのです。王宮に帰りたいなら、私に頼らずとも陛下の試練と向き合い、乗り越えて、正々堂々と帰れば良いではありませんか」

「無理を言うな。私が王族と知ってか、たびたび暗殺者が送り込まれてきて休まる暇が無いのだ。おかげで町中には宿を取れないので、この森でしばらく野営していたが……最近になって人喰い林檎が異常に増えて、疲れてしまってな。これではまともに戦えない。それに、ドラゴンなどこの人数で倒せる訳がないだろう。王宮に戻れば、騎士団を率いて討伐も可能だろうが」

多分だけどその暗殺者、王家が送り込んできてるんじゃないかな……。第二王子を立太子（りったいし）するなら、やらかした第一王子はどうしたって邪魔になるもんね。

ていうか、ハヤトは単独でドラゴン討伐してますよね。逆ハーパーティーじゃ無理なのかしら。

実際のところ、ハヤトが異常なだけで、全員いちおう攻略対象なんだから能力はそこそこ高いはずだ。攻略対象達のバランスと特徴から言って、殿下はオールマイティータイプ、宰相の息子は魔法タイプ、騎士団長の息子は筋肉物理タイプ、教師はきっと支援タイプ、ルークはよくわからないけれど――、ん……？　ルーク？

そういえば、メンバーにルークがいない。

あの子は今、何事もなく学院と公爵家で勉強の日々を送っているはずだ。例の卒業パーティーの日、殿下達は私不在なのに断罪をやらかしたから今こうして森で野営をする羽目になっているのよね。ルークあの子、パーティーには在校生代表として行っていたはずなんだけど、やらかしには不参加だった……？

つまり、ルークは最終的にマリアに攻略されなかった？

……マリア、逆ハーに失敗してない？

という事は、もしかして、隠しキャラであるハヤトへのルートはそもそも開いてない……。強制力みたいなものはない、のかも？

「おお！　アリス！　やっと眩い笑顔を見せてくれたね！　私は嬉しいぞ！」

「えっ？　私、笑ってました？」

ハヤトを見ると、彼は会話をしながらさりげなくボディタッチをしようとするマリアの手をさりげなくも絶妙にかわし続けている。さすが！　スルー能力の高さ、半端じゃないね！

なんか元気出てきた！　さて、これ以上変な人達に絡まれたくないし、帰るか！

「アリス、共に陛下に謝罪しよう……」

「ねえハヤト、もう帰――」

ぎくりとした。

ハヤトの髪の色が変わっていく。ブルーブラックの色だ。確かに、気付いてみれば、いつからか辺り一帯が濃密な闇の魔力に満ちている。

強い魔物が出るかも知れない。

マリアは呑気に変色したハヤトの髪に手を伸ばした。

「あれぇ？　ハヤト、髪が黒くなってない？　そういえば前にここで会った時は銀」

横から突き飛ばしてハヤトの前に立つ。瞳もブルーブラックに変色してて、これまたミステリアスで素敵だけど、そんな事言ってる場合じゃない。

「あの、髪が。黒くなっていますよ」

「うん。ここまでの異常発生なら何か居るかもって思ってたけど……やっぱり居るね。奥の方だよ。行こう、アリス」

手を差し出してくれたので、頷いて手を取った。二人で森の奥に向かって走り出す。背後からマリアの叫びが聞こえた。

「いったぁ～い！　アリーシャ様ったらひどぉい！　どうしてそんなに意地悪なんですかぁ⁉」

無視無視。

首ひとつの差で前を走るハヤトはぽつりと呟いた。

「凄い強烈な人達だね……」

本当だよ！

「私の学院時代の苦労、わかって下さいます？」

「うん」

ぎゅっ、と手が強く握られた。

闇の魔力は森の奥の一本の木の辺りから放たれていた。その辺りは禍々(まがまが)しい魔力が濃密に感じられ、まだ昼前なのに夜と錯覚しそうなほど（実際にはそこそこ明るいのに）暗く感じる。私達は木の幹に隠れ、少し離れたところから様子を観察した。

「嫌な感じじゃね……」

「うん。アリス、怖い？」

「いいえ、そんなに」

ハヤトは少し笑って私の頭に手を置いた。

「大丈夫だと思うけど、何が出るかわかんないから今のうち守護結界張っておくね」

「はい。ありがとうございます」

「あと、これ。渡しておくから、気が向いたら振り回してみて」

そう言ってハヤトはどこから出したのか、私に一振りの剣を手渡してくる。彼よりは私の体格に合っていそうな、やや細身で小さめのロングソードだ。

「剣ですか？　私が？」

「うん。扱えるようになったほうがいいと思ってさ。本当は試しに林檎でも斬ってもらおうと思ってたんだけど、今は護身用として持っておいて。闇属性のモンスターには、魔法を封じてくるやつがたまにいるから」

その言葉に、慌てて剣を強く握り締める。魔法を封じられたら私は何も出来ないのだ。使ったことが無くても、持っておくべきだろう。

「……あ、いた。木の上だ。あの葉っぱの影で赤く光ってるやつ。アリス、見える？」

見ると、一際太い枝の上で木の葉に隠れるようにして赤い二つの光が瞬いている。

目だ。あれは、赤い目。赤い目が私達を見た。

「うわ、モスマンだ」

ハヤトがそう言うと同時に、モスマンは大きな黒い翼を広げ、羽ばたかせて派手に木の葉を散らした。遮るものがなくなり、私たちにその姿がはっきりと見える。大柄な人間よりも大きな体躯に赤く光る目。腕の代わりに生えた、巨大な翼。そして全身を黒い羽毛に覆われた――とにかく闇属性！　な主張の強いモンスター。

闇属性の魔法は、相手を眠らせたり黒い霧で視界を悪くしたり等、強くはないが厄介な性質を持つ場合が多い。

「……ちょっと厄介かも」

「え、ハヤトでもそう思います？」

「うん、あいつ特有の闇魔法らしいんだけど、ひとつ面倒なのがあって」

説明しようとハヤトが口を開いた瞬間、背後からマリアの悲鳴が聞こえた。

「きゃあー！　何！　何あれ！」

珍しく本気の悲鳴を上げて、マリアは腰を抜かしたのかペタンと地面に座り込む。

もう、何でここにいるの!?　追いかけてきちゃったの!?

「貴女ねぇ、どうして追いかけて来たのよ！　危ないでしょう!?」

「だって、だって、話の途中でアリーシャ様がハヤトを連れて行っちゃうから」

恐慌状態のマリアの後から他の四人も現れた。

だから！　何故！　追いかけて来るんですか！

「アリス！　何だあれは!?」

そう言う殿下を無視してモスマンを見据える。完全に戦闘体勢に入ったそれは、巨大な翼を広げて枝から地面に降り立った。衝撃で突風が起こり、土や石礫が飛んでくる。私を庇うように前に立ったハヤトは、何てことない普段と同じ口調で言った。

「あいつはね、アリス。影を使うんだよ」

「影？」

何それ。影を使う魔法なんてあるの？

するとハヤトは突然私を抱え上げて飛び退いた。今まで居たところの地面を見ると既にモスマンの黒い魔法が着弾している。ほぼ同時にマリアや殿下達も撃ち込まれたようで、黒い魔法が彼らの影に吸い込まれると、影はみるみるうちに膨らみ実体を持ってムクリと起き上がった。それは敵意しかないようで、すぐさま本体に襲いかかっていく。

「……い、嫌ぁー！　何なのよコレ！」

自分の影が襲いかかってきてパニック状態のマリアは装備していた小さなロッドで必死に応戦した。殿下達も自分の影と戦い始めるが、自分の影なので実力は拮抗している。そこにモスマンの追加攻撃がくるものだからたまらない。黒い霧に目元を覆われ、攻撃する事も防ぐこともままならなくなる。

「うわ……本当に厄介ね」

「そうなんだよ。あの魔法も嫌だけど、デカい割に素早いし、あいつは本当にやりにくい」

「……どうすればいいんですの？」

「さっさとモスマン本体を倒すに限る。……ここは逃げられないように、影使いには影、でいこっか」

そう言ってハヤトはいつどこから出したのか分からないけれど、大振りの剣を肩に担ぐ。

影には影……？　どういう事？

「じゃ、行ってきます」

ぽんぽん、と私の頭を撫でてハヤトは地面に手をついた。次の瞬間、ハヤトの姿が地面に吸い込まれるようにシュンと消える。

「え!?」

ハヤトはもう影も形もなくて、ここにはただ私一人がいるだけ。

ど、どこに消えたの!?

視線を上げると、彼はモスマンの影から飛び出てきた。高く飛び上がった勢いのまま剣の周囲に守護結界を刃の形で纏わせ、大きく上体を捻(ひね)り、上から斬りかかる。

全てはほんの瞬きの間だった。

「倒したよ」

一刀両断されたモスマンが光の粒子になって消えていく光景を背後に、ハヤトが私のところに歩いて戻ってくる。

――さっきの、影移動よね。前世の記憶ではファンタジーもののお話にたまに出てきていたような魔法。だけどこの世界でそれを使う人間は、たぶんこの人だけだ。だってそんな暗殺向きな魔法があったら、王侯貴族が通う学院で対処法まで含めて教えない訳がない。あそこを卒業した私でも知らなかった闇魔法。

なんか、すごい。ハヤト、すっごい。

「かっこいい！」

「そう？」

照れたようにはにかむ彼がかっこよくて可愛い。もう、なんて惚れ甲斐のある人なのかしら！

「もう一回影移動見たいです！　もう一回！」

「あー……あれね、もう無理かも」

「どうしてですか？……あ、」

ハヤトの黒く変色していた髪が元の薄茶に戻っていく。闇の魔力が急激に薄まったのだ。

「結構難しくてさ。黒に染まってる時じゃないとまだ影に入れないんだ」

「そうなんですか」

「もうちょっと使い馴れたら普段でもいける気がするんだけど、慣れるほど黒く染まる時がなくてさ。また今度ね」

「はい！」

楽しみー！


「あーん、ハヤトぉ！　助けてよぉ！」

あ、忘れてた。

あちらのパーティーはまだ全員が自分の影と戦っている。

「ねぇハヤト、モスマンを倒しても影って消えないんですか？」

「うん。自分の魔力と繋がっちゃってるから、魔力が切れるまで戦うか、普通に削って倒すしか消す方法はないみたい」

「魔力が切れたらそれはそれで大変ですね」

「そうだね。気絶しちゃうもんね」

「影を倒しても本人に影響はない？」

「大丈夫。元の影に戻るだけ」

「わかりました。……ハヤト、あの子の影は私が倒すので、貴方は殿下達の影を倒して下さいませんか？　苦戦しているようなので」

「りょーかい、気を付けてね」

軽快な足取りでまずは騎士団長の息子のほうへ向かう彼を見届け、私はマリアのほうへ近付いた。彼女の動きを見る限り、私でも物理でいけそうな気がするのだ。本体と殴(なぐ)り合いをしている影の背後に立ち、ハヤトに借りた剣を握る。

頭の中でさっきのハヤトの動きを再生し、剣の周囲に魔力を張る。そして結界化。これで剣は折れにくく、かつ聖属性を纏った事になる。言わばこれは魔法剣だ。この世界では魔法剣の話など聞いたことがないけれど、それは、魔法を使うには結構な集中力が必要だからだろう。剣に纏わせた魔法のことを考えながら敵と近接戦、想像しただけでどちらも中途半端になる予感しかしない。

剣を魔道具化すれば可能だろうが、ステュアートは武器には手を出さない。

これを当たり前のように実戦で使ったハヤトはやっぱりどこかおかしいと思う。

でも、私はそれに近付きたいのだ。

左足を下げ、腰を落とし、魔法を纏った剣を構える。思い切り腰を捻り、左から右へ。上体ごと思いっ切り振り切って――。

さくっ、と斬れた。

意外なほどさっくり斬れた。胸の辺りから上下に分かれた影は、光に溶け込みゆっくりと消えていく。

攻撃が止んだことに気付いたマリアは、ぺたんと地面に座り込んだ。まだ黒霧で視界が悪いのか、助けてくれたのがハヤトだと思い込んでいるようで。

「ああ、嬉しい……！　やっぱりハヤトは私の運命の人なのね！　ハヤト、さっきもお話ししたけど、私とアリーシャ様でパーティーを交代しましょう？　アリーシャ様みたいな、いつも護衛が必要なお嬢様より、私のほうが役に立つと思うの。それにアリーシャ様も、私達みたいな庶民より、やっぱり殿下達といたほうが落ち着くと思うのよね」

落ち着きません！

大体貴女、この前「私達、実は貴族なのよ」って自慢気に話していたでしょう。あれで怒らせちゃったから、今度は庶民にクラスチェンジしてみたのかしら。本当、器用というか何と言うか……。

もうちょっと自分にプライド持ちなさいよね。せっかく可愛いんだから。……もっとも、その性格だからこそ同時に何人も落とせたのかも知れないけど。

いったい、普段は何を考えて生活しているのかしら。モテる女の気持ちは分からないわ……。

私は美少女ではあるけど別にモテはしないので、全く理解できないモテヒロインたる彼女の内面を思案していたら、背後からトントン、と肩を叩かれて振り返った。そこには四つの影を始末し終えたらしいハヤトが殿下達四人を足元に転がした状態で立っていた。

彼は私の耳元に顔を寄せて、小声で話しかけてくる。

「終わったよ。今のうちに帰ろう」

「そうですわね……。ええと、その方達、どうしましたの？」

「んーと、間違って本体を殴っちゃった。そしたら伸びた」

「間違って……？　四人も？」

そんな訳ないでしょ、と言いかけて、そこはあまり追及しないほうがいい気がして口を閉じた。

「ちゃんと怪我は治しておいたよ。すぐに起きると思う。でも放っておいたら危ないから、仲間の近くに置いておこうと思って持ってきたんだけど。……どうする？」

二人とも無言でマリアに視線をやる。彼女はまだ黒霧で見えておらず、ハヤトの名前を呼びながら抱きしめてほしそうに両手を広げていた。

「………」

ハヤトは何も言わずに殿下の首根っこを持って、マリアの腕の中へ差し出した。するとマリアは殿下をぎゅうっと抱きしめ、嬉しそうな笑みを浮かべる。ぱっと手を離すとマリアと殿下は二人で折り重なるようにして地面に倒れ込んだ。

「きゃあっ！　だ、だめよぉ！　ハヤトったら！　皆がまだいるじゃない！　あ、と、で……ねっ？」

「……さて、帰ろうか！」

非常にやり切った表情で爽やかにそして速やかに現場を立ち去るハヤト。

そういえば、モテる男の心情もよくわからんな——と少し疲れた頭で考えながら、私も森から出るべく歩き出した。

街に戻って、報告をするためギルドに寄った。扉を開いた瞬間喧騒が途切れ、なぜか一歩歩くごとに人が割れていく。

……これは、私のせいなのか、ハヤトのせいなのか？

とうとう受付カウンターまで人が割れたので、バージンロードを歩く妄想をしながらハヤトと肩を並べて歩いた。

そこでは神父様ではなくリズが少し硬い表情で、背筋を伸ばして応対してくれる。

「よくお戻りなさいました。それではお一人ずつＩＤを」

まずは私がカードを魔道具の板に載せた。透明な板に光の文字が浮かび、倒したモンスターの種類と数が表示される。そこに目を通したリズは目を見開いて感嘆の声を上げた。

「まぁ……本日が初日ですのにこんなに!?……人喰い林檎三百二十五体、と、あと、ええと、マリア（影）——とは？」

マリア（影）。

……あれモンスター扱いなのね。本体のほうがよっぽどモンスターじみているけれど。影なんて可愛いものだったわよ……。

　と余計な事を考えていたら、ハヤトが横から口を出してきた。

「その事について報告があります。森の奥にモスマンが出現しました。討伐はしましたが、スポット化していると思われます。至急水晶の打ち込みをお願いします」

「まぁ！　それは……！　かしこまりました。至急ギルドマスターに報告いたします！　ジェニファー、お願いしていい？」

「はい！」

　リズの指示を受け、バタバタと駆け出していく受付嬢ジェニファーを見送りながらこそっとハヤトに訊ねる。

「スポット、とは？」

「魔力溜まりの事だよ。スポット化すると、最初のうちは弱いモンスターがたくさん出るんだけど、濃くなるとモスマンみたいに強いのも出てくるようになる。魔力の流れが悪くなっているのが原因だから、水晶で流れを作ってやるとスポットは消えるんだ。……人喰い林檎は元々大量発生しやすいものだから、今回のがスポットだって分からなかったみたいだね」

「なるほど……」

　私は知らない事ばかりだ。

　頷いていると、リズはコホンと咳払(せきばら)いをして座り直した。

「……よろしいでしょうか？　ええと、次はハヤト、様……ＩＤをこちらに」

「はい」

彼は服の首元を緩め、首からチェーンを外して青白く光るプレートタグを魔道具の上に載せる。

私はその仕草が凄く好きだ。服の中から直接肌に触れていたアクセサリー（違うけど）を出す時に、喉仏や鎖骨が服の隙間から覗くのがとても良いと思う。

完全にセクハラなので、あくまでも考えている内容がバレないように何気なく見るだけだけど。

「……確認いたしました。人喰い林檎五百六十四体にモスマンが一体、それとメルキセデク……こほん、（影）が四体ですね。モスマンはAランクパーティーに相当するモンスターですのに、さすがですね」

殿下達の名前を省略してリズはにっこりと微笑んだ。そして私にも微笑みを向ける。

「アリス様も素晴らしい成績でございました。初回の依頼でここまで討伐数を稼げる方は滅多に居られません。私達一同、ハヤト様のパートナーとなる方が、どこぞの馬の骨でなくアリス様で良かったと思っております」

「一同？」

「こちらの話でございます」

吹っ切れたような笑みだ。ファンクラブ会員番号一桁台のリズ。何だかよく分からないが、どうやら彼女に認めてもらえたらしい。

「応援しておりますね、アリス様」

「あ、ありがとう……」

「ところで、ドロップアイテムの引き取り等はございませんか？　これだけ倒したのであれば相当あると思うのですが」

「あ、忘れちゃいました」

なんやかんやあって逃げるように帰ってきたから、ドロップ品の確認をしていなかった。

ハヤトの顔を見ると、彼は得意げな顔で微笑みポケットから透明で虹色に光を反射する綺麗な葉っぱを取り出した。明らかにポケットに入りきる以上の容量——ざっと数十枚はあるその葉っぱからは、ふわりと林檎の甘い香りが漂う。

……それ、知ってる。見たことがある。

社交界の令嬢達が好んでドレスの装飾品に使ったり、林檎の爽やかで甘い香りを楽しむために紅茶に浮かべたりするやつだ。アップルウイングと呼ばれて、芳香(ほうこう)や美しさだけでなく体内に取り込むと魔力の回復が早まるという効果もある逸品。

あれ、人喰い林檎のドロップ品だったのか……。いやいいんだけどね。ちょっと複雑。それにしてもハヤトったら、いつの間にこんなに集めていたのかしら。そんな素振りなかったけど。

リズは机の上に積まれた葉っぱを数え、計算し終えると奥の金庫に行きお金を出してきた。

「アップルウイング五十六枚、一枚当たり銀貨一枚で引き取っております。それと依頼の人喰い林檎討伐数が計八百八十九体で、一体当たり銅貨三枚を報酬としてお支払いしておりますので——全て合わせて金貨一枚と銀貨百三十二枚が今回の報酬になります」

おお！　結構稼いだ！

公爵令嬢時代は何も考えずに何でも買ってもらっていたけど、今の私は普通の金銭感覚を学んだのだ。金貨一枚で庶民のひと月分の生活が何とか賄える程度。それを考えると、今日一日数時間でこれだけ稼いだって凄い事だよね。

今生初めて自分で稼いだお金！　感動もひとしおだ。

お金を受け取った私達は、まずはお昼にコーヒースタンドでホットサンドとコーヒーを買って噴水広場のオープンテラスで食べる事にした。

私が公爵家の人間だという噂が広まってしまったのか、私が隣にいる限りハヤトに握手を求めてくるファンはすっかりいなくなった。だけど代わりに遠巻きな視線が四方八方から注がれるようになっている。

私は腐(くさ)っても元は公爵令嬢なので、人の視線を浴びながら食べるくらい平気なのだけど、ハヤトは平気なんだろうか。

「すごく見られてますわね。平気なんですか？」

「別に。矢が飛んでくる訳じゃないし平気」

「開き直ってますね。前から不思議に思っていたのですけど、貴方って女の子が自分の前で顔を赤くしたり自分をじっと見詰めたりする事についてどう思っておりますの？」

「どうって？　普通じゃない？　女の子ってそういうものでしょ」

「違いますけど？」

赤くならないのが普通だとこの人は知らないらしい。自分に向けられる感情に鈍いのは筋金入りか。それはちょっとどうなの、と思うけど、もし好意に敏感だったら女性にだらしない生活になっていてもおかしくはないし、そうでなくても神経が参ってしまうかも知れない。

多数に好意を寄せられるというのは、案外心の負担が大きいものなのではないだろうか。この人はそのくらい鈍くてちょうどいいのかも知れない。

「……まあ、いいですわ。食べたらもう帰ろうと思うのですけど、どこか寄りたいところはありますか？」

「うーん……。アリスの服をさ……。買ったほうがいいと俺は思うんだけど、どう？」

「服ですか？」

「あ、服っていうか装備品かな。いつも着てるのってふわってしてて可愛いけど、戦いには向かないでしょ。汚れるし」

確かに、私の持っている服はいかにもお嬢様なワンピースばかりだ。今日もワンピースで森に向かうという気負いの無さ。ピクニックかと誰かに言われても決しておかしくはなかった。

「そうですね。確かに必要かも知れません。じゃあ選ぶのに少し付き合って頂けますか？」

「もちろん。元冒険者がやってる女向けの店があるから、そこに行ってみようか」

「了解しました！」

コーヒーを飲み干して意気揚々と向かったその店は、噴水広場からさして離れていない場所にある建物の二階にあった。

——ファッション&アクセサリー・カルロス

その店名を見た時、どうしてか何となく、ピタッとした白いドレスシャツにピタッとしたフリンジ付きの黒いボトムを着て、髪はオールバックで爪先の尖った靴を履いた髭のオネエさんを想像してしまったのだけど、扉を開いて実際にそういうおじさんが出てきた時には思わず扉を閉めてしまった。

「ちょっとぉ、なんで閉めるのよぉ」

「ひいっ！　ご、ごめんなさい！　つい！」

「もう……。あら！　ハヤトじゃな〜い！　久し振りぃ〜！　ヤダもう相変わらず男前なんだから〜！　何、アンタとうとう彼女できたの？」

「パーティー組んだんだ。で、何か動きやすいのを買おうと思って連れてきた」

「あーらそう！　そうなのぉー、ふぅん？　アンタがパーティー組むなんて相当ね。もう二度とないと思ってたのに」

「まあね。アリス、このお姉さんがカルロス。Bランクまでいったけど彼氏ができたから引退して、女冒険者向けの服を作り始めたんだって」

「オネエさん……彼氏……」

「やぁだぁ！　それはアンタが生まれる前の話よぉ！　もう結婚してるから彼氏じゃなくてダンナ！」

女神ミナーヴァは同性婚を禁止していないので、制度上は同性でも結婚できる事になっている——

が、実際にした人と出会うのはこれが初めてだ。さすが乙女ゲームの世界、その辺りは寛容である。

「じゃあアリス、こっちにいらっしゃいよ。ちゃっちゃと選んじゃいましょう？　ハヤトはバックヤードに本とお茶があるからそこで待ってなさい」

「りょーかい」

「カルロスさん、よろしくお願いします」

「あら。アンタ相当いいとこのお嬢様ね。野生のお嬢様とは何か感じが違うわ」

「野生？」

「で？　どんなタイプの戦い方なの？　魔法使い？」

会話のテンポが早い。これは心して掛からないと、姐さんのペースに呑まれてしまう。

「メインはそうなんですけど、剣も使えるようになれたら、と思っています」

「あらそう。それならローブはやめたほうがいいわね。あれはバサバサして邪魔になるから、剣士メインで考えましょうか。でも女剣士ってそもそもなり手が少ないのよねー。だからあんまり種類がなくってぇ」

そう言いながら棚から手早くいくつか服？　を手に取り、試着室のカーテンを開く。

「まずは試着ね。だけどパーツが多いから、素っ裸になってから着る順番が分からなくなると困るのよ。アタシがカーテンの下から順番に渡すから、さっさと中に入って脱ぎなさい」

「はい。ありがとうございます」

自信ありげなカルロス姐さんチョイスを信じて、試着室に乗り込む。

「パンツは脱がなくていいわよ」

わかっとるわ！

ワンピースを脱ぐ時間などそうかかるものではないのでさっさと脱ぎ、畳んで足元の籠に入れ
「脱ぎました」

と声をかけると、カーテンの下から白いものが差し入れられた。

「それが一番下に着るやつよ。小さいように見えるけど伸びるから大丈夫」

なるほど。レオタード的な？

納得してレオタード的なものを着てみる。背中はほとんど布がなくて、首もとで閉じてチョーカーみたいに見えるよう、デコルテが大きく開いている。けど、まあ、夜会のドレスのほうが肌面積広い事もあるし、一番下に着るならこんなものか。

「着ました」

「じゃあ次はこれね。コルセットみたいに腹部に着けるのよ。そんなに締めなくてもいいから、丁度いいくらいに締めなさい」

ブラウンのレザーコルセットを渡され、ウェストに巻く。中心に小さなベルトが縦に並んでいて、これで締め付けレベルとサイズを調整するらしい。一番左の穴で締めても大丈夫だったので、そこでベルトをセットした。

「OKです」

「次はこれ。剣を下げるベルトよ。小物入れもついてるの。左右にずれていかないように、コルセ

ットの一番下に引っ掛けられる仕掛けがあるから、ちゃんと引っ掛けるのよ」

コルセットと同じ色のレザーベルトを腰骨に乗せて、引っ掛けるようにつける。ここでふと嫌な予感がした。

「あの、剣を下げるベルトを今つけてしまうと、この後の服が着られないと思うのですが」

「バカね。もうないわよ」

「ハァ⁉」

思わず令嬢にあるまじき低めの声が出た。

だって服着てないよ？

「これで外に出るって事ですか⁉」

「いやね、まだガントレットやブーツがあるわよ。特別にマントもつけてあげる」

「それ服じゃないし！」

慌てて足元のワンピースを手に取ろうとして、籠ごと無くなっている事に気がついた。

か、回収されている……⁉

「服！　返して下さい！」

「はぁ……アンタねぇ。ちょっと顔だけでいいから出しなさい」

カーテンの隙間から顔を出すと、カルロス姐さんは内緒話をするように手の甲を口の横に当てた。

「アンタ、ハヤトの事好きでしょ？」

「……それが？　どうかしましたか？」

「あのねぇ……あの男がどれだけ難しいか知らないの？　今までどんなに女が言い寄ってもちっとも靡かないもんだから、もしかしたらアタシの同類なのかと思った事もあるくらいよ」

腰が抜けそうになった。

「まあ、結果的にそれは全然違ったんだけど。とにかく、生半可な事じゃあの男を落とすのは無理よ。そこでアタシが協力してあげるから、覚悟を決めて大人しくアタシの力作を着てみろっつってんだよ分かったか小娘」

最後は妙にドスの利いた声で言い聞かされ、完全に姐さんのペースに呑まれた私はこくこくと頷きカーテンの中に引っ込んだ。

「じゃ、次はブーツね。腿まであるから膝を守ってくれるわよ」

上機嫌なカルロス姐さんの声が怖かった。

なぜこんな事になってしまったのだろう。ハヤトを視線でセクハラしたバチが当たったのだろうか。

半泣きでレザーのブーツに足を突っ込んだ。

姐さんのナビ通りに一通りの装備品を身につけると、意外と破廉恥なだけでもなくて、前世でよく見たようなファンタジーもののセクシーでかっこいい女剣士が出来上がっていた。全体的に白とブラウンで統一された落ち着いた色調で、私の金髪と合っている。腕も脚も絶対領域以外は肌を露出していないし、マントもあるので恥ずかしさが大幅にダウンしている。

さすがアリーシャ、スタイルが格好に負けてない。

ころっと機嫌が直った私はまずは姐さんに見て貰おうとカーテンを開けた。

「あらぁ！　似合うじゃない！　かっこいいわよ！　それにどこか上品ね！　アンタの素質かしらね」

「えへへ、そうですか？」

「でも顔がスッピンなのね。そんな強そうな格好するならスッピンはダメよ。ちゃんとメイクしないと。ほら、やってあげるからここに座んなさい」

「……でも私、メイク下手なんです。どうしてか濃くなりすぎてしまって、しないほうがマシかと」

「ううん、した方がいいの。ほんのちょっとでいいのよ。アンタ普段清楚なんだから、ギャップを作っていかないと」

「ギャップですか」

「そうよぉ。そういう露出した格好だって、すぐに見慣れちゃうんだから。昼はセクシーでかっこいい女剣士、休日と夜は素顔の清楚なお嬢様ってやってやればさすがのハヤトも何かしら反応するでしょ」

　そう話しながら手早くメイクを施していく姐さん。すっかり洗脳されてしまっていた私はここでふと素に戻り、こんなちゃんとした装備をするような剣士には、私はまだ相応しくないなと思った。

「……カルロス姐さん、私、まだ剣士未満なんです。訓練が必要になるのですが、この装備では訓練には少し過剰かと」

「あらそうなの？　じゃあ特別に普通の女剣士の服もつけてあげるわよ。その代わりちゃんと着るのよ？」

　普通の女剣士の服。

そういうのがあるんかい。

なぜ最初からそっちを出さない？

とんだ食わせ者だったカルロス姐さんが出してくれた普通の女剣士の服は、白いブラウスに黒いレザーコルセット、黒いスキニーパンツに黒のニーハイブーツと、本当に普通だった。


「出来たわよ～！　ハヤト、こっちにいらっしゃいなー！」

最終的に髪をポニーテールにされて仕上げられた私は、カルロス姐さんの力作を彼に披露する事を約束させられた。反応が見たいのだと言う。

体の線を一切隠さない格好に着替えたのを恋した相手に見てもらって意見を聞くという、衆人環視(しゅうじんかんし)の中で食事をするよりも緊張してしまう罰ゲームのような状況に私はなぜか笑いがこみ上げてくる。

「なによアンタ、気持ち悪いわね……。堂々としなさいよ。ほら、素敵よ」

「はい、ありがとうございます」

バックヤードの扉が開く。

「カルロス姉さん、本が男同士の官能(かんのう)ものしかないんだけ……」

さらりと凄い言葉を口にしながらハヤトの視線が私を捉える。

「なにそれ」

「ちょっとぉアンタ、他に言うことないのぉ？」

「いや姉さんこれはダメだよ。家ならいいけど外はダメ」

「家の中で武装するバカがどこにいるのよ。いいからアンタとしてはアリなのかナシなのか答えなさい」

「アリだけどナシ！」

姐さんの力作はＮＧだったようです。


その後帰宅してすぐにバスルームに直行し、シャワーを浴びて森でついた砂ぼこりを落とした。姐さんのメイクも落ちたけど姐さんごめん。練習しなさいと化粧品を持たされたので、この後自分でやってみるつもりだ。

時刻はまだ十四時を少し回ったところで、夕食の支度を始めるにはまだ早い。


さっきハヤトから教えてもらったのだけど、うちの近所にはギルドが運営する鍛練場があるらしい。鍛練場と言っても塀で囲まれた広い場所というだけなのだけど、それでも魔法を撃つも良し、剣を振り回しても良しのなかなか使い勝手のいい場所だそうだ。

登録証を持っている人間なら誰でも利用できて、一時間につき銅貨十枚で貸し出しているらしい。夕方までの空き時間で少しでも剣の扱いを学びたいので、自室でお茶を一杯飲んでから、鍛練場に行くため買ったばかりの（普通の）女剣士の服に袖を通す。

動きを妨げないためか、白いブラウスの合わせ部分がレースで飾られている以外には装飾がなく、全体的にシンプルで身体にフィットしていて、可愛いというよりはクールな印象。魔法使いのローブだと色もデザインも装飾も豊富にあって女の子らしくて可愛いんだけど、私はこっちのほうが新鮮みがあって好きだ。

ブラウスの胸の部分が閉まらないので、こういうのは開き直りが大事だと全部留めるのは潔く諦め、黒いタイトなパンツを履き上から黒のコルセットベルトを締める。これならブラウスが押さえられて安心だ。あとは少しヒールのある膝上丈のブーツを履いたら着替えは完了。

パンツスタイルなど、今生では乗馬服以外では初めて着るので何だか異様にテンションが上がる。女子にとって、着る服を替えるというのはとても大きな意味があるのだ。

それから、姐さんに言われた通り、ほんの少し化粧をしてみた。あまり変わった気はしないけど、それでいいらしいので良しとする。


一階に降りると、バスルームから水音が聞こえた。彼もシャワーを浴びているらしい。こういう時に、生活を共にしている実感がひしひしと湧いてくる。冷たいお茶を用意しておこうと思い、カウンターキッチンに入りまずは魔道具のケトルでお湯を沸かした。これは水魔法の次に火魔法が発動するように設計されていて、魔力さえ流せば無限にお湯が出てくるまさに魔法の道具。

でもハヤトなら、きっと水と火で二回に分けなくても一度でお湯を出すんだろうなぁ。あれは一体どういう事なのかしら……。


お茶を淹れながらケトルと彼について取りとめなく考えを巡らせていると、かちゃりとバスルームの扉が開いて、中から上半身が裸のままのハヤトが出てきた。意識が遠くなった。後ろの食器棚に頭をぶつけてハッと意識が戻る。そんなに広くないキッチンで良かった。広かったら普通に卒倒していたかも知れない。

「どうしたの？　今ふらついたよね」

「いいいいえ、気のせいです」

直視できない。チラッと見ただけで意識が飛んだのだ。まともに見たら死んでしまう。さっき一瞬見ただけで分かった。彼は理想の細マッチョだ。服越しでもわかってはいたが、実際に見ると殺傷力が違う。

何で？　何で着ないで出てきちゃうの？　襟元を緩めた時の鎖骨をチラ見するセクハラの仕返しなの？

目線を下に落とし見ないようにしているのに、彼はそのままカウンター越しに私の正面に立ち、何だかジッとこちらを見ているような気配を寄越す。

……な、なんですか。

「……アリス、服のボタンは全部留めなさい」

お母さん⁉

「し、閉まらないのです。だらしないのは承知ですが、これはもうこういうモノだと思って頂くしか」

「…………」

長い無言が返ってきた。

怒ってるの⁉　自分なんて上だけとはいえ裸のくせに⁉

覚悟を決めておそるおそる視線を上げると、彼はカウンターに両手をついて深く項垂れていた。

「……聞くんじゃなかった……」

「な、何をですか」

「いや、何でもない。何でもないんだ」

彼はどこか投げやりに言いながら自分のＩＤタグを首から外し、カウンターキッチンの中に入ってきた。

まずい……！　出口を塞がれてしまった！　唯一の逃走経路が！

思わず後ずさると、倒れると勘違いしたのかハヤトの手が伸びてきて腕をがしっと掴まれる。

「大丈夫？」

「べ、別に倒れそうになった訳では……ないのですが」

「それならいいけど。……ねえアリス。これ、アリスが持ってて」

するりと手が離れ、代わりにハヤトのＩＤが私の首に掛けられた。彼の体温が乗ったタグが胸の上で青白く光り、疑問符が頭に浮かぶ。

「これは……どういう意味が？」

「意味っていうか、そこに俺のＩＤがあれば、妙な事考える奴がいても牽制になると思って」

「牽制？　でもこれ、他人に渡しても大丈夫なんですか？　記録とか……」

魔道具としての役割もそうだけど、これ、無くしたら再発行出来ないのに。

これは冒険者としての自分を丸ごと他人に預けるに等しい行為に思える。

「うん。たまに交換し合ってる奴らがいるんだけど、本人から離れなければ大丈夫なんだって」

「それはつまり……信頼や、離れない、という意志表示として……っえ？」

何気なく口にした言葉の重大さに遅れて気付く。彼は何も言わないけど、否定もしない。つまりそういう事なのだ。

これは、誓いを立てる時にする事。

うちの場合に限って言えば、どちらかというと冷蔵庫のプリンに自分の名前を書いておく感覚に近いような気がするけれど、物理的に離れられなくなるのに変わりはない。

「……それを人に渡すのは初めてなんだよ。ちょっと気持ちが重いかも知れないけど……受け取ってほしい」

「重くなんて……」

ない、と言おうとして、背中が壁についた事に気が付いた。知らず識らずのうちに後ろに下がってしまっていたらしい。

あまりの展開に頭がついていかないのだけど、ハヤトは両手を私の顔の横につけて、見たことがないくらい張り詰めた表情をしている。

「アリスがどう思っているのかわからないけど……きっと、アリスが考えている以上に、俺はアリスのことが好きだよ」

「うそ……」

「本当」

彼は不安げな顔で少し笑って、額にキスして離れていった。


――遠く離れたある国の砂漠に、隕石（いんせき）が落ちてきたらしい。

その報せと共に指名の依頼が舞い込んできたのは、しばらく前の事だ。

『隕石の周辺に湧き出る未知のモンスターの退治と、隕石から発生している魔力源の調査及びスポットの解消』

そんな内容の依頼だった。

正直、どうしてこんな離れた国の人間にわざわざ指名してまで依頼をしてくるのか分からなかった。けど、話を聞くと、これまでにいくつかのAやSランクのパーティーが同様の依頼を受けて派遣されたものの、誰一人として帰って来ていないという事だった。

とても、危険な依頼。

「普通のSランクパーティーじゃ無理だ。今のところ、単独でSになったのは世界でもお前しかいない。きっとお前にしか出来ない事だ。……頼んだぞ」

ギルド長のピートさんが言う。頷いて、港町に向かい、向こうの国から派遣されてきたガイドと合流し、そこから船に乗った。

それから一ヶ月、ようやく問題の砂漠に辿り着く。

同行してくれたガイドとはそこで別かれ、単独で砂漠に踏み入った。ガイドは最寄りの街で待機し、故郷との連絡役を務めてくれるという。

砂漠ではたくさんの冒険者パーティーと出会った。彼ら、彼女らは隕石を中心にスポット化したおかげで湧き出た未知の黒いモンスターと戦い続けている。

街が無事なのは彼らのお蔭だ。だけど疲弊している。早く解決してやらないといけない。

砂漠のほぼ中心に落ちたという隕石に近付くにつれ、未知の魔力は濃くなり、モンスターも加速度的に強くなっていく。ふと気が付けば既に周囲に冒険者達の姿はなく、髪はとっくに黒く染まっていた。


大きな砂の丘陵を越えたところでようやく見付けた隕石は、大人の男がうずくまったくらいの大きさで、黒くゴツゴツしていて丸く、不思議な魔力を迸らせていた。俺の髪の色で判断するならあれは闇の魔力なんだけど、何かが違うと勘が告げる。と言っても、空から降ってきたやつの事など考えたところで何か分かる訳がない。砂漠で戦い続けている皆のためにも、早く片を付けようと剣に魔力を纏わせる。

あれの属性がわからないから、何の属性も与えず純粋な魔力だけを圧縮していく。高密度に圧縮された魔力は白い光を迸らせ始めた。このくらいであの魔力と相殺できるはずだ。

近付いて剣を振り上げる。すると突然空気がぐにゃりと歪み、黒い隕石は人の形に姿を変えて立ち上がった。

目がないのに目が合ったと感じる。すると、頭部の口に当たる部分が何かを喋るように動いた。

【□□□□、□□□】

声は出していなかったけど、確かに何かを喋った。通常、モンスターは喋らない。びっくりしたけど、こういう時は先制攻撃に限る。よく分からない相手に攻撃のチャンスを与えてはならない。人の形をした岩の塊を斬りつけると、そいつは傷口から亀裂（きれつ）が広がりバラバラと砕けて崩れ落ちた。足元で細かい石の破片の山になったそれは、微弱ながら未だ魔力を失っていない。

——足りなかったか?……そんなはずはないんだけど。相殺に必要な魔力量を見誤るなんて子供みたいなミス、今さらするはずがない。

だけど事実として相殺できていないので、もう一度魔力を当てようと石に手をかざした。その瞬間、石が動いて寄り集まり、手の形を作り出した。そいつは素早く俺の手首を握りしめてきて、悪意ある魔力を直接流し込んでくる。

乗っ取りだ。

抵抗し、逆に俺の魔力を流し込み乗っ取り返す。大した抵抗もなくあっさりそいつは身体を明け渡し、そこに黒い石の山だけを残してそれきり動かなくなった。

——倒しても体が残っているなんて、やっぱり異質だ。この世界の者じゃない。

砂漠の魔力の流れを乱していた存在そのものが動かなくなった瞬間、スポットが急速に弱まっていくのを感じた。これで強いモンスターは出てこなくなるだろう。ホッとして黒い石を全てポケットに『回収』し、砂漠を後にする。

『回収』は俺が考えた魔法で、狙いをつけた物質の影を魔力で支配下に置き、影の中に作った異空間に物質を落とす闇属性の魔法だ。取り出す時はどこでもいいから影に手を入れればいいんだけど、驚かれるからいつもポケットから出す事にしている。ドロップアイテムの回収に使えてとても便利。まだ自分も含めて生きている物は黒い魔力に染まってる時にしか落とせないけど、そのうち普段使い出来るようになりそうな感覚がある。


街に戻ってガイドと合流すると、ガイドは俺の姿を見て妙な顔をした。

「黒い。あと、紅い」と言う。

まだあいつの魔力が抜けていないんだろうか。スポットはとっくに消えているんだけど……っていうか、紅いって何だ？　そんな色、今まで出たことがない。火の魔力だってピンクに染まる程度なのに。

あいつ、一体何の属性だったんだろう。

不思議に思いながら、ガイドにはそのうち元に戻ると説明し、通信用魔道具で故郷のギルドと連絡を取ってもらった。そこでスポットが解消できた事、隕石がモンスターそのものだった事、そいつの脱け殻を回収した事を報告すると、ピートさんはその国の研究機関に石を預けてすぐ帰国するように言ってきた。

妹が腕を失ったらしい。

ガイドに石を預け、急いで帰国すると、妹は家で普段通りの生活をしていた。ただひとつ違うのは、右腕が木製になっていたというところだけ。

腕を失った経緯を聞きながら脱力感でテーブルに臥せり、木製なのに妹の思い通りに動くその義手を不思議に思いつつぼんやり眺めていると、妹——ラヴは言った。

「これね、ステュアート公爵家の方々がくれたのよ」

「ステュアート？　あの、魔道具の？」

国内どころか、俺が先日まで行っていたあの遠い砂漠の国でさえ名の通った名家だ。

製法そのものは秘匿されているものの、現代の生活に欠かせない魔道具を唯一作り出せる家。今じゃ世界の製造と流通の頂点に立つと言っても過言ではないあのステュアート家が、なぜ？

「うん。凄いよね。こんなの初めて見るよ。新作なんだって」

「くれた？　何で？　あんな、下手したら王家より影響力のありそうな貴族がどうして見ず知らずの平民に」

「まだ研究段階なんだって。試作品だからお金は取らないし、使用感を報告してもらえたら有難いって言って——そうそう！　兄ちゃん、私、明日からステュアート家で働かせてもらうんだ」

「はぁ⁉　何で⁉」

「きっと気遣ってくれたのよ。今日うちにお嬢様が直接来てね、誘ってくれたの」

「直接、うちに来て？」

信じられない。

あんな高位貴族のお嬢様が……何の縁も所縁（ゆかり）もない平民に義手をくれた上に、わざわざうちに来てまで働き口の世話をするなんて。

あり得ない。そんな都合のいい話、ある訳ない。貴族は必ず嘘をつくものだ。今まで何人の平民が貴族に関わって潰されていった？　何か裏があるとしか思えない。

「……それは、明日は俺もご挨拶に行かないといけないな」

「兄ちゃん、変な事しないでよね。お嬢様は話しやすくて優しい人なんだから、何も心配する事ないの。お礼だけしたらすぐに帰って」

「わかったよ。……お嬢様のほうが、酒場の給仕よりは安全だろうからな」

「もう！　兄ちゃん！　最低！」

平民だと思って何か妙な事をしたら許さない。悪意を弾く結界を使って真意を見てやる。当然怒るだろうが、こっちも身を守らないといけないんだ。仕方ないだろう。

喧嘩をするつもりで、翌日ステュアート家を訪ねた。

人の第一印象は最初の三秒で決まる、という話がある。

その話は結構合っていると思っているんだけど、まさか三秒経っても『可愛い』以外の感情が浮かばなくなる事があるなんて思わなかった。

（かわいい……）

いやいや、自分は何をしに来たんだったか。そうだ、お礼がてら釘を刺しに来たんだった。

初めて会ったステュアート家の深窓のお嬢様は、このとんでもなく失礼な男を不安げな顔で見上げてきた。

怖がらせてごめんね、と思いながら公爵夫人と話をする。妹の言っていた通り、平民だからと無体を働く気持ちは無さそうな様子だ。全くの取り越し苦労に安心半分、拍子抜け半分。

本当に……、本当にただの親切心で妹を助け、仕事を与えたというのか。信じられないけど、結界を抜けてきた以上、そういう事になる。

やがて話が一段落して、夫人は「また遊びに来て頂戴な」と言って朗らかに笑った。

ジェフリー氏に少し小言を言われた以外、大して怒られなかったのが不思議でたまらなくて、俺の中の貴族像が彼女達に少し塗り替えられてしまったのを感じた。

その日の夜、帰ってきた妹が楽しそうに公爵家での出来事を語るのを聞いた。

「アリスお嬢様ったらね、いきなり私をドレスに着替えさせて、お茶を飲む練習をしましょうなんて言うのよ。お茶を飲むのに練習が必要なんて、びっくりだよね」

それは仕事なのか？　と思ったけど、貴族の、特にお嬢様の考えている事など理解できる訳がないので、ただ頷いて聞いてみせる。妹から聞く話と、あの可愛らしいお嬢様の姿を頭の中で組み合わせると、やけに微笑ましい気持ちになった。

そんな事が二～三日続いた頃、妹の話す内容に公爵家嫡男の名前が出てくるようになる。

「アキュリス様がね、廊下ですれ違ったりするといつも、ピンッ！　って直立してご挨拶して下さるの。もう、とっても可愛らしくて」

「可愛い？」

何言ってんだコイツ。男だぞ？

「ラヴ、お前大丈夫か？　可愛いっていうのはお嬢様みたいな人の事を言うんだぞ」

「そうだけど……。っえ⁉　兄ちゃん、今なんて？」

「あのお嬢様みたいな人の事を可愛いって言うんだって言ったの」

妹は口をパッカーンと開いて椅子ごと後ずさった。

「兄ちゃんが……戦闘以外はアホの兄ちゃんがとうとう……女の子の顔を認識した……」

「アホって言うなよ。人の顔くらい認識してるって」

「そういう事じゃないの！」

座り直して、ふぅとため息をつく。

「ねえ兄ちゃん……初恋が公爵家の人なんてさ、私達バカだよね」

さりげなく俺も入れてくるのはどうなんだと思うが、妹はどうやらアキュリス様に恋をしてしまったらしい。

「……そうだな。不毛(ふもう)だ」

俺はただお嬢様が可愛くて結構優しい人らしいと知っているだけで、好きとか嫌いとか、そういう感情を持てるほど親しい訳じゃない。だけど、手の届かない人達だという事くらいはわかる。本来なら口をきく事すらあり得ないような身分差だ。あのくらいの家になると、使用人すら貴族かその縁者だというじゃないか。

妹はテーブルに突っ伏して呟いた。

「あーあ、兄ちゃんでもわかるくらい不毛かぁ……」

「さっきから何なんだよ。俺だって人の心の機微くらいわかるってのに」

「そうだけど、兄ちゃんの場合、自分の事として受け取る機能が壊れちゃってんのよね。全部他人事って感じで」

否定は出来なかった。

俺だって、自分に好意を寄せてくれる女の子がそれなりにいるって薄々は知っている。だけどお断りするのが地味にしんどいのだ。傷つけたい訳じゃないのに傷ついた表情をさせてしまうと、しばらくの間は罪悪感でいっぱいになる。そんな事が日に何回かあれば尚更。

ただ遊びに誘われるくらいなら「ごめんね、今は忙しいんだ」で済むけど、思いつめたような顔で「恋人になって下さい」と言われると……しんどい。だから鈍くなる事にしたんだけど、段々そっちが素になってきている。

結果的に、良かった、と思う。深刻に考えなくなって初めて、彼女達も別に本気じゃなかったと気付いたのだから。彼女達は大抵すぐに新しい恋をして、恋人と楽しそうに過ごしている。俺じゃきっとあんな幸せそうな顔にはしてやれない。恋とか、愛とか、俺には関係ない話。

ただ、気持ちを憧れに留めておけなかった妹を、気の毒に思った。

それから数日後、公爵家から呼び出しがあった。何事かと思ったら、妹とアキュリス様が婚約したという話で。

「はっ⁉　どういう事⁉」

青天の霹靂すぎて、公爵家の人間が勢揃いしている応接間でつい大声を出してしまった。だって身分差はひとまず置いておくにしても、勤め始めてまだそんなに経ってないし。妹がアキュリス様に好意を持ってしまった話だって聞いたのはつい先日だ。

「いくら何でも早すぎない⁉」

「お気持ちはよく解りますわ。ですが、兄はラヴ——妹さんの事を、本当に大切に思っておりますの。私、ずっと隣で見ておりましたが、手を握るより先に結婚を申し込みましたのよ。私も驚いてしまいました」

お嬢様の可憐な声に意識を引っ張られて、少し冷静になる。それはつまり、貴族の男にありがちな、使用人へのお手付き後のような話ですらなく、ただ好意を伝える手段が婚約だったという事。

……ちょっと不器用すぎない？

当事者の二人は未だ照れを感じる距離感で寄り添っていて、よく見ると妹の右腕が本物のような色や質感に変わっていた。

自然すぎて気付かなかった。新しい義手だ。

「その義手は貴方が？　アキュリス卿」

「そっ、そ、そうです」

声を掛けると、硬直した姿勢のままソファから飛び上がらんばかりの大きな反応を見せるアキュリス様。

妹が可愛いと言っていたのはコレか……。全く理解できないけど、この人ならきっと妹を悪いようにはしないだろう。

左手の薬指にやたらでかい石のついた指輪を嵌め、幸せそうに微笑む妹を見ていたら、もう俺からは何も言う事は無いと思った。

「そっか。……幸せになれよ」

そう言って微笑むと、二人とも恥ずかしそうに笑った。アキュリス様に感謝の意を伝え、その日は公爵家を後にする。

詳しい話はまた日を改めて席を設ける事になった。


その日の夜、公爵家の馬車で帰宅した妹は、ひとしきり惚気話(のろけばなし)をした後にこんな事を言った。

「兄ちゃん、これからは私達にとってアリスお嬢様は義妹になるんだよね。そう思うとなんか不思議ね」

あの天使が義妹に？

脊髄(せきずい)反射的に浮かんだフレーズはなかなか強力で、一瞬で自分の中のお嬢様像が白い羽で飾られていく。

ああ、これはまずい。

ろくに話もした事がないのに、どうしてこんな事になってしまうのか。もしこれが恋だとしたら、本当に不毛だ。妹が公爵家に嫁ぐのとは訳が違う。あのお嬢様に〝平民だけど結婚して下さい〟なんて言える訳がないのだから。


数日後、当人達を交えて公爵と面談をした。

当たり前だけど結婚なんて経験も知識もほとんどないので、余程の無茶振りでない限りはあちらの言う通りに事を進めるつもり。

「結婚式は、アキュリスが十八歳になる来年を目処（めど）に考えていきたい。具体的な日程や場所については、調整ののちお伝えする。それまでに、ラヴ嬢には早急にマナーを身に付けて頂き、ある程度形になり次第いくつか夜会や茶会などに参加してもらいたい」

妹夫妻（仮）の頬が引きつる。妹はともかく、アキュリス様もそういうのが苦手なようだ。

……おいおい、大丈夫か？

「不安だろうが、心配しなくても大丈夫だ。最初のうちは私の妻の横にいれば大体の事はフォロー出来る」

「はいっ！　ありがとうございます！　ですが、あの、アリーシャ様は……ご一緒して頂けないのですか？」

ぴくりと耳が動く。勝手に身体が反応するとか、何なのホント。

「ああ……、あの子は、そうだな。時勢によるが、可能そうなら、といったところかな。いれば心強いだろうが、醜聞の当事者には変わりないから」

――醜聞⁉

「何かあったんですか？」

思わず身を乗り出して訊(き)いてしまうと、公爵は〝おや？〟といった表情を浮かべたのち、苦笑しながら教えてくれる。

「元婚約者がね……平民上がりの令嬢に入れあげて身を滅ぼしてしまったんだ。もう婚約は破棄したけど、ほとぼりが冷めるまでは療養させようかなって思っている」

「元婚約者……」

その言葉に少なからずショックを受けてしまった。貴族は平民とは違う理由で早くに結婚するのは知っているけど、それでも。

結婚するはずだったけど、他の女とのいざこざで無しになった……。じゃあ、お嬢様は元婚約者に浮気された挙げ句傷物扱いって事？　何で？　あのお嬢様の何が不満だったんだ？

理解できないけど、もし何か気に入らないところがあったとして、不満があったら傷つけてもいいのか？

ふざけんな。

コホン、と公爵の咳払いで血がのぼりかけていた頭がふっと冷静さを取り戻す。妹と目が合うと、奴は表情を引き締めて〝ウン〟と頷いた。何で頷かれたのか分からないけど取り敢えず頷き返して、公爵に向き直る。

「……よろしいかな？　では、ラヴ嬢の今後についてなのだが――」


その日から、ラヴは公爵家に住み込みになる事が決まった。いわく、早く貴族の生活に慣れたほうがいいとの事。それもそうだ。

他に話したのは、まあ、金の事や正式な婚約発表の時期、それと、俺自身の公爵家での扱い方など。

一般的に、嫁に出す側は支度金や持参金を用意するものだという知識くらいはあったのだけど、貴族間ではどのくらい用意するものなのか見当もつかないので、公爵に訊いてみたら「君のような子供に負担させられる訳がないだろう。こちらで必要なものは用意するから、君はラヴ嬢に持たせたいだけ渡せばいい」と言われてしまった。

だからといってはいそうですかと引き下がる訳にもいかず、この件は後でジェフリー氏に訊く事にした。彼ならきっと教えてくれるだろう。

俺自身については、姻戚（いんせき）という事になるけど、本物の平民と公爵家の跡取りの婚姻など前例が無いので扱いが難しい、だけど事業に関わる事以外ならどんな事でも義家族として力になると力強く言われた。

なんでも、国中の話題になる事必至の身分差婚、市井からも貴族社会からも相当な注目を浴びるだろうから、義家族も大切にしていると積極的にアピールしていかないと余計なトラブルを招きかねない、と言う。

今さらながら、とんでもない家と誼を結んでしまった。なぜ平民との結婚など許したのだろう。

それを訊くと、公爵は肩をすくめた。

「これも一つの政略結婚だよ。私はじゅうぶんにメリットのある縁談を組めたと思っている。君を身内に引き込めた事も含めて、ね」

悪戯っぽくウィンクして、窓際に向かう公爵。そしてやや大げさな仕草で外を覗きこんだ。

「おや？　アリスが庭にいるね。もうすぐ夕方になるから、そろそろ中に入るよう伝えてきてもらってもいいかね？」

「……………俺がですか？」

「もちろん。他に誰がいると？」

妹達も視線で〝行ってこい〟と促してきた。

「……では、行って参ります」

「そのまま嫁に貰ってくれても構わないのだけどね」

「ご冗談を」

真に受けたらどうするんだろう、そう思いながら邸を出て、庭に下りた。

お嬢様がこちらに気付く。ちらりと邸を見てみると、窓から妹が冒険者ジェスチャーで「仕留めろ」とハンドサインを出してきた。その横で公爵もアキュリス様も頷いている。

この状況で何を仕留めろと言うのか。本気でそう言っているのなら、見るのを今すぐにやめて欲しいんだけど。

でも、親しくなるチャンスなのは確かだ。今を逃したら、きっと、二人きりで話せる機会などもう来ない。

意を決して、声を掛けた。

そして、お互いに名前で呼び合える権利を得た。その日の夜は妙に気分が高まって、王都郊外の森に出て少しばかり狩りをした。それからそう日にちも経たないうちに、また公爵家から呼び出しが入る。


「アリスがね……庶民になるって言い出したんだ」

俺は公爵の執務室でそんな話を聞かされていた。

「庶民？　無理があるんじゃないですか？」

「私もそう思うよ」

公爵は苦笑しながら椅子に深くもたれる。

「本当はね、もう結婚なんてしてもしなくてもいいから別邸で自由に暮らしなさいって言おうと思っていたんだ。でも、さすがにそれは甘すぎるかなって気持ちもあって……。最初に少し厳しい事を言って脅したら、じゃあ庶民になるって言い出しちゃってね。本来ならそんな危ない事はさせないんだけど、もし君がついていてくれるならいいかなってふと思ったんだ。それでさ……」

公爵が何を言おうとしているのかを察して、心臓の音が高まる。

いや、だけどまさか、そんな事って。

「アリスが〝社会勉強〟のためにしばらく市井に下りるから、君にはお目付け役としての仕事を依頼したい」

「やります」

前のめりで即答すると、公爵は声を上げて笑った。

「そう言ってくれると思っていたよ。いや嬉しいね。報酬は言い値で払うからよろしく」

「よろしくお願いします。だけど、報酬なんてなくてもやりますよ。俺は公爵家に恩がありますから」

「まあまあ。やるからにはきっちりやって欲しいから報酬は受け取って。で、アリスの自由時間はアキュリス達が結婚式を挙げる頃か、家に帰りたいと言い出すまでと考えている。すぐに帰ると言い出しそうではあるけど、最長で一年前後かな。それ以降はさすがに説得してでも連れ戻すつもりだけど……一年間付きっきりは君もさすがに辛いよね。君の他にもう一人くらい付けて交代制にしようと思うんだけど、どう？」

「不要です」

付きっきり。

願ってもない幸運に胸が震える。

「本当に？」

「はい。たとえ眠っていても、害意があればすぐに気が付く事が出来ます。大丈夫です」

「そうか。じゃあ物件と日時が決まったら連絡するよ」

「はい」

「……君がアリスと結婚してもいいんだよ?」

また冗談を言っている。そういうからかいは好きじゃないので、何か強めに言い返そうと思って公爵の顔を見た。

ぎくりとした。

眼光が鋭く、口元は笑みの形になっているけど、実のところ少しも笑っていない。

――冗談では、なかった?

「……本気に、しますよ……?」

「私は、あまり冗談を言わないたちだ」

「そうでしたか……」

さすが世界に名だたる公爵だ。柔和で打ち解けやすい雰囲気を出しつつ、ここぞという時には気迫で押してくる。

「彼女の、気持ち次第です」

「それもそうだね」

ふっと眼光を和らげて、公爵は手のひらを組んだ。この話はそこで終わり。すると報酬の前金と称して金貨百枚が出てきた。凄い額。月を跨ぐようならまた追加で出すという。

多いです、と言ったら「あの子のやりたいようにさせてやって欲しいから」と押し付けるように渡してきた。

どこか釈然としない気持ちで受け取り、帰る前に妹夫妻(仮)の顔を見に行くと、この二人も公爵と同じ内容の依頼を出してくる。

「アリスが街に出るって言うから……守ってやって欲しい……。ただでとは言わない。今、新しく、魔力で動く車を作っているところだから、完成したらこれを君に」

そう言って設計図らしいものを見せてくる。

……面白そう。

欲しいけどもう公爵から貰ってるし……元々報酬なんて無くても、こっちから頼んでやらせて欲しいくらいの仕事なんだよな。

「もう公爵から貰っているので結構です。それに、頂かなくても護衛くらいやるつもりでおりますから。……せっかくの新しい魔道具なら、最初は公爵家の方々で使うのが良いと思いますよ。これは売り出したらその時に自分で買います」

「そう……？　でもこれ、改良案もあるし色んなモデルが作れそうだから、実際に売り出す時には違う形になると思うんだけど……。アリスが原案を出してきたこれだけは〝アリス〟って名前を付けようと思ってて」

「やっぱり今買います」

公爵から貰った金貨をその場で全部渡して、追加でもう百枚出した。妹が爆笑したけど、これくらい安いもんだ。

「ラヴ。お前はマナー教育中だろ。そんな笑い方、アリスお嬢様ならしないんじゃないのか」

「はっ……そうでした。ええと、お兄様？　まるで人が変わったようですね」

「そうかな」

そんな事よりラヴがお兄様なんて言うほうがよっぽど変な感じだけど。でも、必要な変化だろうからあえて何も言うまい。

約一ヶ月後、本当にお嬢様と同居生活が始まった。

距離感を測りかねてか、お嬢様が「ハヤトさん」と言った時にはその場で結婚を申し込もうと思ったけど、いくらなんでも早すぎる、と願望の小出し程度で思いとどまった。

俺まで妹達みたいになってどうする。いや、下手したら妹達より早い。記録を更新してしまう。

何となくだけど、それってあまり良くない気がする。

お嬢様——アリスは意外なほど生活力があって、身の回りのことは一通り自分でやるし、簡単な料理をしたり、掃除をしていたりする。勿論俺だってやってるけど、気が付いたらお茶をいれてくれたりして、使用人のいない生活に嫌な顔ひとつしない。

本当にあの公爵家のお嬢様なのか？　と思う瞬間もあるけど、仕草や言葉が（大体）丁寧で綺麗だし、街に出ると明らかに周囲から存在が浮いているのがわかる。髪とか、肌とか、なんか光ってる。そういう時は、やっぱりお嬢様だと思うのだ。

可愛くて、話していると楽しくて、なんかもう、ほんと好き。

毎日好きになっていってる。

だけど市井では浮いた存在だと感じるたびに、やっぱり貴族社会に帰してやったほうがいいんじゃないかという思いが胸をかすめる。

きっと人には生きるに相応しい場所というものがあって、彼女の場所はここではないのだ。

いくら冒険者に興味があって、強くなる素質が見えていても、全ては一年間だけの話。一年間で、彼女がやりたい事は全てやらせてあげたい。そう思って、モンスター狩りに連れて行った。

色々あったけど、元婚約者とかいう奴を殴れてちょっとスッキリしつつ、アリスの服が汚れてしまったのに気付いて、服を替える事を提案する。

だって庶民の街ではまず見ないくらい、明らかに質が良い布の服しか持っていないみたいだったから。せめて上にローブでも羽織れば汚れなくていいんじゃないかと思った、それだけだった。

女の子の服の事などわからないので、カルロス姐さんにお任せして、お店のバックヤードで適当に本を開く。

……何か変。

なんで男が男と出会ってときめくんだ？　なんで抱き合って服を脱ぎ始める？

パラパラとページをめくって、完全に姐さんの趣味の本だと気付いた時には既にそれが鮮明に頭に刻みつけられてしまった後だった。文字を読むのが異常に速いという隠れ特技が仇（あだ）になった形で、しばらく頭を抱えた後、口直ししようと他の本もパラパラとめくる。

……全部そういう本だった。

姐さん、こういう本を人に見せちゃだめだよ。

ちょうど俺を呼ぶ声が聞こえたので、文句を言ってやろうと扉を開く。

一瞬で、頭の中の像が吹き飛んだ。アリスの格好がなんかとんでもない事になっている。脚なんて出した事ない子が脚どころじゃない露出をしている。

「いや姐さんこれはダメだよ。家ならいいけど外はダメ」

そう言いつつ、これっきりにするにはあまりに惜しいのでマントと一緒に買って帰った。

——俺は何をしているんだろう。

自己嫌悪に陥りながら帰宅し、順番にシャワーを浴びる。アリスはいつか貴族社会に帰してやらなきゃいけないいんだ。あんな格好をさせていたら、戻れるものも戻れなくなってしまう。

色々考えながらバスルームを出ると、アリスは既に着替えた後だった。ラヴも着ていたような、見慣れた女剣士の格好で——って、なんでボタンを締めないいんだ⁉

あいつと同じような服なのに、なんでここまでやらしい感じになっちゃうの⁉

ちゃんと締めなさいと注意して返ってきた理由に後悔しか感じなくて、項垂れつつまた色々と考えた。

女の子にとって、着るものをそれまでと違うものに替えるというのは大きな意味があると思う。その上で今、アリスは自分でそれを着る事を選んだのだ。今までのものと比べれば、決して上質とは言い切れない庶民の布で、普通の子なら「もっと可愛いほうがいい」と言って選ばないような剣士の服を。

それはきっと、俺が「剣も使えたほうがいい」って言ったから。

俺は、万が一の時に身を守れる程度に使えればじゅうぶんだと思っていたけど、アリスはそうは思ってなくて——。

どこまで本気なんだろう。本当に庶民として生きていくつもりなの？

アリスがその気なら、俺はもう我慢しないよ……？


その日から、彼女の銀杏の木で作られたカードは、俺のポケットの中に納まる事になった。


ＩＤを交換し合ってから、私達の関係は少し変わった。

「ねぇ、ハヤト」

「……ん？」

本当に、本当に少しなんだけど、こんなふうに、呼び掛けると返事が来るまでに妙な間があく時があって、あれ？　と思って見ると、なんだかすごく意味深な視線でじっと見返してくる。とても落ち着かない。それと、

「アリス、ちょっとギュッてしよう？」

意味もなくハグする事が出てきた。

最初こそびっくりして固まったものの、最近では少し慣れてちゃっかり腕を回してしまうくらいには頻回(ひんかい)だ。ハグした時の心地よさといったら、それはもう至福の時と言う他にない。

はぁ……。好き。

ハヤトも私をそこそこ好いてくれているのは聞いたから知っている。やたら甘い雰囲気にも、気付いてはいる。

だけど、そこから進めない。

考えてみて欲しい。

難攻不落で評判の城が自分から崩れ落ちてきたら、何事かと警戒心が働くのは自然な話だと思う。何かの罠を疑ってしまっても仕方がない。きっと、私達には腹を割った会話が必要なのだ。そう思うのに、いざとなると何て言ったらいいのか分からなくなる。

結局、ぎこちなくなった〝いつも通り〟の時間が過ぎていくばかり。これはとっても焦れったい。

ただ、何だかんだで剣の鍛練は順調で、自分でも思った以上の適合ぶりに驚いている。この魔力ありきの世界では力や体捌きもかなり魔力に影響を受けるみたいで、前世の世界では考えられないような動きが出来る。今じゃ片手バク転だってできるし、これに魔法を組み合わせれば本当にゲームみたいなアクションが出来るのだ。楽しい。

令嬢生活では気付きようも無かった自分の身体能力の高さには感動すら覚えるほど。そりゃ学院や王妃教育ではそういうのも少しあったけど、実戦の経験は無かったし。真剣にやっていたつもりでそうでもなかったんだなぁ、と今となっては思う。最近、少し重力をいじる魔法を教えてもらったので、更に身体が軽く、剣はインパクトの瞬間に重くするやり方を覚えた。上から斬りかかる時しか使いどころが無いけど、威力は上がるから便利。

鍛練場でハヤト相手に打ち合いをしていると、ぐんぐん上達していくのが自分で分かる。最初は速くて見えなかった動きが段々見えるようになっていく。身体が追い付いていくようになってきている。戦いの、流れが見える。

当然ハヤトには全く歯が立たないけど、もう王都周辺のモンスターならほとんど単独で倒せる。この頃になると守護結界なしで攻撃を受けても不思議と痛みが無く、怪我もしないようになってきた。かつてのハヤトもそうだったと言う。

なんだか経験値とレベルアップという言葉が頭をよぎったけど、確かめようもないので忘れる事にする。

だけどそもそもＩＤタグが倒したモンスターの数や種類を記録するくらいなのだ。人間の身体だって倒したモンスターから出る〝何か〟に反応していたっておかしくはない。

時はあっという間に過ぎて、今日はNランク最終日。もう三ヶ月も経ってしまった。異様に早かった。

車のおかげで結構遠くまで行けるので、最近は王都郊外よりもさらに外まで出る事が多くて、今日は見渡す限り道以外には何もないような草原に来ている。つい先ほど、この辺りで見られるモンスターの中では一番強いと言われるデュラハンが出て、とうとう単独で倒す事が出来たところだ。

「やっぱりアリスには才能があったな。俺の見立ては正しかった」

ハヤトは得意げな顔でそう言った。

「そうですか？　倒せば倒すほど能力が上がっていく実感があるのですが……これは皆さん一緒で

はないのですか？」

「そうなんだけど、人によって成長率に差があるし、ある程度能力が上がるとそれ以上強くなれない時期が来るんだよ。普通はアリスほど早く強くなれないし、早い人ほど上限も高いみたいだよ。アリス、すごい！」

「えへへ、貴方ほどではありませんわ」

ぱちぱちと拍手してもらってご満悦になる。——ていうか、レベルキャップありなのかぁ。戦いの事は、ハヤトを通じてしか知らないから常識がわからない。

「それにさ、アリスは動きながら魔法がポンポン使えるじゃん？　あれ普通は出来ないんだよ。そもそも剣士って魔法が苦手だったり、魔力が少なかったりする人間が多いからさ。俺達は自分でやっちゃうけど、身体強化だって本来は回復術士の仕事だからね」

「ああ、身体強化は便利ですよね。疲れますけど」

そう、身体強化をすると疲れるのだ。だけど筋肉が貧弱でも動けるのは有難いのでよく使っている。だって、強くはなりたいけど、ムキムキにはなりたくないもの。女剣士のなり手が少ない理由をここに感じる。強モンスターとの勝負どころならまだしも、通常の雑魚モンスター戦で回復術士の貴重な魔力は使えないのだ。私達は自前の魔力だから遠慮しないで使っているけど。

休憩をしようという話になり、車の屋根に登って並んで座った。ここが一番、風が気持ちいい。見渡す限りの草原の中、柔らかな風が頬を撫でる。やがて日が傾いて、西の空が黄昏色に染まり始めた。もうすぐ夜が来る。

「暗くなってきましたし、そろそろ帰りましょうか」

「そだね。……あ、今日は新月か。染まるのが早いな」

「本当ですね」

日が落ちる前なのにハヤトの髪が黒くなり始めた。この変色は、どうやらその時々で染まる速さが違うようだ。月の魔力なら屋内よりは外のほうが速いとか、強い魔力だと速いとかそんな感じ。今日は速い。——何か出るのかも知れない。

少し緊張するけど、ハヤトは全く呑気なもので、左の手のひらの影から指先を使ってまるで手品のような仕草で秋桜(コスモス)の花を一輪取り出した。

「アリス、さっき見つけたこれ、あげる。髪に挿(さ)しておくね。帰ったら取っていいよ」

そう言って耳の上に花を挿しこみ、ニコッと笑って「かわいい」と言うから、照れてしまって俯いた。お礼を言おうとして、顔を上げる。

「あれ……?」

瞳が、紅い。黒だった……よね。

瞬きをしたらやっぱり黒かったので、気のせいか、と思った。

「どうしたの?」

「いいえ、何でもありませんわ」

気を張って警戒しながら街に帰ったけど、結局、強いモンスターは出なかった。

その日は遅くなったのでギルドへは明朝行くことにして、今日のところはとりあえず帰宅する事になった。なんでもハヤトが言うには、終業間近のギルドは査定待ちのパーティーで非常に混み合う上にお酒が入っている人も多いらしく「アリスを連れて行けるような場所じゃない」と言う。どんだけだ。

　この三ヶ月で冒険者の人達とはだいぶ顔見知りになったし、なんならあのベティとは既に友達だ。最初の頃みたいに、ギルドに入るだけでモーセったりはもうしないのだけど、お酒が入るとまた事情が違うのだろうか。

　ちなみにベティは最近、自称貴族のとてつもないブリッ子がアレクにまとわりつくようになって、アレクも満更でもないらしく、ブリッ子にやんわり注意すると逆にアレクに怒られてしまうようになってヤキモキしているらしい。どこかで聞いたような話に背筋が凍った。

　対策として、そのブリッ子はやってもいない罪を被せてくる可能性があるので決して一人にならない事と、私達は貴族なのよ！　と言い出しても相手にしなくて大丈夫だという事を伝えておいた。

「アリス様がそう言うのなら大丈夫なんですね。良かった……」

　そう言ってホッとしたように笑うベティとグータッチをした。

　全く、あのサークルクラッシャーならぬパーティークラッシャーはどうしようもないな……。

「無いと思いますけれど、何か貴族がらみのトラブルがあったら私に教えて下さいね。きっと力になれますから」

「はい！　ありがとうございます！　あぁ、さすがカメレオンのハヤト様が選んだ方です……！

並大抵の女ではあの方の隣には並べないとは思ってましたけど、まさかあのステュアー……」

咄嗟にベティの口を塞いでしまった。バレバレなんだけど、多分もう知らない人はいないくらいなんだけど、一応、ね？　噂を噂のまま放置するのと、自ら認めるのとでは違うのだ。

ベティは目を白黒させてからゆっくり頷き
「……まさかあのアリス様が、ハヤト様の婚約者になるなんて」

と言い直した。

「……どのアリスの事か分かりませんけれど、私は別に婚約者ではありませんよ」

「えっ⁉　だって、そのタグって」

そう言って胸元にぶら下がるハヤトのタグを指すベティ。私もうっすらと〝そういう意味で交換される事もある〟と察してはいるが、果たしてそこまで深読みしてもいいものかどうか。

市井では男女関係が貴族のそれよりも大らかなはずなので、契約書を交わした訳でもなく、口約束すらもなくタグの交換をもって婚約と言い切るのは——私には抵抗がある。婚約を破棄された過去がある身としては尚更。

少し離れたところで知り合いと立ち話をしているハヤトをチラ見して、聞かれていなかった事にほっとする。

ベティは悪くないけれど、こんな形で答えを迫るのは本意ではないのだ。

「これは、護身の一環として預かっているだけです」

「えぇ～……。納得しかねるんですが……。私だって護衛の仕事やりますけど、護衛対象にタグを渡すなんて絶対しないですよ。アレクになら考えますけど」

「アレクはやめたほうがいいと思います」

「……やっぱり？　私もちょっと、ないなーって最近思うようになってきて。ハヤト様とアリス様が二人でいるとこを見てると特に。あーあ、いいなぁ……。ハヤト様みたいな人、どこかに落ちてないかなぁ。でも私じゃ気後れして無理だなぁ」

お互いに苦笑するしかなくて、浮気男あるあるを悪口交じりで愚痴って笑い合ってから「じゃ、またね」と言って解散した。


と、そんな事がありつつ。とうとう明日、私のランクが決まる。ドキドキする。

夕食を食べて、お風呂にも入って、あとは寝るだけという状態でハヤトと少しお茶を飲む時間を過ごす。お茶ののったテーブルには、秋桜をちょこんと一輪挿しに飾っておいた。

今日の夜着は黒いシルクで、パフスリーブタイプのワンピース型だ。もうちょっと大人になったらキャミソールタイプを着たいと思っている。って、そんな事はどうでも良くて。

「私のランク、どのくらいになると思いますか？」

「結構高くなると思うよ」

「そうでしょうか……。そういえば、ハヤトはどのランクからのスタートだったんですか？」

「A。ラヴはCだったな。Aまではあの魔道具のプレートが勝手に決めてくれるんだってさ。贔屓も賄賂も利かなくていいシステムだよ。アリスの家ってほんと凄いよね」

「私もそう思います」

しかし、いきなりAとCとは。確か、大抵はF～C辺りに振り分けられるという話だったけど……。

そうそう、この凄い兄妹、なぜ孤児院出身だったのかというと、ラヴを出産した母親が産後高熱が出て下がらないまま亡くなってしまい、その数年後、煙突掃除屋さんだった父親も病で早世したからだそうだ。

その後、周囲の大人や修道院のシスターから簡単な魔法を学び、冒険者登録をしたのは十三歳という話。

たった十三歳でいきなりAになったこの人は未だ成長過程の中にいて、一体どこまで行ってしまうのか不安すら感じるほどだ。もし戦争の世に生まれていたら、歴史に名を残す英雄になっていたような気がする。本当に凄い兄妹だ。もしご両親がご存命だったら、嬉しかっただろうな…。

唐突にしんみりしてしまったので、テーブルの向かいに手を伸ばし、ハヤトの頭を撫でる。この人はもっと幸せになるべきだ。ミナーヴァ様のところにいるご両親がそう言ってる気がする。いや、絶対にそうだ。

「なんだよ、アリス。やめなさい」

「いいじゃないですか。今までよく頑張りましたね」

「別に、普通だって。三ヶ月なんてあっという間だったし、残り九ヶ月だってきっとすぐに……あっ」

言っちゃった、みたいな顔で口元を手で押さえるハヤト。

何、その残り九ヶ月って。

疑念を込めてじっと見ると「そのうち話そうとは思ってたんだけど」と言いながら座り直した。

「……公爵は、アキュリス様が結婚する時くらいまでをアリスの自由時間と考えているんだって」

「そうなんですか⁉」

だから家を出る時あんなにあっさりしてたの⁉　ていうか、自由時間て……。まあ、確かに、否定は出来ないエンジョイっぷりだけど。

「……じゃあ、九ヶ月後には私はどこかの後妻か修道院に入るかして、貴方と離れなくちゃいけないんですか？」

考えてみればそりゃそうだとしか言い様のない事なんだけど、意識して考えないようにしてきた。たとえ家には戻らないとしても、いつまでもハヤトを私の傍にくっつけておけない事くらい分かってはいる。周囲の気遣いに甘えて、考える事から逃げていた。

ハヤトは何も言わず、ただ秋桜をじっと見つめている。

「……ねえ、ハヤト。……私、貴方と離れたくない。修道院は構わないけど、後妻は嫌ですね……。貴方に、二度と会えなくなりそうで」

ほとんど独り言のように呟く。手がカタカタと震えていたけど、止める術を知らない。ハヤトの手が私の固く握った手をそっと両手で包んだ。

「……俺と、結婚しよっか」

一瞬、何を言われているのか理解できなくて、目を見開いてハヤトの顔を見た。

「アリスが平民として生きるのを悪くないと思っているなら、俺と……結婚してほしい」

――何でだろう。

涙が出てきた。

「泣かないで。アリス、大好きだよ」

「私だって……」

だめだ。言葉が出てこない。貴方のことが大好きだって伝えたいのに、喉が震えて泣くことしか出来ない。情けない。

これがおさまったら、私からもお願いしなくちゃ。

貴方を幸せにする権利を、私に下さいと。


涙醒めやらぬうちに、ハヤトは手を取って立ち上がった。

「アリス、こっちにおいで」

頷いて、涙をぬぐい、ただ彼についていく。先にソファに座らされ、すぐに左隣に掛けてきたハヤトと肩同士が重なった。そこでハンカチで顔を一生懸命拭(ぬぐ)われて、なんだか笑いが込み上げてしまい
「ありがとう、もう大丈夫です」

と言うと、親指が目尻を撫でて離れていく。

「良かった。ねえ、アリス。もう遅い時間だけど……もう少し、ここで話をしていかない？」

「はい。私も、そうしたいと思っていました」

並んで座って話をするだけ。それだけのために、こんなに体をくっつけられる事が嬉しい。さりげなく肩を抱いてきたから、こっちもさりげなく頭を肩に乗せる。

三ヶ月間、特に意味のないハグを繰り返ししてきたおかげか、このくらいの触れ合いなら抵抗なく出来てしまった。

「……で、さっきの返事は？」

「ええと、少し待って下さい。今最高の言葉を考えていますから」

「うん。……わかった。聞きたい」

うっかり自分でハードルを上げてしまった事を少し後悔しながら、さっき感じた〝貴方を幸せにする権利を下さい〟というどこか回りくどい気がする言葉を、どう伝えるか考えた。

だって、プロポーズにプロポーズで返す――少し冷静になって考えたら、それってちょっと変だなと気が付けたのだ。もし相手が吉良吉影（きらよしかげ）だったら、その場で爆破されてもおかしくない返事の仕方である。

でも結局思い浮かばなくて、そのままの言葉を口にした。

「……それは、ＯＫだと受け取っていいんだよね？」

やっぱり回りくどかったようだ。薄々気付いていたけど、私はたぶん言葉のセンスがない。王妃になどならずに済んで、色々な意味で本当に良かったと思う。

「もちろんです。私は……貴方のことが、大好きなんですよ。こっちから結婚を申し込みたいと思っていたくらいです」

「えっ。それ、やってみてほしいんだけど」

——しまった。これ絶対やらされるやつだ。またやってしまった……。

この、自分をどんどん追い込んでいく性質はどうすれば治るのだろう。瞳を輝かせて前のめりで顔を覗き込んでくる無邪気ドSのハヤトからそっと視線を逸らした。だけどその程度で羞恥プレイから逃れられるはずもなくて。

「やってみて?」

「……はい」

既に上下関係が出来上がっている気がしてならなかった。一体いつから下になってしまったのだろう。内心首を傾げながら、お互い対面に座り直して、姿勢を正し、膝を突き合わせて見つめ合う。

この時点で割と限界を感じたのだけど、恥ずかしさなど愛の前では全くの無力、むしろ人生においてきっと二度と来ないであろうこの瞬間を、自分の中で最高にロマンチックだと考えるプロポーズで乗り切ったほうが得だと思い開き直る事にした。ついでに笑ってもらえれば尚良し。

ソファから下りて、床に両膝をつき、ハヤトの手を取る。彼は少しびっくりした表情を浮かべながらも、されるがままだ。

少しドキドキしながら、手の甲に口付けをした。

「……貴方を愛しています。どうか私と、結婚してください」

——やり切った。

言ってやった。

跪いて手の甲にキスしてプロポーズ、実は憧れていた。なぜか私が跪く方になってしまったけど、そんな違い、些細な事だ。

……ふっ、夢を見すぎだと笑うがいいわ。

満足感と自嘲がない交ぜになった気持ちで笑みを浮かべると、次の瞬間には抱き締められ、かと思ったら横抱きの状態になってハヤトの膝の上に乗せられてしまった。凄い早業にただただびっくりするしかなくて、目をぱちぱちさせる。

「ありがと、アリス。……俺は今、世界一の幸せ者だ」

どうやら合格だったらしい。額から頬にかけてたくさんキスをしてくれた。大好きな人にこんな事をしてもらうなんて、私の方こそ世界一幸せだと言い切れる。だけど、

「……口にはしてくれないんですか？」

「うん。絶対途中で止まれないから」

とても爽やかに勢い良く言い切るので、そうか、と頷く。なんでもそうだけど、勢いって大事だね。

「そういうのはちゃんと結婚してからにしたい」

「真面目なんですね」

「アリスが大事なんだ。このくらい当たり前でしょ」

「そういうものですか？」

「俺にとってはね」

キスはお預けか。少し残念に思う気持ちもあるけど、その想いが嬉しいのも事実。ゆっくりで。

そう、ゆっくりでいいのだ。これからはずっと一緒なのだから。


明け方。あろう事かハヤトの肩にもたれた状態で目が覚めて、静かな悲鳴を上げて飛びのいた。

おぼろげな記憶を辿ると確かに、うとうとしながら「十分だけ寝ます」と口走ったような気がする。

どうやらソファで話しながら寝落ちして、その後彼も眠ってしまったらしい。

なんと言う事だ。

一晩すら離れがたい気持ちがあったのは事実だけど、本当に寝顔まで晒す必要はなかった。ハヤトも、一緒になって寝なくても良かったのに……。体が痛くなっちゃうじゃない。

手を伸ばして、既に元の色に戻っている髪をさらりと撫でる。

人形みたいに綺麗な寝顔を見ているうちに、じわじわと昨夜の出来事が甦(よみがえ)ってきて、ああ、この人と結婚するんだ、という実感で頬が熱くなった。

そうしているうちに彼も起きて、ぼんやりした表情のまま手をきゅっと掴んでくる。

「……おはよ……アリス」

「おはようございます。昨晩はいつの間にか眠ってしまいましたね。体が痛くなっていませんか？　今からでもお部屋に戻って、少し休んだほうが」

「大丈夫……。アリスは？　もう少し寝る？」

「私も大丈夫です」

「そっか。じゃあおいで。少しぎゅってしよう？　そしたらちゃんと起きる」

頷いて、まだポケーっとした表情の彼の懐にもぐり込む。額にキスしてくれたから、こちらからも頬にキスをした。しておいて何だけど赤面せずにはいられなくて、肩にぎゅっと額を押し付ける。後頭部を撫でた手がするりとうなじに下りて、慈しむように触れた。

そんなふうに過ごしていると時間などあっという間に過ぎていく。ようやく腰を上げたのは朝日がすっかり昇りきった頃だった。

「今日は狩りは休んで、ギルドに寄ってからアリスの実家に行こう」

「そうですね。ちゃんと報告しないといけませんものね」

庶民として、ただのアリスとしてやっていくつもりだったけど、結局のところ最初から今までずっと家族に支えられてきた。婚約の報告に行くくらい当然だ。通信用魔道具を持ってきているので、それであらかじめ登録してあったお父様の通信機に今日訪問しますと連絡を入れた。

ちなみに通信用魔道具はまんま無線機のような形状で、個体識別用の記号を術式に組み込む事で通信を可能にしている。つまり、術式に組み込まれた相手としか通信できないという、前世の記憶がある身としては不便極まりない代物。一応は量産化が可能になっている（ギルドのＩＤを作るのと似たような感じで、術式を隠蔽したまま素材に焼き付けるやり方がある）とはいえ、魔道具自体高価な上に通信機としてあまり使い勝手が良いものではないので、一般家庭には普及しておらず、裕福な貴族やギルド、大きな商会など、そういう場所にぽつぽつ置いてある程度。お祖父様が初号機を出して以来一切進化していないというこれは、いくらでも改良の余地がありそうなものだけど、お父様はあまり術式をいじるのが得意ではなく、お兄様は通信用の道具に興味がない（コミュ障だから）ので現時点では詰んでいる道具でもある。お兄様の次の世代に期待しよう。

それはともかく、今日は狩りはお休み。

最近は（普通の）剣士の服ばかりでそっちにすっかり慣れていたけれど、実家に行くならお嬢様ワンピースのほうが良さそう。

「着替えてきます」

「俺も。じゃあ後でね」

「はい」

それぞれ自室に戻り、身支度をして再度合流した。久しぶりのワンピース姿にハヤトはどこかホッとしたような顔をする。

「やっぱりアリスはそういう格好のほうがいいね。見てて落ち着く」

「だけどこれじゃあんまり動けませんよ。ヒラヒラしてて」

「まあね。そうなんだけどさ」

話ながら扉を開け、外に出る。少し不自然に肘を突き出してきたから、ああ、腕を組もうって言っているのね、と思い、そっと肘に手を添えた。するとやけに満足そうな顔で頷いたからつい笑ってしまい、彼も照れたように笑みを浮かべる。

ギルドまではそう遠くなく、すぐに到着して、今回はギルド長自らのお出迎えを受けた。

「おはようございます、アリス様。昨日Nランク期間が終了したとの事でしたので、本日は私が対応させて頂きたく……」

そう話すピートさんの視線が私とハヤトを交互に行き来している。

「……あの、なんでそんなに近いんですか？」

「婚約した」

ハヤトの即答にピートさんは「は!?　マジで!?」と大声を出し、数秒後、近くにいた受付嬢が数人倒れた。

「こっここ婚約ってお前！　なんて大それた事を！　公爵は御存じなのか!?　いくら俺でもそればっかりは庇えないぞ！」

「大丈夫。公爵は最初からそのつもりだったみたいだよ」

「……マジで？」

「うん」

受付嬢達が奥に運ばれていく光景を背後にたっぷりと間を置いて、ハァとため息をついたピートさんは疲れたように項垂れた。

「……お前は普通じゃないと最初っから思ってたけど、まさかここまでとはな。いや、いいんだ。結婚を決めるにはちと若すぎる気もするが、公爵が許している上にこれまで浮いた話が一切無かったお前が決めたんなら大丈夫なんだろう。……何か大人の手が必要になったら俺に言えよ。力になるからな……」

「うん。ありがと」

ピートさんはどこか投げやりな手付きで魔道具をセットし、「どうぞ」とカードを載せるよう促してきた。私のカードがハヤトの〝ポケット〟から出てきた事に一瞬動揺した様子だったけど、すぐに平常心を取り戻して仕事用の顔になる。カードを載せると魔道具が光り、文字が浮かび上がった。

「B…ランク……です……」

「本当ですか⁉」

思わず大声を上げた。周囲からもどよめきが上がる。誰もが驚く中で、ハヤトだけが満足そうに頷いていた。

「やっぱり？　そのくらいいくだろうと思ってた」

「いやいやいや、お前これ、大変な事だぞ⁉　いきなりBとか、お前からすれば大したことじゃないように見えるかも知れないが」

「わかってるよ。だから最初に言ったじゃん。アリスには才能があるって。その上で俺が仕込んだんだからこのくらい当然でしょ」

「バカ！　仕込んだとか言うな！　鍛えたと言え！……こりゃ大変だ……。うちのギルドから化け物コンビが誕生してしまった……」

「化け物？」

「し、失礼いたしました、怪物コンビ……でいかがでしょう」

「あまり変わりませんわね」

どんどん失礼になっていくピートさんだけどそれは別にいいとして、もしかして私ってすごいんじゃないかしら、と、遅れてやって来た喜びがじわじわと込み上げてくる。

ピートさんが差し出してきた用紙に改めて必要事項を書き、登録用魔道具に魔力を通して、真新しい傷一つない金のタグに名前が刻印されていくのをわくわくしながら見つめた。

「では……パーティー名はどうしましょうか……」

「〝チムニー〟でお願いします」

「……ああ、なるほど……。では、そのように登録致します」

〝チムニー〟はハヤトのお父様が煙突掃除屋さんだったという話を聞いた時に決めた名前だ。私としては、チムチムチェリーと二つが繋がっているというダブルの意味を混めて「〝チェリー〟はどうかしら」と提案したのだけど、信じられないようなものを見る目をした後、凄い勢いで反対されたのでチムニーにしたという経緯がある。

あれはこの世界の歌じゃないから、なぜ煙突からさくらんぼに繋がったのか理解して貰えなかったのだ。残念。

今度機会があったら〝昔観た演劇の歌なんですけど〟と言って歌ってみようと思う。

完成したタグを受け取り、ハヤトの首に掛ける。アリスと書かれたタグがハヤトの首もとで金色に輝く。

なんだか〝この人は私の！〟という主張がやたら激しい気がして少し照れる。それを伝えると
「今さら？　俺は三ヶ月前からそんな気持ちだったよ」

と返ってきた。

ともかく、これでひとまず用事を終えたので、三番街のパティスリーに寄ってお土産のプディングを大人買いし早速公爵家に向かった。到着すると、家令ジェフリー自らが扉を開いて出迎えてくれる。

「お帰りなさいませ、お嬢様、ハヤト様。お久しゅうございますね。皆様お待ちでいらっしゃいます。まずはお嬢様はお部屋でお召し替えをお願いいたします」

「えっ？　このままではいけないのかしら。お話が終わったらすぐに帰るつもりで来たのだけど」

「淑女らしく仕上げてから通しなさいと旦那様より仰せつかっております。メアリーアン、フロリーナ、お願いしますよ。では、ハヤト様はこちらにどうぞ」

有無を言わさぬ様子でジェフリーはハヤトを促し、どこかに連れていこうとする。さすがのハヤトも展開が読めなくて怖じ気付いたのか、ドナドナが似合う顔を私に向けながらも大人しく連れ去られていった。

……何かしら。ちょっと怖いんだけど。

「さ！　お嬢様、お支度しますよ！　腕が鳴りますね！」

メアリーアンが異様に楽しそうなのを見るに、物騒な話ではなさそうだ。だけど気になる。ハヤトが連れ込まれて行った客間の扉をチラチラ見ながら、自室へ向かった。

「さぁさぁ、湯浴みのご用意はすぐに出来ますからね！　先にお髪（ぐし）を梳（す）きましょうか！」

「ありがとう。……でも、どうして？　今日はお父様とお母様とラヴにお話があって来ただけなのに」

「私にはわかりませんけれど、今朝お嬢様からのご連絡があってから旦那様は何やら大層慌てていたご様子ですよ。急ぎで仕立て屋を呼んだりして。そういえば彼らもさっき到着したようですね」

「仕立て屋⁉」

じゃあハヤトは今仕立て屋と会ってるって事⁉　何⁉　何なの⁉

「それにしてもラヴ様のお兄様は素敵な方ですよねぇ……毎度のことながら見とれてしまいますよ」

「そうね……」

気もそぞろなうちに服を脱がされ、お湯に浸からされて二人がかりで全身を磨かれた。それからジャスミンの精油を肌に馴染ませマッサージをしてくれて、血色が良く艶々になったところで素早く髪を乾かされ、ゆるく巻いてもらう。

久し振りに人にお世話してもらう感覚に戸惑いながら、パールブルーのシンプルなドレスを着付けしてもらい自然なメイクを施されて完了。この間およそ一時間半。早業だ。二人とも凄い。

しかし、本来の目的――婚約の報告をして帰るには長すぎる時間でもある。

一体なんのために着替えさせられたのかしら？

疑問に思いながら応接室に案内されると、そこには既にお父様とハヤトがいて。心なしかハヤトの表情が固い。

「あら？　二人ですか？　皆は？」

「うん、ちょっと先に話しておきたい事があってね。それにしても久し振りだね、アリス。何だか表情が豊かになったんじゃないかい？」

「そうでしょうか？……というか、一体何の話をしていたんです？」

「まあそれはこれからアリスにも伝えるけど……先に彼の返事を聞いてからだね。――で、どうかな？　君にも色々思うところがあるのは分かるけど、ほら、アリスって基本こんな感じじゃない。これはアリスのためでもあるし、悪い話じゃないと思うよ」

――こんな感じって何。

ハヤトは難しそうな顔をしてうつむき、しばらくして視線を真っ直ぐにお父様に向けた。

「……わかりました。お受けします」

満足そうに頷くお父様とハヤトを交互に見る。あの、そろそろ話に入れてほしいんだけど。

するとお父様は私にちらりと視線を寄越して言った。

「叙爵の話をしてたんだ。もう議会の根回しは済んでいるし、陛下の了解も取り付けてある。後は私が正式に推薦すれば通る状態だよ」

「そうなんですか⁉　お父様ったらいつの間にそんな」

「アリスが出て行ってからすぐに段取りを始めたよ。アリスのおかげでうちは王家に大きな貸しがあったから簡単だった。――でも、二人とも婚約するのが遅いよ。もしかして無駄な仕事しちゃったかなと思って心配してたんだ」

もうお父様は私たちの婚約の話を聞いているようだった。

その話をするよりも前に仕立て屋に会わせたりもそうだけど、最初から結婚を見越して叙爵のために動いていたとか……何だか私達は二人揃ってお父様の手のひらの上で転がされていたような気がしてくる。

私と同じ気持ちになっていると思われるハヤトはこちらの会話を聞きながら頭を抱えて呟いた。

「……俺の葛藤は何だったんだ……」

「そうは言っても君、推薦の打診は初めてじゃないだろう？　すげなく断られたとか言ってるのが何人かいたよ」

「そうですけど……」

そうなんですかい。

でも確かに、何かしら力のある市民に目をつけて、傘下に入れたい貴族が議会に推薦して叙爵に至るケースはたまに聞く話ではある。大抵一代貴族だけど。彼ならそんな話の一つや二つあったとしてもおかしくはない。

十代半ばは早すぎる気もするけど、この国では貴族子女が学院を卒業するのが十五歳というのもあって、その年から一応の大人として扱われるのが一般的だ。当然、独り立ちするには色々足りないので、その後は年単位で後ろ盾の下で大人になる練習をするのだけれど。普通は親が役割を担うその後ろ盾を、ハヤトの場合はうちが受け持つ事になる。

「……ハヤト貴方、本当にいいんですか？　それってうちの……ステュアート家の言いなりになるという事ですよ。色々と不自由になりますし、もう少し考えたほうが……」

「普通の貴族なら受けない。……けど、いいんだ。もう決めた」

自由気ままに生きていく力があるくせに、彼は首輪をつけられる事を受け入れると言う。

ハヤトは真っ直ぐに私を見て、穏やかに微笑んだ。そんな彼を見てお父様は嬉しそうに頬を緩める。

「その心意気や良し。何、悪いようにはしないさ。女神ミナーヴァに誓ってね。で、早速なんだけど、あの大量のプディングをどこからどうやって出したのか後でアキュリスに詳しく教えてやってくれない？」

お父様は下心を出すのが早すぎる。あの顔、魔道具に使えそうなネタの匂いを嗅ぎつけたに違いないのだ。

あとちょっと頑張れば、しばらくはあの残念さを隠し通せたかも知れないのに。


こうして、お父様の全方位へのゴリ押しによって、ステュアート家は僻地ではあるけれど、所有していた領地のごく一部を分け与える形でハヤトを貴族社会に引きずり込んだ。家名の無かった彼は、与えられた地名をそのまま名前として子爵位のハヤト・リディルとなる事が決まった。

そして、叙爵の儀式を待ってステュアート家はリディル家と正式に婚約を結ぶ事となった。

リディルはここ王都から馬車で二日くらいのところにある人口二百人程度の小さな村がある地域だ。特にこれと言った産業はないが、住民が食うに困らないくらいには農地が拓けていて手のかからない土地とお父様は言う。

実際にそこに腰を据えるのはまだ先だけど、いずれは居を構え、王都と行き来する事になる。

家族に婚約報告をするために行ったはずが、なぜか子爵位を与えられて帰宅するという超展開を経て、十二番街の家に戻ってからハヤトは背中に疲れを滲ませながらリディルに関するここ数年の報告書に目を通していた。

あれはお父様が帰り際に「勉強を始めるなら早いほうがいい」と言ってハヤトに渡したものだ。他にも、マナー教本や簿記の教科書、領地運営のためのお父様製メモ集などがある。普通なら子供の頃から時間をかけて身につける事を、彼は今から急いで学ばなければならないのだ。しかも、子供なら笑って許されるような初心な失敗も、十六歳では許されない。新参者だからといっても、誰も大目に見たりしない。貴族に相応しいと判断されて爵位を得たのだから、相応しい振る舞いくらい出来て当然、といった認識である。ここでつまずく新興貴族は多いのだけど、それは余談。

こうして考えると、マリアの乱がどれほどの異常事態だったかよく分かる。

「……なんだか大変な事になりましたね」

お茶を淹れて隣に座った。

「あ、ありがと。そうだね、大変だね」

報告書の閲覧は既に終わり、今度は簿記の本に視線を落としたままパラパラとおおよそ五秒くらいの間隔で紙を捲りつつ、空いている手で私の肩を抱き寄せる。

「……それ、読めてるんですか？」

「うん。完全に頭に入れるにはあと二、三回読み直さないといけないけど、一応読んでるよ」

なんなのこの人。

読む速度もさることながら、あと二、三回で完全に頭に入るなんておかしくない？

……まあ、今さらか。

「学院なんて行かなくても良さそうですけどね……」

「うーん、どうなんだろうね」

そう、ハヤトは叙爵の儀式を終えたら、貴族子女が通う学院に急遽編入する事が決まったのだ。

ここの学院は日本の義務教育と違って、通常は十三～五歳の二年間だけ任意で通うもので。

たまに怪我や病、領地が災害に見舞われたなどの理由で入学を遅らせる家もあって、その場合は十六～十七歳で在学する事になる。私の時も二人いた。なので年齢的な問題は無いけれど。

あそこは主に魔法と、男子は対人の戦い方を、女子は家政を学ぶところだ。

魔法を学ぶと言っても、ハヤトの力業&裏技みたいな感じではなくて、魔力に属性をいかにスムーズに与えるか、限られた魔力をどう配分して最大の威力を狙うか等、貴族らしい上品な授業内容である。

とは言え大体の生徒が既に家である程度学んできているので、どちらかというと成人前に集団生活を通してワガママさを矯正する事のほうが重要視されている。そんな意味合いから、任意だとしても一種の通過儀礼である学院を卒業していないと、（男性は特に）貴族社会で認めてもらいにくくなるらしい。

ラヴは女の子だから通わなくても構わないそうだが、ハヤトは違う。

世襲貴族の当主になる以上、途中からでもいいから行っておいたほうが良いとはお父様の言。

要は、卒業したという事実があれば良い、との事。

やがて最後のページをめくったハヤトは、本を閉じて伸びをした。

「あー、読んだー。疲れた」

「ハヤトでも疲れる事ってあるんですね」

「当たり前でしょ。俺を何だと思ってるの？」

「うーん……スーパーダーリンかしら」

「ふっ、何それ」

「凄い恋人って意味ですよ」

「別に凄くはないじゃん……。アリスのほうがよっぽど凄いと思うけどな」

「どこがですか。私は全部中途半端なんですよ。特にこれといった特技もないですし……たまたま貴族の家に生まれただけの凡人です」

「そんな事ないよ」

頬を撫でられ、顔が近付いてきて、ちゅ、と柔らかく唇が塞がれて、すぐに離れた。

えっ？

唇が。塞がれた。

口で、口を塞がれたんですが。……今のは一体何だったんです？

じっと見つめると、彼はめちゃくちゃ気まずそうな顔で謝ってきた。

「ごめん……間違えた」

ま、間違えた……？

「ほっぺたにしようとして、つい」

「……信じられない……」

本当に信じられない。

そんな理由のファーストキスって許されるの⁉

いや許さない。絶対にだ！

「やり直しを要求します！」

「ごめんって！　本当に間違えたんだ！」

「ひどい！　ちゃんとしたのするまで許さないから！」

襟首に掴みかかろうとしたけど一瞬で逃げられた。今まで見た中で一番速かったのが腹が立つ。

「何で逃げるんですか⁉」

「だってアリスが可愛いから」

「理由になってませんけど⁉」

身柄を確保しようと追いかけるけど、かわし方が上手くて全然捕まえられない。逆に避けた流れで背後を取られ、首もととお腹に手が回ってきてバックハグ状態になった。そのまま耳元で妙に優しげな声が響く。

「ごめんね、自分でもびっくりしたんだ。許して？」

首もとの手がするりと動いて、鎖骨の辺りを撫でる。

「本当にキスしようと思ってしたら、絶対途中で止められないよ？……それでも良かったら、こっち向いて」

……良くないです。

へなへなと床に座りこみ、しばらく顔を上げられなくなってしまった。


叙爵の儀式はハヤトの礼服が仕上がってくる一ヶ月後に執り行われる事となった。

本来二ヶ月はかかる仕立てなんだけど、学院に編入する時期を考えるとなるべく早いほうがいいという事で、無茶を言って急ぎ仕事にしてもらったそうだ。仕立てのお礼にお母様と私とラヴのドレスを計三着、納期を設けずにオーダーしたらしく、仕立て屋としては、良い仕事を貰ったと喜んでいたとお母様は言っていた。

そして私達はハヤトの仮縫い（かりぬい）と勉強のため、いっとき十二番街から離れて学院を卒業するまでのあいだ公爵邸住まいになる。

その間、ここに戻れるのは多くても学院が休みの土の日と光の日の週二回だけ。

「これから忙しくなるね」

「ええ……。貴族街に行く前に、皆さんにご挨拶していかないといけませんね」

「うん。……アリス、今日はちょっと俺の用事に付き合ってもらってもいいかな？」

「もちろんです。どちらへ行くんですか？」

「孤児院に」

彼の出身、十二番街の孤児院は教会に併設されていて、以前私もハヤトと一緒に訪ねた事がある。とは言っても、稼いだお金の一部を神父さんに渡してすぐに退散するという慌ただしさで、まともに会話をした事はないのだけど。だって一ヵ所じゃないんだもの。何ヵ所か回るんだもの。

怪我をする前のラヴがやっていた寄付活動は当然のごとくハヤトもやっていて、彼と行動するようになってからは私も一緒にやっていたのだけど、（お嬢様として行う慈善活動とは別。あれは家の予算を使ってする事なので）王都のあちこちに点在する孤児院を回るのは結構時間がかかるのだ。なので、ちゃんと時間を取って訪問するのは今回が初めて。子供達に会うのも、初めてになる。

神聖な魔力が感じられる教会の扉を開くと、お爺さんのトーマス神父さんとお婆さんのシスター・メアリが温かな笑顔で出迎えてくれた。

「おお！　ハヤトじゃないか！　アリスお嬢様も、よくいらっしゃった」

「こんにちは。お元気そうで何よりです」

「おかげさまで。足腰は痛いのですが、まだまだ元気にやっております。……ところで、何やら噂を聞いたのですが、ご結婚なさる……とか？」

「あら、ご存じでしたか」

すると横で聞いていたシスター・メアリは目を丸くして口元を両手で押さえた。

「あらあら！　本当でしたか！　まさか、と思いながらも、そうだったら素敵だなぁと思っておりました。とっても嬉しいお話ですわ。おめでとうございます」

「ありがとうございます」

「では今日は女神への報告に？」

少女のように瞳を輝かせるシスター・メアリだったけど、今日用があるのは孤児院のほうだ。私の代わりにハヤトが答えた。

「今日は子供達に会いに来ました。事情があって、しばらくの間来られなくなるかも知れなくて……。どんな様子か、確認しておきたかったんです」

「そうだったの。いいわよ。好きなように見ていらっしゃい。でも……貴方にはたくさん助けてもらってきたわね。忙しくなるなら、今後無理しなくてもいいのよ？」

「無理はしませんよ。大丈夫です」

「そう？……ならいいけど……。でも、そろそろあの子達にも貴方からたくさん寄付をもらっているって教えてもいいんじゃないかしら。あの子達、知らないから貴方に対して失礼な事ばかりするでしょう？」

「いいんですよ。……あいつらには、俺じゃなくてどこかの誰かが自分達を気にかけていると思っていてほしいんです」

身内ではなく、見知らぬ世間の人に応援されている。そう思えれば、いずれ大人になって世間に出る時、独り立ちへの不安を少しは解消させられるんじゃないか。と以前彼は言っていた。

私は、ハヤトから応援されていると知っていても、それもまた勇気になるんじゃないかな、と思ったけど、言わずにおいた。見知らぬ人からの応援が力になるのも事実だから。

シスターに案内され、一度教会の外に出て、裏手側へ回る。そこには小さな畑があり、七、八歳くらいの子供が何人か草むしりをしているところだった。そのうちの一人がこちらに気付いて大声を上げる。

「あっ！　ハヤトじゃん！　おかえり！」

「え？　あ、ほんとだー。あれ？　ラヴじゃない！　ちょ、大変だー！　ハヤトがラヴじゃない女連れてきたー！」

すると建物の中からわらわらと子供達が出てきて、あっという間に取り囲まれた。

「おねーちゃんだぁれ？」

「ねえねえアイツと付き合ってんの？」

「あのね、ラヴお姉ちゃんお姫さまになるんだよ。だからね、ラヴお姉ちゃんと王子さまの絵をかいたの。みて」

子供達のエネルギーに圧倒されつつ、小さな女の子が出してきたスケッチブックを見ると、そこにはラヴらしき薄茶色の髪のお姫さまとキラキラの王子さまが手を繋いでいる可愛らしい絵があった。

残念ながらお兄様は王子さまではないし、ましてこんなにキラキラもしてないんだけど、「とても上手ね」と微笑むと女の子はにっこり笑ってスケッチブックを抱きしめた。

「わたしも大きくなったらお姫さまになりたいの」

するとハヤトが少しかがんで、女の子の頭をポンポンしながら言い聞かせた。

「それならたくさん本を読めるようにならなきゃいけないな。シスターに読み方をよく教えてもらうんだよ。あとね、もし本当に王子様みたいな人が現れても、すぐについていっちゃダメだからね。絶対に神父様かシスターに話をしてからだよ。そうしなかったら俺が許さないからね」

「うん、わかった」

絵を見せて満足そうな女の子は頷いて、タタッと走って遊びに行ってしまった。他の女の子達も、つられるように遊びに散らばっていく。

その様子を見ながらハヤトは静かに呟いた。

「……今日はね、今みたいな事を言いに来たかったんだ」

「貴族に簡単について行っちゃダメだよ、という事ですか？」

「うん。ラヴがお姫さまになったから自分も、と思う気持ちになるのはわかるけど……。簡単になれると思ってしまったら絶対危ないでしょ。ついていく前に、必ず神父様に話をしてねって言っておきたかった」

「そうですね……。ラヴのケースはかなり特殊ですから、そうある事ではありませんし……。夢があるのは、良い事なのですが」

「そう。夢を潰したい訳じゃないから、頭ごなしに否定する気は無いんだけどね。話さえしてくれれば、後はこっちで裏が無いか調べられると思って」

話しながらハヤトは体の大きな男子グループに引っ張られて、木の板で作られた玩具の剣を押し付けられていた。戦いごっこが始まるらしい。

「もうちょっとしたら俺も冒険者登録するんだ！　んで、ハヤトを倒していきなりSランクになる！」

「俺、モンスターじゃないんだけど。それより読み書きは出来るようになったのか？　力よりもそっちのほうが役に立つっていつも言ってるよな？」

「うるせーな！　名前くらいなら書けるし！」

カンカンと木剣の打ち合う乾いた音が響く。その様子を微笑ましく見ていると、シスター・メアリが私の横に立って、優しげな微笑みを浮かべて言った。

「あの子は……ハヤトは不思議な子ですね。アリーシャ様」

「ええ、そうですね。何を考えているのかよくわからないところはありますが……」

「本当ですね。そういえば、あの子に最初に魔法を教えたのは、お恥ずかしながら私なんですよ。かすり傷があったから、ちょっとした回復魔法を教えただけなんですけれどね。そうしたら、次の日には回復魔法どころか、なぜか炎と水と風まで出して遊ぶようになっていたんですよ。誰も教えてないのに。あの時は驚きすぎて笑ってしまいましたわ。何をどうしたらそうなってしまうのかしら、って」

「まあ。あの人らしいお話ですね」

「やはりそう思われます？……きっと、あの子は女神になにかしらの使命を与えられて生まれてきたんですわ。アリーシャ様と出会ったのも、そんな運命の中の一つなのでしょうね」

その使命とはきっとマリアに攻略される事だったんだろうなと思うんだけど、そんな事考えたくもないので頭の中で打ち消す。

するとシスター・メアリは思い出したようにポンと手を打ち、満面の笑顔を浮かべた。

「そうだわ！　アリーシャ様は楽器はお出来になって？」

「え？　ええ……。一般的なものでしたら一通りは習いましたけれど」

「それではバイオリンはどうかしら。ハヤト達が寄付してくれるおかげで教育のためにと色々購入するのですが、バイオリンは弾ける人がいないのに買ってしまって頭を悩ませていたところなんです」

「まあ、それはもったいない事ですね」

「そうなんです。それで……いかがです？　一曲弾いて頂けませんか？　うちの女の子達にも、お姫さまになるよりはまだ音楽家のほうが現実味があると思って欲しいですし」

……確かに。お姫さまはなろうと思ってなるものではないからね……。

「……わかりました。人並みですが、務めさせて頂きます」

「ありがとうございます」

突然だったけど、貴族の慰問(いもん)といえば楽器の演奏は付き物なので、一応はこなせるように教わってきた。

シスターと建物に入ると、そこには掃除が行き届いていて清潔な、立派なホールが広がっていた。アップライトピアノも設置してある。ピカピカのバイオリンを手渡され、弓の準備をして。それからチューニングをして。手馴らしに簡単な童謡を弾いてみた。

「……あら、意外と手が覚えているものね」

殿下との婚約破棄以降、すっかり楽器から離れていたけど、思ったほどには忘れていない。

楽器の癖を確認したいのと、感覚を思い出すために何曲か試し弾きをしていると、音を聞き付けた女の子達が徐々に集まり始めた。

「バイオリンだー！　すごーい、かっこいい」

「ねえねえお姫さまの曲ひいて！　ダンスパーティーごっこしよう！」

お姫さまの曲って何かしら。ワルツ？　でも、知ってる曲のほうが聴いてて楽しいわよね……。

そう思って、この世界で一般的な聖歌のメロディをズンタッタのワルツのリズムに乗せて弾いてみた。女の子達は、キャッキャッと楽しそうに手を取り合ってくるくる回る。

だけどやがて「女子だけじゃいまいちつまんないね。誰か男子呼んできて」と声が上がり、ひときわ元気な女子が外から男子を引っ張ってきた。


「なんだよ、もう」

「せっかく遊んでたのに」

ふて腐れた顔の男子達の後ろから、ハヤトの背中に乗ってお馬さんごっこをしている小さな二人組も入ってくる。四つん這いでお馬さんにされているハヤトを見た瞬間目玉が飛び出そうになったけど、気を取り直して男子に話しかけた。

「女の子達がね、貴方達に王子様になってほしいんですって。よかったらダンスパーティーに参加していきませんか？」

「え～？　やだよ。ダンスなんてやったことないし」

「大丈夫ですよ。誰でも出来るように、簡単なものを教えますから。すぐ出来るようになります」

すると黒髪の大人しげな男の子がもじもじしながら前に出てきた。

「僕、やってみたい……。教えて下さい」

うっ。かわいい。

「はい。じゃあここに立って下さい。女の子も誰か一人、パートナーをお願いします」

「じゃあ私やる！」

そう言って飛び出してきたのは、さっき男子を呼びに行った元気な女の子だ。

黒髪の男の子は顔を真っ赤にしてうつむき、救いを求めるようにおそるおそる私を上目遣いで見上げてきた。

小さな恋の予感に俄然やる気が湧いてきて、張り切ってペアを組ませる。

「ありがとう。ではまず、ダンスに誘う時は、男の子は女の子の手を取って広い場所に連れ出して下さいね。無理やりはダメですよ。踊る場所を決めたら、一旦手を目の高さまで持ち上げてから、向かい合ってお辞儀をします。……女の子は、このように」

女の子の隣でカーテシーをして見せる。おおー、と声が上がったけど、私がちゃんとお嬢様っぽい事するのってそんなに意外な事なのかしら。

次に男の子の隣で、紳士の礼ボウ・アンド・スクレープをして見せた。

この時には既に黒髪の男の子の他にも真似をする男子が出て、小さな紳士と淑女が大量に発生し始める。

「そうしたらお互いに手を取って、半身ぶん体をずらしてくっついて下さい。空いている手を女の子は男の子の腕の辺りに、男の子は女の子の肩甲骨の辺りに置きましょう」

ペアをホールドさせると、あちこちで真似したペアから照れ笑いがわき起こる。

「手は肩と同じくらいの高さをキープしてくださいね。では、全て三拍でいきますよ。男の子は左足を後ろに、女の子は右足を前に出してそのまま三歩歩きます。三歩歩いたら、腕を出した方向に向かってまた三歩ぶん、女の子が男の子を軸にして丸く円を描くように歩きます。男の子はそれに合わせて小さく丸く歩いて下さいね。足を踏まないようにお互いに合わせて……今度は女の子が右足を後ろに、男の子が左足を前に出して三歩進みます。今のを一セットにして、三回繰り返しましょう。……はい、上手ですよ。皆さん上手です。そうしたら手は繋いだまま体を離して、女の子は一、二、三のリズムでくるりと回りましょう。もう一回、今度は反対の手で繋ぎ直して、逆方向にくるりと回って、元のポジションに戻ります」

「難しいよ」「えー？　簡単じゃん」と様々な声が上がる中、手拍子をしてやりながら全員が少しずつ形になってきたのを見計らって、バイオリンを構え演奏を入れた。一気にダンスパーティーっぽさが出て、熱気がぐんと上がるのが肌で伝わる。

……次は子供用ドレスをお土産に持って来よう。

密かに決心しつつ一曲弾き終えて、弓を下ろすと誰からともなく拍手が沸き起こった。

良かった。楽しんでもらえたようだ。

「皆さんとても上手でしたよ。素敵でした」

「すっごい楽しかった！　ねえもう一回やって？」

「もう一回やりたーい！　やってやって！　そうだ、次はハヤトもピアノやればいいじゃん！」

えっ。弾けるの？

「ピアノ、弾けるんですか？」

「うーん……。ちょっとだけ……。ほら、教会に置いてあるでしょ？　昔、あれで遊んでたらシスターが教えてくれてさ。それ以降ミサの時に弾くとお小遣いくれるようになったから頑張って覚えた。でも教会で使う曲しか出来ないよ」

ちらっとシスターを見ると、彼女はにこっと笑い、「この子が弾くと寄付金が跳ね上がるんです」と小声で言った。

聖職者とは。

「……じゃあ、一緒にやってみます？」

「いいけど、二、三分ちょうだい。最近やってなかったから、思い出すまで少しかかるかも」

「わかりました。ではその間何か他の事を……」

そう言いかけた時、手首をプラプラさせながらグーパーと軽く指の運動をして、ピアノの前に座ったハヤトがまず基本のコードを押さえた。その一瞬でわかってしまった。

——この人、ピアノ上手い。

和音の鳴らし方。透明感のある音。タッチの力加減とペダル使いに、センスしか感じない。

少しして彼は思い出してきたのか、コードはどんどん複雑になっていった。そこにさっき私が弾いたものの主旋律が加わって、荘厳な聖歌が奏でられ始める。聴いた事がないアレンジが加えられているのはシスターの教えなのか、本人の仕業なのか。

凄い。

音が語りかけてくる。和音に情景が浮かんでくる。——これはもはや、一つの映画だ。

その時、ちょうどハヤトの髪が教会の神聖な魔力に反応して銀色に変わり始めた。日中に銀髪に変わるのを見るのは初めてで少しびっくりしたけど、変色のタイミングまで神がかってる辺り、やはりこの人は〝持ってる〟と思う。

その変色、お馬さんの時じゃなくて良かったね——と思いつつ眺めていると、彼は手馴らしが終わったのかアルペジオで何度か鍵盤を往復してから手を下ろした。

「終わったー。もういいよ。どうする？　さっきと曲変える？」

「そうですね。聖歌ですよね？　何でもいいですけど……」

「じゃあ、〝アマリリス〟は？」

「いいですよ」

アマリリス（花）はミナーヴァを象徴する花として扱われていて、聖歌としては結婚式でよく使われるものになる。どこか甘いメロディで、〝いつか王子様が〟に似ている曲だ。

「アリスが主旋律ね」

「はい。でもピアノでも聴きたいですね……。二番ではそちらが主旋律をやって下さい。こっちが伴奏やります」

「了解」

ハヤトの伴奏で始まったダンスパーティー第二部はより一層華やかで、終わった後、例の黒髪の男の子と元気な女の子が〝交換日記を始める事になった〟と頬を染めながら報告に来るミラクルを起こし幕を閉じた。

孤児院への訪問を終えて、ひとまず自宅に帰った。

これから拠点を移す準備とか、ベティ達や冒険者の皆さんに不在がちになる前の挨拶とか、マナーの勉強とか、しなくちゃいけない事が沢山あるけど……。まだ体から音楽の余韻が抜けていない。

少しだけ、私もハヤトとダンスをしてみたいな。少しでいいから。

「ハヤト、私とホールドしてください」

「ん」

ぎゅっと抱き締めてくれた——けど、違う、そうじゃないんだ。嬉しいけど。

特に意味のないハグをしばらく堪能してから、本題に入る。

「……これはこれで凄く良いのですが、ダンスのほうをですね……」

「あ、そっち？　なんだ、すぐに言ってくれれば良かったのに」

「その通りですね」

私も今のは言葉が少なすぎてちょっとどうなのとは自分でも思った。

腕をハヤトの肩に回して、ぴったりとくっつく。すると、彼は少し戸惑った声を出した。

「……なんかさっきのと違くない？　ていうか、近くない？」

「はい。これは夫婦や婚約者同士でだけ許されているダンスです。社交界に出ても私以外の女性としちゃダメですよ」

そう、これは頬と頬をくっつけるだけの、いわゆるチークダンスだ。

技術がいらないが故に今後つくであろうダンスの講師からこれについて何かを教わる事はおそらく、無い。なので、私がこの機会に伝えておいても良いと思う。

チークダンスは夜会の終わり間際になると、明かりを少し落とした状態で行われる――らしい。

（私はまだ最後までいた事がないから、話で聞いているだけ）

ステップを踏まなくてもいい代わりに、ロマンチックな空気の中で密着して会話をするというボッチには非常に辛いダンスタイムになる。ハヤトがいなければ私も完全にそちら側の人間なので、正直なところ凄くホッとしている。

これ、一見恥ずかしいように見えるけど、政略結婚したてでまだよそよそしい二人も、このダンスタイムを経ると不思議と結婚式後よりも夫婦の実感が湧くようになるというから侮れないものだ。

ハヤトは戸惑いながらも私の背中に手を回し、ちゃんと手のひらを重ね合わせてくれる。こういう時、律儀（りちぎ）に付き合ってくれるのがとても好きなところのひとつ。

「ありがとうございます。このダンス、これだけでいいんですよ」

「……そうなの？」

「はい、でも……ついでに、話す時は少しかがんで頬をつけて下さるともっと良いです」

「わかった。……もしかして、手の繋ぎかたもこんな感じで良かったりする？」

私の希望通り頬を頬にくっつけてくれて、重ねただけの手の指の間に、指を入り込ませてくる。

恋人繋ぎ。好き。

「よ、良かったりしますよ……！　とっても！……たぶん」

実際のところは知らないけど多分良いと思う。良い事にしておく。

「そっか……。ねえ、こういうの、前の婚約者ともしたの？」

おや。前の婚約の時の話を出すなんて珍しい。

「いいえ。こういうのをするような時間まで夜会に残れるのは学院を卒業した後になりますから、私はまだ一度もありません。……話に聞いていただけです」

「ふぅん」

感情の見えない声色だった。不機嫌なのか、何も感じていないのか、それすら読み取れないフラットな声。

「あの人とは幼なじみのようなものでした。手を繋ぐ以上の事は、何も」

言いながら気付く。

……あれ？　私の恋愛偏差値、低すぎ……？

婚約中どころか、破棄後にも誰からも求められなかったのが私だ。改めてモテない事を実感するけど――いいんだ。今の私にはハヤトがいる。たった一人、好きな人に好きになってもらえた。それ以上に求める事など何も無い。

「私、男性とこんなふうに触れ合うのは貴方が初めてです。キ……キスだって、小さな頃に親が頬にした以外は貴方だけなんですからね。もう、どんな事があっても、絶対に逃がしませんよ」

顔が見えない、かつゼロ距離なおかげか重たい言葉が次々に飛び出してくる。目を見ながらではなかなか口に出来ない事ばかりだ。密着しつつ顔が見えないというのは、こんなにも胸の内をさらけ出させるものなのか。

チークダンスの効果、確かにある。

などと考えていたら、くっつけた体からハヤトの心臓がひときわ強く打つのが伝わってきた。と思ったら、肩を引き剥がされて、繋いだ手を高く掲げてくる。ターンを促されているのだと気付き、くるりと回った。

回り終えて彼の顔を見ると、ふいと顔ごと目を逸らされてしまった。

「……もうちょっとしたら外に出よう。散歩してれば知り合いに会うだろうから、その時に留守がちになる話をすればいい」

「そうですね」

ちょっと重たすぎたかな……。怨念が滲み出すぎて、怖がらせてしまったかも知れない。

すぐに調子に乗ってしまう性格を反省と共にうらめしく思いながら、いったん自室に戻り実家に持っていく荷物を選別する作業に入った。

それから少し経って散歩に出たら、予想通り知り合い——ハヤトの元パーティー仲間のうちの一人、テッドさんとエンカウントした。剣士テッドさんはがっしりした体格で強面ながら、現在何頭も犬を飼っている人。一日一回は必ず犬の散歩でバッタリ会う人なのだ。

今日も犬（この世界にもなぜかトイプードルがいる）をゾロゾロ連れて歩いていたから、遠くからでもすぐにわかった。

「テッド」

「おう、ハヤト。アリスちゃんも。こんにちは」

「こんにちは。……あら？　またワンちゃん増えました？」

「そうなんだよ……。近所のオバサン家で産まれてさ、乳離れしたから一匹もらってくれって。もう無理だよって思ったんだけど、見ちゃうとどうしても引き取らずにいられなくて」

「ふふ、かわいい」

本当にかわいい。

テッドさんの許可を得て抱っこさせてもらった。子犬から成犬になりかけのワンちゃんだ。

「名前は？」

「ウエハース」

「またお菓子の名前かよ。テッドお前、自分の見た目ちょっとは考えろよな」

「別にいいだろ。乗り物に彼女の名前つけるほうがよっぽど恥ずかしいぜ。なあ？　アリスちゃん」

「え？」

こらえきれないといった顔で吹き出すテッドさんに、ハヤトは腕組みをしてふて腐れる。

「別に俺がつけたんじゃないし」

「ハイハイ。で？　今日も仲良くお出掛け？　その格好じゃ今から狩りに出るって訳でもないんだろ？」

「まあね。……えっと、少し家を空ける事が増えるから、先に言っておこうと思ってさ」

「へえ。どっか遠征でもするのか？」

「うーん……。ある意味遠征かなぁ。爵位、受ける事にしたんだ。その関係でちょっと」

テッドさんは目と口を開いて固まった。

「マジか……」

「うん。色々考えたけど、そうするのが一番いいって思ってさ。……でも、別に偉くなった訳じゃないんだから、今まで通りで頼むよ」

「それを偉くなったと言わずに何を偉いと言うんだ。……いや、お前ならいつかそうなるんじゃないかと思ってはいたよ。なんか安心したぜ。これで俺とお前が同じ人間だって思わなくて済むな」

「……なんだよ、それ」

「お前といると、自分が嫌になるんだよ。……まあ、それも昔の話だ。俺達も頑張るからさ、お前も頑張れよ。……あと、ラヴの事、悪かったな。守りきれなくて」

「……誰も死ななくて良かったよ」

するとウエハースちゃんが私の腕から飛び降りてテッドさんの周りをぐるぐる回り始めた。テッドさんがリードでぐるぐる巻きになっていく。

「ん？　お腹すいたのか？　どれ、おやつでも食うか？」

ごそごそと袋の中から犬用ビスケットを取り出し、私とハヤトにも何枚か渡してきた。

「悪いけどさ、ウエハースちゃんは今しつけ中だからおやつにもちょっと時間をかけたいんだ。その間、他の皆に食べさせるの手伝ってくれない？」

「はい。一枚ずつでいいですか？」

「うん」

テッドさんは頷いてウエハースちゃん一匹だけを少し離れたところに連れて行き、お座りをさせ、ビスケットを見せて「待て」と命令した。待ちきれないといった顔でそわそわするウエハースちゃんが可愛くて、つい笑ってしまう。

「待て。お預け！」

もう手で押さえないとお座りしていられないようで、ウエハースちゃんはテッドさんに押さえつけられてじたばたと暴れた。そこでなぜかハヤトが切れた。

「テッド！　お前！　自分がどんだけひどい事をしてるか分かってんのか⁉　食べられるものが目の前にあるのに我慢するって、本当に辛いんだからな！　かわいそうだろ！」

「はぁ⁉　何でお前がそんなに切れんだよ⁉　ていうかお前だって前はしつけ手伝ってくれたじゃねーか！　一体何がお前をそうさせるんだよ」

「いいから早く食べさせてやれって！」

ガツガツとビスケットを食べ始めたウエハースちゃんを見るハヤトの目が妙に羨ましそうだった。

なので、散歩の途中で人間用のビスケットを買ってプレゼントしたら、なぜかものすごく落ち込まれてしまった。

――お腹すいてるんじゃなかったの？

不思議に思いながら「はい、あーん」とやってみたら素直に食べてくれて、それから機嫌が直ったみたいなので良しとした。

次に出会ったのはベティだった。心なしか肩を落とした様子で、ギルドに向かって一人で歩いているのを見掛け声をかける。

「ベティ」

「……あら！　アリス様！　ハヤト様も！　お会いできて嬉しいですー！」

「私も嬉しいです！　ベティに会いたかったから。……今日は一人なんですか？　アレク達はどうしました？」

するとベティは表情を険しくしてきつく言い放った。

「もう、あんな奴ら知りません っ！　愛想が尽きました！」

何かあったようだ。

ハヤトとアイコンタクトし、三人で近くのオープンカフェでお茶をご一緒しながら話を聞く事になった。

「まさかお二人と一緒にお茶を飲める日が来るなんて……感激です……！」

「あのねベティ、前から言おうと思ってたんですけど……もうちょっと普通にして下さっていいんですよ？」

「普通？　普通ですか……。本当にいいんですか？　私、普通にしゃべると結構口が悪いですよ」

「知ってます」

忘れもしない、初対面時の尖りっぷり。ベティはばつが悪そうに笑って、姿勢を崩した。

「そういえばそうだったわね……。あの時はごめんなさいね。気が立ってたの」

「ええ、わかります。あれはほぼアレクが悪いですね」

「本当よ！……あんのクソ野郎、女ともども地獄に落ちろって感じ」

「想像は付きますけど、何があったんです？」

「マリアって回復術士の女がね、うちのパーティーに入りたいって言ったの。色々思うところはあるけど、まあ、それは別にいいとして？　うちには元々回復術士がいたし、彼女のランクもEで低かったのもあってひとまずポーターになってもらったの。なーのーにー！　荷物を！　男共が持ってあげちゃうのよ！　注意したら、〝だって、皆さんが持ってくれるって言うから……ごめんなさい。甘えちゃいけないですよね……〟なんて泣きながら言うのよ！　わかってるなら最初から自分で持てっつーの！」

バン、とテーブルを叩きながら一息で言い切ったベティ。相当苛立っている。気持ちはわかる。

「そしたら男共は〝マリアは女の子なんだから荷物持ちが辛いのなんて当たり前だろ。お前は女らしさだけじゃなくて新人に優しくする気持ちすらも無いのか？〟だって！　何なの⁉　荷物が持てないいなら何でポーターにした？　って思うんだけど⁉　それって間違ってます⁉」

「間違ってないと思いますよ」

「でしょ⁉　で、元々いた回復術士がね、結構ベテランの女の人だったんだけど……マリアを正式メンバーにするってアレクが言い出して、辞めさせられちゃったのよ。その人、病気の親がいるってアレクも知ってるのに……。あんまり腹が立ったから、私もその人と一緒に辞めてやったのよ」

「そんな事があったんですか……」

ベティは頷き、お茶を一口飲む。

「……だから、これからギルドでメンバー募集の貼り紙を見に行くところだったの。新しいパーティーを探すのは大変だけど……。良いところが見つかるといいな……」

ベティが遠い目をしているところに、ハヤトが身を乗り出して話し掛けた。

「ベティはさ、魔法使いだよね？　Bランクの」

「は、はいっ⁉　び、びBランク魔法使いです！　はい！」

みるみるうちに顔が真っ赤になっていくベティ。ハヤトとはパーティー絡みの挨拶くらいで、ちゃんとした会話をした事がないと以前言っていたので、これが初の会話になるようだ。

「アリス様どうしよう……名前呼んでもらっちゃった……失神しそう」

「大丈夫です。いずれ慣れますから」

「で、回復術士の人もB？」

「はい、そうです」

「……じゃあさ、ちょっとここで待っててくれない？　今欠員が出てるパーティーに心当たりがあるから、受け入れられるか聞いてみる」

「えっ」

立ち上がってどこかに行ってしまうハヤトの後ろ姿を呆然と眺め、ふと気を取り直して自分達の周囲に結界が張られている事に気付き「ひぇっ」と声を上げる。

「こ、これって……」

「離れる時は必ず張っていってくれるんです」

「カメレオンの結界が私の体に……やばい……死ぬ……」

瞳を潤ませながらペタンとテーブルに突っ伏すベティ。

「つーかどんだけいい男なんですか……。アレクなんか相手にして悩んでんの本当バカバカしくなる……なんかあったかいし……幸せ……」

「あったかいですよね。私もそう思ってました」

「これって魔力の質がそうなんですよね。アレクがたまに結界張るとなんかねっとりした感覚があるし」

「えっ」

ねっとり。こんな風に表現される聖属性などかつてあっただろうか。

「それは……凄いですね」

他に言いようがなくて、万能な曖昧単語で返した。やっぱり、ベティはアレクから離れて良かったような気がする。何となくだけど。

「アリス様はいつもこうして貰ってるんでしょ？　いいなぁ。……ねぇねぇ、結婚するって聞いたけど、本当？」

「ほ、本当です……」

「きゃー！　やっぱりそうだったじゃない！　もう！　あんなの護衛と雇い主の距離感じゃないって分かってたんだからね！」

「すみません……。あの時はまだ微妙な時期だったんです」

「いつから？　いつから付き合い始めたの？」

「つい先日ですよ」

「それでもう結婚しちゃうの⁉……ああ、でも、そうか。アリス様が相手ならそうなるよね。貴族になったハヤト様……見てみたいなぁ。夜会なら銀髪にテールコートでしょう？　もう、想像するだけでヤバい……」

「それは確かにヤバいですね……！」

無意識に顔を寄せ合う。

「……ねぇアリス様、私達庶民が主催して結婚おめでとうパーティー開いたら迷惑かな？」

「迷惑？　とんでもないです！　嬉しいですよ」

「本当⁉　じゃあ皆に声かけて準備しておくね！　日にち決まったら手紙出すから！」

「ありがとうございます。私も、お礼にお茶会でも開こうかしら……」

「ひぇっ！　ガチお嬢様のお茶会！　絶対行きたい！　やってやって！」

「わかりました、絶対やります。でも場所が問題ですね……。うちじゃ狭いし、鍛練場を半日くらい借りてそこでやりましょうか。別にお茶会をやっちゃダメってルールはないですよね？」

「何その発想⁉　テーブルとか椅子から用意するつもりなの⁉　凄いわーガチお嬢様。お店に集まってやるって発想がないところがホントもう常識から違うっていうか」

「あ、そっか。お店でやればいいんですよね。そのほうが楽ですし、そうしましょうか」

「えー？　アリスお嬢様の本気、見てみたいなぁ〜。前代未聞の鍛練場お茶会、絶対面白そうなのに」

アレクの話などどこかに吹き飛び、きゃいきゃい女子トークに花を咲かせていると、遠くからキャンキャンと犬の鳴き声が聞こえてきた。

「犬……テッドさんかしら。ハヤトが連れてくるの」

「えっ⁉　〝十二番街〟のテッド⁉　え、Aランクの人ですよ⁉　まさか……」

うろたえ始めるベティの目がわさわさと歩き回るトイプードル達を捉えた時、「本当にテッドだ……」と呟く。ふと、彼女はトイプードルの群れをテッドだと思ってはいないかと少し心配になった。

ガタイの良い強面の大男を引っ張ってきたハヤトは、お店から少し離れたところで私達に手を振ってくる。

「お待たせー。欠員ありのパーティーだよ。ちょっと話してみる？」

「し、しますっ！」

Ａランクに仲間入り……！

ベティは手を小さくガッツポーズの形にして、小声でそう呟いた。

その後、ベティと回復術士のお姉さんは無事テッドさん達のところに入る事に決まった。ラヴが抜けて以降あまり活動していなかったという彼ら〝十二番街〟も「これを機会にそろそろ本格的に復帰するか」とテッドさんが言ったので、近々そうなるのだろう。ベティ達は今までよりも上位のグループに入れてとても喜んでいた。結果的に良い方に事が転がって良かったと思う。

それから何人かに会い、ギルド長のピートさんやカルロス姐さんのところにも顔を出し、挨拶を済ませた。

カルロス姐さんは

「不在がちになる前に挨拶回りなんて律儀な事するのね。アタシは死亡フラグ立ててるみたいな気持ちになるからした事ないわ」

と言いながら、結婚祝と称して何か折り畳まれた透け透けの薄い謎布を渡してくれた。その布は怖いのでまだ広げていない。一体何を渡されたのか、謎は謎のままだ。きっと広げるのは結婚後になる。

家を大まかに整理して、拠点を公爵家に移したのはそれから三日後。

身の回りの物は全てハヤトの影収納に入れてもらったので、手に持つものは小さな鞄ひとつで済んだ。次にこの家に戻るのは一週間後になる。

――そういえば、影収納に入れてもらう物を選別して二階から降ろす作業をしている時、なぜかハヤトが座っていた椅子ごと後ろに倒れるという珍事が起きたのよね。

慌てて駆け寄って、頭を抱き起こして「大丈夫⁉　一体どうしたんですか？」と声を掛けても、彼は頑なに倒れた理由を言わず顔を背けるばかりだった。

……きっと恥ずかしかったのね。顔が真っ赤だったもの。

それにしても、あの人でも椅子ごと倒れるなんて事あるのね。珍しすぎてびっくりした。疲れているのかしら。

怪我はなかったんだし、もう忘れてあげよう。

それはさておき、これからハヤトが学院に入って卒業するまで、公爵家と十二番街の往復だ。彼は二年生途中からの編入になるので、しばらくは勉強漬けになる予定。勉強しながら社交界デビューして、冒険者稼業もやりつつリディルの様子も見に行く生活……。

忙しくない……？　ハヤト、大丈夫かしら。

しっかり者の彼には心配なんて必要ないかも知れないけど、私が支えないといけない場面もきっとあると思う。

頑張ろう。

今後のあれこれを考えながら、公爵家の門をくぐる。

「アリスお嬢様！　兄ち……お兄様！　お待ちしておりました！」

帰って一番最初に出迎えてくれたのはラヴだった。もう既に立ち居振舞いがお淑やかになっていて、ちゃんとした淑女に見える。

「ありがとう、ラヴ。また綺麗になったわね」

「ふふ、ありがとうございます。クリス様と公爵家の皆様のおかげですよ。とても良くして下さって……。アリスお嬢様こそ、日に日に美しくなっていくばかりでもう目映(まばゆ)いほどですわ。お兄様もずいぶん心配なのではなくて？」

「…………ほっとけよ」

くすくす笑うラヴの後ろからクリスお兄様がやってきて、お帰りも言わずに何やら興奮気味に私に話しかけてきた。

「あのさ！　こないだ教えてくれた影を使った魔法だけど、やっと再現に成功したんだ！　異次元の構築には苦労したけど！　発動までに必要な魔力がとんでもない量でびっくりしたよ！　でもまあそこはアレでちょちょいと解決して、さっそく袋につけてみたよ！　見てこれ！　体積を遥かに超える量が入るようになったんだよ！　本当に凄いね！　何で影に物を入れようと思ったのかその発想が不思議なんだけど、そのおかげで凄い便利な魔道具が出来たから何でもいいや！　ああ、でも生き物はやっぱり入れられなかったなぁ。生き物が入れば夢の瞬間移動も可能になるはずなんだけど」

「お兄様」

「それをなぜ私に言うのですか？　すぐ隣に言うべき本人がいるではありませんか」

「何？」

「……だって、怖いし……。そう言ってたって伝えておいて……」

「伝えるも何も」

ちら、と隣に立つハヤトに視線をやると、彼は困惑気味の表情で頷いてくれた。

少しはまともさを身につけたはずのお兄様だったけれど、虚勢を張る必要がない場面では相変わらずの変人だった。そして一度は打ち解けても、数日置くとまた他人行儀に戻るようだ。まるで臆病な猫のようだと思う。

横からそっとラヴがクリスお兄様の腕を取り、労るように優しく言い聞かせる。

「クリス様、あの人は怖くなどありませんよ。人間のような姿をしたグリズリーベアだと思えば良いのです。たまにカメレオンになりますが、ちょっと色が変わるだけで威嚇（いかく）している訳ではないのでご安心下さい」

「……なんなの、この二人」

ハヤトがぽつりと呟いた。私も、グリズリーベアはないと思う。そんなのと同居していた覚えは、無い。

「ではクリスお兄様、後で改めてその袋を見せて下さい。私達は一旦お部屋に行って来ますから。ラヴ、また後でね」

「はいっ！」

にっこにこのラヴと別れて、私達はそれぞれの自室へ向かった。私は元々使っていた部屋、ハヤトは客室のうち一つを使う事になっている。まずは自室で簡素なドレスに着替え、お父様の書斎へご挨拶に向かう。

「お父様、参りました。これからよろしくお願いいたします」

「うん。彼のこと、しっかりフォローしてやってね。息が詰まるだろうから、普段の食事の場所とか時間はずらしておくよ。会食が必要な時には事前に声をかけるね」

「わかりました。ありがとうございます」

「ああ、あと、ここにいる間はアリスも魔道具いじっていいからね。市井で色々と気付いた事があるだろうから、それを生かしてみなさい」

「はい」

許可が出た。試したい事なんて、あるに決まってる。まずは以前お兄様から没収したメイドのパンツを見る眼鏡を、モンスターの魔核を見る眼鏡に改造するんだ。そうしたらチマチマ削らなくても、一撃必殺が可能になるはず。そのためにわざわざ眼鏡を持ってきたんだから。

「ハヤト、ちょっといいですか？」

ハヤトの使う部屋に行き、ノックをする。返事があったので扉を開くと、彼は早速学院の一年生で学ぶ内容の勉強をしているところだった。

「どうしたの？」

「影収納に入れてもらった物の中に眼鏡があったと思うんですけど、それを出してもらいたいんです」

「……っ！」

一瞬で顔色を変えたハヤトは真顔のまま立ち上がり、私の肩を掴んだ。

「何に、使うの……？」

「何って……改造するんです。ああ、あれ、実は魔道具なんですよ。普段眼鏡してないのにどうして持ってるのか、不思議に思われたかも知れませんが。あれの用途は言えませんけど、改造すればかなり役立つ事間違いなしですよ」

「改造……そう、改造ね……。わかった。はい、これだよね」

伏せた左の手の平の影から中指と薬指を使って眼鏡を取り出し、渡してくれた。いつも思うけど、まるでマジシャンみたいな仕草。何もないところから器用に物を出すのが見てて面白い。

「そう、これです！　ありがとうございます！　完成したらつけてみて下さいね！」

「いや、いい……」

「え？　どうしてですか？」

「何が起きるかわからなくて怖い……」

意外と小心なところがあるようだ。完成したらちゃんと効果を説明して、恐怖心を取り払ってあげないといけない。

眼鏡を受け取った私は魔道具開発のための研究室（資料と大きな黒板があるだけ）にこもり、鍵をかけた。眼鏡に手をかざし、術式を解除してみる。するとテンプル部に小さな文字が浮かび上がったので、それを黒板に書き写して、まずはじっと眺めた。

書いたり消したり眺めたり並べたりして思考を深めるのに、黒板はとても向いていると思う。遅まきながらそれに気が付いたので、クリスお兄様が黒板を使わないなら私が使わせてもらう事にする。

「ええと……ここんとこが服を透過するためのタスクでしょう？　これをモンスターの身体部分に置き換えるとしたら数字はいらないのかしら。ああ、でもモンスターは身体が魔力そのものだから、服のところを魔力に置き換えちゃうと魔石まで見えなくなりそうね……」

まさか自分の人生の中でパンツを魔石に置き換える問題を真剣に考える日が来ると思わなかった。人生とは何が起きるか本当に分からないものだ。

——パンツはともかく、そもそも、この世界における魔石とは何なのか。

魔核とも呼ばれるそれは魔力の結晶であり、モンスターの体内から取り出すとすぐに力が薄まり空気中に溶けて消えてしまうものだ。

そう。結晶。——結晶であるなら、それがあるところは他と比べて魔力が濃い可能性はないだろうか。だとしたら、魔石を見るというよりも、魔力の濃さを見る方向で設定してみるのはどうだろう。ついでに属性に応じて色も設定してみると面白いかも知れない。

また余計な思い付きで自らハードルを上げつつ、まずは個体の魔力の総量を一と設定し、さらにその中で十段階に分けて、魔力の濃さに応じて光るように指定して術式を構築していく。

ざっくり完成した術式を、少し離れたところから眺めてみる。黒板には、何行にも及ぶ術式がつらつらと並んでいる。

……これ、もしかして……。

眼鏡のテンプルには入りきらないんじゃない？

思わぬ壁にぶち当たってしまい、しばらく放心した。

結局、光の強さを十段階から五段階に減らして文字数を減らし、テンプルではなくレンズに書き込む事で術式が入りきらない問題は一応の解決を見た。

定着させれば文字は見えなくなるし、平気平気。

術式を眼鏡に定着させ、それを早速着けてみる。わずかに魔力が吸われてる感覚があるから、魔道具として一応は成立はしているようだ。ただ、うちにはモンスターがいない。正しく作用しているのかどうか検証したいけど、人で見るしかない。だけど他人の魔力を勝手に見るのは何となく憚られるものがあるので、まずは自分の手足を見てみた。

末端から腹部にかけて徐々に光が強くなっていくのを確認して、小さくガッツポーズをした。

やった……！　成功してる！

これが十段階だったらきっともっと正確に見えるはずなんだけど、書き込むスペースが足りないから仕方ない。

ああでも、属性ごとに色付けはしたいな。

そう思って、テンプルにめちゃくちゃ小さい文字で属性と色を設定したものを無理矢理書き込み、先程の術式と関連付ける。

できた。

「定着、……っ⁉」

術式に定着の魔法をかけた時、眼鏡に亀裂が入り、パァンと音を立てて破裂してしまった。

一瞬の出来事だった。

あらー……。

どうやら、素材が耐えられなかったようだ。

バラバラに砕けてしまった眼鏡をしばらくの間呆然と眺め、しょんぼりした気分で後片付けをした。


眼鏡の改造に失敗してしまった……。

没収品とはいえ壊してしまった事を、ラヴとティータイムを過ごしていたクリスお兄様に謝りに行ったら
「そそそそんな眼鏡知らないし！　壊れた？　ああ、あれは魔力に弱い素材だったから付与できる効果なんてせいぜい一つまでだよ。知らないけど」

と言って許してくれた。

こんど新しいの買って返すからね。魔道具じゃなくて、普通のだけど。

それにしても……。

あーあ、ハヤトに〝役立つこと間違いなし〟とか言っちゃったよ。今日中に改造してドヤァした

かったんだけど、無理になってしまった。残念。


「……ハヤト、勉強の進み具合はどうですか？」

「んーとね、今は二年生の中間くらいかな」

「さっき一年生の内容見てませんでした？」

「うん。それ終わったから今は二年生見てる」

「そうですか。なんだかあと小一時間もすれば卒業できそうですね」

「だったらいいんだけどねー。……ところで、あの眼鏡は改造できたの？」

「失敗しちゃいました。負荷をかけすぎてしまったみたいで、破裂しちゃったんです」

「破裂⁉　怪我してない⁉」

「はい」

頷くと、彼はホッとした顔で椅子に背を預けた。

「良かった。……でも、そっか。あの眼鏡、壊れちゃったんだ」

「残念です。出来れば早くお見せしたかったですよ」

「何を？」

「まだ内緒です」

術式は出来てるから、もう少し魔力に強い素材の眼鏡さえあればすぐにでも完成させられるはずなんだけど。

でもせっかくならもうちょっと可愛い眼鏡で作りたいから、好みのデザインのものを見つけてまた改めて挑戦する事にする。

「……ん？　どうしたんですか？　顔が赤いですよ」

「うん……。わかってる。ごめんね、アリス」

「なぜ謝るんですか？」

「色々と……」

曖昧に言葉を濁しながら教科書で顔を覆ってしまったハヤト。

よくわからないけど、謝る必要なんてない、むしろその仕草がかわいいから何でも許しちゃうよ。

で、何で謝ってるの？

色々ありつつ、ハヤトがリディルの名前を得るまであと半月。今夜は新月。もうすぐ夜が来る。

お父様の気遣いにより、基本的に食事の時間は二人で客間の一つを使う事になっている。

気遣いといいつつ、これは暗に私がテーブルマナーについてしっかり目を配るよう一任された形だ。とはいえハヤトは元々食べ方が綺麗な人だし、ここに来る前にあらかじめマナーブックを渡されていた彼は生来のハイスペックさを発揮して、公爵家に来る前に既に完璧なテーブルマナーを身に付けていた。

なので、私が口を出す必要は、特に無い。

それと、彼はクリスお兄様と身長がそう変わらないので、以前オーダーした服が仕上がってくるまでの間、クリスお兄様の服を使って生活するようお父様が言い付けたようだ。

「うちで生活する以上、使用人よりラフなのは良くないから」だそうで——自覚を持てという事らしい。

なので、私もちゃんと髪をまとめてもらい、ドレスをイブニング用の艶感強めな深い青のものに替えて、手袋は黒いレースの短めのものにした。アクセサリーは、ダイヤモンドが花の形に連なるネックレスと、揃いの雫(しずく)の形のドロップ型イヤリング。ドッグタグはつけたままだ。

アンバランスではあるけれど、意味があって身に付けるものだから外したりしない。

なんだか特別なデートに出かける時みたいで、凄くわくわくする。こんな気持ちでドレスを着るのは初めてだ。早くハヤトに会いたくて、心が浮き立つ。


心の中でスキップしながら訪室すると、彼はちょうどジェフリーに手伝ってもらいながら着替えているところだった。既に黒に変色した髪に合わせて、ダークカラーのラウンジスーツを身に付けさせられていた。

「あら、素敵ですね」

「そう?……なんか、大変なんだね。貴族って。一人で着られますって言ったんだけど」

するど、ジェフリーが口を開いた。

「おや、そう仰るものではありませんよ。人を使ってこそ貴族たり得るのですからね。これからは、人に仕事を与えるのが貴方の仕事になるのです。一人で何でも出来るというのは事実でしょうが、普段は胸の内にしまっておいて下さい。人との関わりが何よりの財産になるのは、貴賤を問わず聞かれる話でありましょう」

そう言って、私に小さな箱を差し出してきた。

「よろしければ〝奥様〟にはこちらをお願いいたします」

「奥様……」

なんて胸がキュンとする響き。

箱を受け取って開くと、そこには白蝶貝を銀で縁取ったチェーン式カフリンクスが入っていた。

「夜はお二人で過ごされるとの事で、こちらを選ばせて頂きました。よろしければ、是非奥様の手で」

チェーン式は、他人の手を使わないと非常に着けにくいもの。なので、使用人か妻がいる人じゃないと使うものでは無いと言われている。

割とカジュアルな物とされるこれをあえて選んだジェフリーの意図を汲んで、カフリンクスを手にハヤトの前に立った。

「手を」

そう言うと、すっと手を差し出してくれる。

ダブルカフスのホールにカフリンクスを通して留め、何気なく顔を見ると、彼は紅い瞳を細めて微笑んでくれた。

……また紅くなってる。さっきは黒かった気がするんだけど。

まあ、彼の事だから何でもありよね。きっとそういうものなんだわ。

そう結論付けて、もう片方にもカフリンクスを留めると、彼は私の手を取って手の甲に口付けてくれた。

「ありがとう。ねえアリス、凄く綺麗だよ。そういう感じの格好してるの、初めて見る」

「えへへ、そうですか？　夜は皆こんな感じの格好するんですよ。昼間より肌を出すので、アクセサリーも頑張ったものを着けるんです」

「ふぅん？」

彼はそう言って私の耳元に手をやり、雫型のイヤリングに触れてちょいちょいと揺らして遊んだ。たまにこうして子供っぽい事をしてくるので、そのたびに笑ってしまう。そう、この人は初めの頃に思っていたよりはずっと子供なのだ。年相応とも言うけれど、彼は決して孤高のヒーローという訳ではない。普通の心を持った、普通の人間だ。

ひとしきりじゃれた後、ふと顔を見るとまた黒い瞳に戻っている。何となくホッとして、小さく息をついた。

「じゃあ、行こうか」

「はい」

手を差し出してくれたので、そこに手を乗せる。

いつか噴水広場で素手のまま重ね合わせた手のひらは、今、手袋越しにまた重なりあった。

ディナーの後、ダンスの練習をしたり聖歌以外の音楽の楽譜を見せて少しピアノを弾いてもらったり、リバーシで遊んだりして過ごした。リバーシはどうしてか何度やっても私の色は一個しか残されず、ほぼ全てひっくり返されてゲームは終わった。


「義姉様、おはようございます」

翌朝、部屋から出た瞬間爽やかな声が響いた。声の主は義弟、ルーク。年下ワンコ枠の元攻略対象だ。

ヒロインに攻略されかけたけれど、どういう心境の変化か逆ハーメンバーから突然離脱し、唯一勘当を免れたラッキー（？）ボーイ。これから学院へ行くようで、懐かしの制服姿に身を包んでいる。

「おはよう、久しぶりね！　なんだか少し背が伸びたんじゃないかしら？　今まで見掛けなかったけど、どうしていたの？」

「美しい花を求めて蝶の真似事をしていました」

ん？

この子こんなキャラだった？

「もうちょっと分かりやすく話してもらっていいかしら」

「ふっ……。わからなければそれでいいんですよ。そうだ、婚約おめでとうございます。僕、学院に行ってたから、ご挨拶の時いなかったんですよね。いずれ改めてご挨拶しようと思っていました」

「ありがとう。では、後でお茶でも一緒に」

「そうしたいのは山々なのですが、僕はこれから学院ですし、結婚相手もそろそろ決めないといけなくて……。結構、忙しいんですよ。ご挨拶はまた今度」

「わかったわ。行ってらっしゃい」

「行って参ります」

思春期特有の刺々しさがすっかり消えたルークは爽やかな笑顔で背中を向け、廊下を歩いて去って行った。

——そうだった、あの子まだ婚約者いないんだった。

あの子は義弟と言っても元々はお父様の亡き弟君（叔父様）の息子さんだから、いずれ叔父様の伯爵位を継いで家を再興する義務がある。なので、結婚するなら王家か下位貴族のどちらかだった私達兄妹よりも政略結婚をするメリットは大きくて、それなりの家のお嬢様を娶る必要があるんだけど……。

さっきの口ぶりだと、なんだか色んな女の子と浮き名を流している風に聞こえてしまった。大丈夫なのかしら。

「……おはよ、アリス。どうしたの？」

そのまま考え事をしていたら、ちょうど起き出してきたハヤトが廊下に出てきた。

「ルークは大丈夫かしらって考えていました」

「ルーク？……ああ、義弟の。まだ会った事なかったね。いるの？」

「もう学院へ向かいました。ご挨拶は、いずれ、と」

「そっか。俺はいつでもいいからね。……で、大丈夫かなって、どうかしたの？」

「蝶の真似事をしているらしいんです」

「それは心配だね……。本当に」

「はい」

ちょっと不安だけど、きっとお父様もルークの様子を把握はしているはず。本当、お父様ってお兄様といいルークといい、子供達由来の気苦労が絶えないわね。こんど市井で大人気の蜂蜜酒でもプレゼントしてみようかしら。

「……ねえハヤト、蜂蜜酒っておいしいのですか？」

「知らない。何？　急に」

「お父様にあげようと思って」

「公爵に⁉……飲むかなぁ。あれ大衆酒でしょ。街の酒って何が入ってるか分かんないって聞くけど。それに、贈るなら普通ワインとか蒸留酒とかじゃない？」

「うーん……。家にあるようなものをあげる意味を感じられないのですよね。市井のものなら新しい発見もありそうで楽しいかなって思ったのですが。でもさすがに何が入っているかわからないのはまずいですすね」

「……公爵も苦労するなぁ……。それなら、今度の休みはキラービー狩りに行こうか。よく出るポイントがあるから、上手くいけばキラービーの蜂蜜酒がドロップされるかも知れない」

「そんなのがあるんですか⁉」

「あるらしいよ。俺もまだ見たことないけど、ものすごくレアで、出ると大抵その場で飲まれちゃって滅多に出回らないみたい。公爵に贈るならそのくらいのものがいいよね」

「はい！　楽しみです！」

そうと決まったら、さっそく魔道具いじりを始めなくちゃ。

戦闘を通して、こういうのがあったらいいな、と思う事は色々あったのだ。我が家の図書室で勉強をするというハヤトを見送り、私は黒板の部屋に向かう。

——開発を禁止されているのは武器関連だけ。それ以外の便利道具ならＯＫ。それなら、ドロップ率上昇のアイテムを作らなくちゃでしょ。たぶんだけど、以前扇に書いた魔法の威力を上げる術式の応用でいける気がするのよね。それと、エンカウント率上昇もあるといいな。

この世界、ダンジョンみたいなものが無い（強いて言うなら空気中の魔力の属性が変わるくらい自然エネルギーの強い場所はそれっぽい）から、狩りの効率はあまり良くない。その割にモンスター自体は突然自然発生するものだから、たまに町中に出る事もあってその時は大騒ぎになるらしい。王城含む貴族街は至るところに浄化された水晶が打ち込まれていて、完璧に魔力の流れがコントロールされているから出ないけれど、貴族街以外はそこまで対策されていないようだ。私はまだ町中でモンスターに出会った事は無いけれど、ハヤトは何回か経験したと言っていた。町中でエンカウント率上昇はちょっと危険な気もするけど、必要な時まで魔力を流さなければ効力は発揮されないのだから大丈夫だと思う。

そして考える。

エンカウント率上昇は、ドロップ率上昇とセットでなければ意味がない。

だけど、普通にモンスターがたくさん出る場所なら逆にエンカウント率上昇が邪魔になる可能性もある。

この二つは絶対にセットだけど、必要に応じて片方をオフ出来るようにしたい。——となれば、イヤリングに術式をつけるのはどうだろう。左右それぞれに一つずつ効果を付与して、モンスターが多ければエンカウント率の方をオフにすればいいのだ。

私は部屋から宝石箱を持ってきて、市井で着けても浮かないシンプルなデザインながら、それなりに書き込む面積のあるイヤリングを発掘する作業を始めた。

結果、選んだのは、水晶がぶら下がっているタイプのもの。素材的に魔力に強いのは間違いないし、適度に平面もあって書きやすい。とても良いものを見つけた。

満足して、まずは黒板に術式を書いてみる事から始めた。元になる術式はそう難しくはないので、すぐに完成形の術式が出来上がる。

そして完成後、検証は不可能ながら一応は魔力が通り術式が成立しているのを確認してから、イヤリングを握りしめて喜び勇んでハヤトに報告しに行った。——のだけど。

「へー、それは凄いね！　で、どっちがどっちの効果なの？」

「えっ。……あ、わからなくなりました」

全く同じデザインのものを握りしめていたらそりゃそうなる。完成後のハイテンションでつい後先考えずにやってしまった。本で顔を覆ってぷるぷる肩を震わせるハヤトの頭をはらいせにぐしゃぐしゃ乱して、黒板の部屋にとんぼ返りする。

付与を解除して、魔力が通るとぼんやり光るよう術式を追加した。ドロップ率のほうにピンクの光、エンカウント率のほうに紫の光の色だ。

お父様にも報告したら、ドロップ率のほうだけ検証後の量産化を決めてくれた。

開発した魔道具は、それを量産するための魔道具を作らなければならず（ややこしい）それに落とし込むのは次期公爵のクリスお兄様の仕事。私に出来るのは、効果の検証をするだけだ。

「それにしても、アリスが冒険者登録したって聞いた時は耳を疑ったけど……。生活用魔道具はあらかた揃っている今、冒険者用魔道具には開発の余地があるものだね。異次元の袋といい、武器以外でこんなにアイディアが出てくると思わなかった」

「異次元の袋はハヤトがいなければ術式を作れませんでしたが……。不便を体験しなければなかなか気付かない事も多いですよ。お父様も冒険者登録、いかがですか？」

「やめておくよ」

苦笑いしてスコッチを飲むお父様に、キラービーの蜂蜜酒を飲んだ事はあるか聞こうとしたけれど、サプライズ感が薄くなるなと思ってやめた。


そうこうしているうちに休みの日になり、私達は二人で十二番街の家に戻った。今日と明日は可愛い眼鏡探しと、キラービー狩りをするんだ。こっちにいる間は思い切り体を動かさなくちゃ。

そう思いながら、まずは換気と不在のあいだ閉めきっていたカーテンと窓を開ける。

「ねえハヤト、すぐに出ますよね？　着替えてくるので、少し待って……」

後ろから伸びてきた手が、開けたばかりのカーテンを閉めた。

薄暗がりに戻されてしまい、何事かと振り返ろうとすると、手が首もととお腹に回ってきて、背中がハヤトの体にぴたりとくっつく。

「あ、あの」

「一時間だけ、ちょうだい」

「一時間……？」

「アリスが、足りない」

言われてみれば、公爵家にいる時は常に人目があるから、必要以上に触れ合ったりしていなかった。

ハヤトの唇が首に触れる。

「ねえ……っ、くすぐったいですよ……？」

手が首もとから肩、二の腕へと、ゆっくり撫で下ろされていく。

……なんか、これって。

ヤバくない？

「ちょっと、待ってください！」

「ん？」

「き、着替えてきます！」

無理やり体を引き剥がして、ダッシュで二階に逃げた。自室の扉を閉めた瞬間、足の力が抜けて床にへたりこんでしまう。

……び……っくりしたぁー……！

なんで急にあんな感じになっちゃうの⁉　わ、私にも心の準備ってものがあるんだからね！

何度か深呼吸して、バクバク言ってる心臓を落ち着ける。少し落ち着いてきたところで、ぼんやり天井を見つめて考えた。

……公爵家で過ごすの、ストレスだったのかなぁ。

考えるまでもなくストレスだっただろうなぁ。いくら私がフォローするって言っても、環境自体は変えられないし。帰った瞬間あんなふうになっちゃったのって、ここ数日の緊張の反動かしら。

……ハヤトは私のために爵位を受ける決意をしてくれたのに。

そのために、今は自由時間もなく勉強三昧(ざんまい)で——あんなに頑張ってくれているのに突き放すなんて……悪い事をしてしまった。

正式な契約はまだこれからだけど、婚約者として決定はしているんだし……。もう少し気持ちに寄り添っても良かったよね。

結婚するまではそういう事をしないって言ってたけど、本当に全く何もないのも寂しいと思う気持ちもある。

こっちとしては既に傷物令嬢なんだし、次はもう無いのだ。もったいぶる必要性は感じない。少しくらい、いいじゃない。

よし、カモンベイビーでいこう！　そうしよう！

ばちん、と頬を叩き気合いを入れて勢いよくワンピースを脱ぎ捨てた。着るのは普通の剣士服だ。カルロス姐さんの力作は、ああいう感じのを着ている女の子を十人見掛けたら着る事にしている。

ちなみに、見掛けた事は、まだ無い。

着替えて下に降りると既にカーテンは開けられていて、柔らかな日差しの中で分厚い本に目を通しているハヤトがいた。

「お待たせしました。準備できましたよ。何読んでたんですか？」

「法律ー。これ一番苦手だよ。あんまり頭に入ってこない」

「わかります。だけど文官を目指すのでもなければ程々で良いんですよ。お父様だって全ては覚えていませんし。知識が必要そうなケースをいくつか想定して、その事案に対応できる程度に覚えておけばいいんです」

話しながら隣に座り、ぴったりと体を寄せる。

「そうだけどさ。……どうしたの？　甘えてるの？」

「はい。さっきはびっくりしちゃったんですけど、もう大丈夫ですからね。カモンベイビーですよ」

「何言ってんの。いいよ、無理しなくて。ごめんね、ちょっとのつもりだったんだけどさ。びっくりしたよね」

彼はそう言って苦笑いしながら私の頭を胸元に引き寄せる。ほんのりホワイトムスクの香りがして、なんか凄く、好きだと思った。

公爵家で猛スピードで紳士教育を受けているこの人は、先日ついに香水も使わされるようになり、自分からはつけないものの、今もラストノートがこの距離でようやく香る程度に残っている。めっちゃかっこいい上に匂いまで色っぽくなるなんて反則だ。好き。

でも、もうさっきのような雰囲気にはなりそうもない。

……チッ。

逃げ出しておいて残念がるなんて、そんな資格が無いのは承知している。ただ、触れ合いたいのは私も一緒なのだと、それだけは伝えたかった。

「少し、キスしても……いいですか？」

そう言うと、胸元に当たっている頬から心臓が大きく脈打つのが伝わってきた。顔を見上げると、表情は変わらないものの、明らかに動揺しているのが何となくわかる。

ふふふ、一本とってやった気がする……！

何かと負け続きだったので、こんな事でもつい嬉しくなってしまう。すぐ調子に乗る性格もあって、逃げられないようにがっしと首に腕を回した。

「ちょ、ちょっと、アリス。さっきごめんって言ったじゃん」

「別に怒ってないですし、謝る必要もないです。私だって触れ合いたいって気持ちはあるんですからね。カモンベイビーな気分にさせた責任だけは取ってください」

「なんなの、そのカモンベイビーって」

「こんな感じです」

猫を呼ぶ時みたいに手のひらを上に向け指先を動かし、注意を手元に引き付ける。その隙に頬にキスをすると、少しびっくりした表情を浮かべた後、

「ちょっと違う気がする……」

と呟いた。

なんで⁉　何も違わないよ⁉


その後すぐに外に出て、キラービーがよく出る場所に連れて行ってもらった。郊外の、花がたくさん咲いている草原。

「この辺りがそうなんですか？」

「うん。普通の蜂も多いんだけど、そういう場所って出やすいみたい。あ、普通の蜂とかが巻き込まれたらかわいそうだから、今のうち眠らせておこうか」

そう言って広範囲に闇魔法を展開させる。ゆっくり作用するように調整したようで、生き物が少しずつ巣に帰っていく気配を感じる。

――そう、私も気配が分かるようになってきたのだ。生き物が止まっている世界と動いている世界、それは全く違うものだと、今の私はよく分かる。

って、あれ……？

「……なんだか私も眠くなってきました……」

「おーい、しっかりしなさい」

トントン、と肩を叩かれて目が覚める。聖属性で打ち消してくれたようだ。

「はっ……！　ありがとうございます。でも貴方の眠らせる魔法、ちょっと効きすぎじゃないですか？」

「アリスなら今のは撥ね返せたはずだよ。俺に気を許しすぎなんじゃないの？」

二の句が継げない。

「……べ、別にいいじゃないですか。気が許せない人に預ける背中はありませんし！」

「そっか」

そう言ってどこか嬉しそうに笑うハヤトを横目に見ながら、両方のイヤリングに魔力を通す。耳元で揺れる水晶が、それぞれピンクと紫にボンヤリと光り出した。

「始めましたよ」

「うん。……来るね」

魔力の流れがあちこちで歪みだす。空間が瞬きをするように、ぐにゃりと動いた。

キラービーが現れた。前後左右、それと上空。大群だ。羽音が地響きになる程響いてくる。

魔道具の検証、開始。


——検証は、成功だった。

キラービーの大群はハヤトが起こした竜巻で一ヵ所にまとめて、そこに私が炎を放つのを繰り返すという何とも単純な作業になってしまったけれど、五分経った時点でイヤリングに魔力を通すのをやめると、明らかに出現数が減るのが目に見えて分かった。数を正確に把握するのはあきらめて、一旦戦闘を止めドロップアイテムの確認に入る。

「ハヤトさんお願いしまーす！」

「はいよっ」

ばらばらに地面に落ちたドロップアイテムが影に吸い込まれて消えた。結界をドーム型に展開し、その中でまとめて出してもらって数と種類を記録していく。

「蜂蜜が三十五個、毒針が十四本、蜂蜜酒が二つ、と。蜂蜜酒、二つ出ましたね」

「うん、凄いね」

ちなみに、蜂蜜と蜂蜜酒はどちらも謎の薄い透明な膜で包まれていて、見た目は同じなんだけど、触れると微妙に感触が違うのでなんとか区別がつくようになっている。

ところがこの戦利品を前に、ハヤトは何やら思案顔だ。

「どうかしましたか？」

「……凄いけど、凄すぎてあんまり良くない気がするなぁ。それ、商品になるんでしょ？　いくらで売り出すかわからないけど、たぶん真っ先に買うのって既にそこそこ強い奴だよね。そんな奴らがアイテムをたくさん市場に流したら、まだ魔道具を買えない低ランクの奴らが苦労しそうだなって思って。デフレっちゃいそうじゃん」

「う……。確かに。その辺りは調整出来るので、もう少し確率を下げましょう。光る機能をつけなければもっと安い素材でも作れるはずですから、低ランクでも手が届かない事はないようにしたいです。あと、紫のほうがなければ、市場バランスはそこまで崩れないと思います……」

「そだね。魔道具としては面白いし、ロマンがあるからいいと思うよ。楽しみな事は、多いほうがいいもんね」

「そうですね」

市場への影響か……。そこに気を配らないといけないのは、今までの生活用品とは勝手が違うところだ。

確率は低めで要改良、と。メモにそう書き込み、丸で囲う。

「では、次は魔道具なしで五分間、いきますよ」

「了解ー」

ドーム型の結界が弾けて消えた。待ってました、とばかりに残っていたキラービーが突進してくる。子供の上半身くらいある大きな蜂で、尻尾にはナイフのような針。そんなのがドッジボールくらいの速さで突っこんでくるけど、怖くはない。剣に雷属性を纏わせて迎え撃ち、真っ二つに斬り裂く。

「余裕だね、アリス」

サムズアップすると、こつんと彼の拳が当てられた。グータッチにはまだ早いと思いながらも、口元には笑みが浮かぶ。

貴方と二人で、生きている。唐突にそんな実感が沸き上がってきて、嬉しいような、なぜか切なくて泣きたくなるような、不思議な感覚を味わった。

格段に出現数が減った中で五分が経ち、また同じようにドロップアイテムの確認に入った。

蜂蜜が一個。それだけ。討伐数は七。

「普通ならこんなもんだよ。やっぱあの魔道具効きすぎだって」

「みたいですね……」

掛け算方式で五十倍の術式にしたのは欲張りすぎだったらしい。水晶は強いって聞いていたから、いけるかなーと思って書いてみたら実際にいけてしまったのよね。

確かに、これはあかんな……。

秩序が崩壊しそうなレベルで違いが出る。効果は確認できたけど、どのくらいの数字がいいのか、少し考える必要がありそうだ。

「あっ！」

「どうしました？」

「やばい、アリス、お酒が減ってる」

「えっ!?　どうして？」

「入れ物が破れちゃってるみたい」

そう言ってハヤトは半分くらいにしぼんでしまった袋を指先でつまんで持ち上げる。ぽたぽたと琥珀色の液体が地面に落ちて、草花を濡らした。

「あらー……。一つだけですか？　もう一つは？」

「そっちは大丈夫みたい。これ、破れやすいんだね。ドロップしてもその場で飲まれちゃう理由がわかったよ……。とりあえず、無事なのは影に入れておくね」

「はい。ありがとうございます。だけどこの破れた方はもう持ち帰れませんね。……ねえ、キラービーの蜂蜜酒、どんな味なのか、ちょっと興味ありません？」

私がそう言うとハヤトはあからさまに〝ぎくり〟という顔をした。

「やめといたほうがいいと思うな……。大体、アリスはお酒飲んだ事あるの？」

「まだありませんけど、この国では十五歳から解禁ですから、法律的にはＯＫですよね。……それにこの先、夜会に出れば嫌でもワインを飲まされるようになりますよ」

「うーん……。嫌な予感しかしないけど……。じゃあ味見だけしてみる？」

「はい！」

実は私は前世も含めてお酒を飲んだ事がない。前世は未成年のまま終了しているのだ。

初のお酒！　好奇心がありあまる！

ハヤトが破れた袋の下に手のひらを入れると、袋と雫がふわりと空中に浮かび上がった。重力をいじる魔法を使っているようだ。宇宙ステーションの中みたいに、蜂蜜酒の雫が丸くゆらゆら浮かんでいる。

「グラスがないから、これで直接飲んでみて」

頷いて、小さい飴玉みたいなそれをわくわくしながら口に入れてみた。

「っ！」

——ほんのり甘いエタノール！

少し……いや、かなり……思ってたのと違う……。これ、火をつけたらよく燃えそうなやつだ。

薬品みたいな味がする。無理。飲み込めない。

口を押さえて固まっていると、ハヤトは不安そうな顔で横から覗き込んできた。

「ど、どうしたの……」

気合いで飲み込んで、やっとの思いで口を開く。

「喉が焼けるようです……」

「あ、そんなに強いんだ。大丈夫?」

水を出してくれたので、有り難く口に入れた。

「キラービーの蜂蜜酒の話はずっと前にピートさんから聞いた事があるだけで、実物を見るのは俺も初めてなんだけど……。〝大人の飲む物だから高く売れる。もし見つけたら絶対に手を付けないで持ってこいよ〟としか言われてなくて。そんなに強いって知らなかったよ。ごめんね、止めなくて」

「いいえ、私の勝手な好奇心の結果ですから……。ハヤトは飲まないのですか?」

「俺はいいや。もう、残りは全部捨てるよ?」

「はい」

頷くとハヤトは手を下ろし、宙に浮いていた雫は全て地面に落ちて吸い込まれていった。

「じゃ、帰ろうか」

「はい」

「酔っぱらってない? 大丈夫?」

「大丈夫です。さすがに一口じゃ酔いませんよ。……でも残念です。もっと甘くておいしいと思ってました」

「ドロップアイテムの飲食物は一癖も二癖もあるやつが多いからねー。不用意に口にしないほうがいいとは思うよ」

「何でそれを先に言わないのですか？」

「飲んだ事がある奴が〝最高だった〟って言ってたから」

「そりゃあ、お酒好きな人からすればそうなのかも知れませんけど……」

喋りながら王都への道を歩く。その時は、私もハヤトも知らなかった。

蜂蜜酒とは、蜜月とも言う……そう、ハネムーンの語源にすらなったこのお酒が、よりによって魔力から生み出された場合、どんな効果を発揮するのか――。ピートさんが当時まだ十代前半だったハヤトに〝大人の飲む物〟としか伝えられなかったのには、一応の理由があったのだ。


市街地に戻ると、一画に何やら人だかりが出来ていた。人だかりの中から言い争いの声がする。

何だろう？

通りがかりついでになにげなく覗いてみた。するとその中心に見知った人物がいたものだから、つい足を止めてしまう。

「――だから、何度も言っているだろう！　お前達のキャラバンの護衛は私が受けると！　何の問題がある⁉」

「そうおっしゃられましても……私どもはCランク以上の方々に来てほしいとお願いしたのです。おそれながら、殿……メル様ではかえって危険な旅になるかと」

「無礼な。私は確かに今はEランクだが、事情があって本来の力を出せずにいるのだ。国外にさえ出られればCランクなど軽く超えて見せる。しかし、どうしても不安なら私達の他にも護衛をつけても構わない。さっきから言っているだろう」

「私達には何組も雇う余裕はありません。どうか、お引き取りを」

「話のわからん奴だ」

……見なきゃ良かった。

揉め事の中心は、久しぶりに見る殿下だった。他の四人はどうしているのか、姿が見えない。彼は話の内容から察するに、国外に出るキャラバンに便乗しようとしている様子。前に会った時、暗殺者に襲われるって言ってたけど……とうとう国外に脱出を決めたのかしら。それなら自分一人でこっそり実行すればいいのに。あんなに目立ってたら意味ないじゃない。

……というか、よくその状態で何ヵ月も持ちこたえたわね。凄いよね。本来の力を出せていないというのは、確かにその通りに感じる。国外と言わず、どこか地方に逃げても良かったような気がするけど……それじゃ逃げ込まれた地方の領主が困るわよね。国外に出たところで早晩バレるのは間違いないし。

どこに行っても存在自体が火種になりかねないなんて、王族とは何て厄介な血筋なのだろう。

それでも、見てしまった以上知らない振りは出来ない。殿下と市民の揉め事など知らん顔して良いものではないし、それに、心のどこかで彼の事は引っ掛かってはいたのだ。どこで何をしていようと関係ないけれど、別に死んでほしいとまでは思っていない。むしろ今では感謝すらしている。

彼が婚約破棄してくれたおかげで、私はハヤトと出会えたのだから。

だからこそ、何らかの形でケリを付けないとこの先心から幸せを享受できない気はしていた。彼とは一度話をしなければならない。幸いなことに今は話をややこしくする系の女子がいないので、前よりは意思の疎通が可能な気がする。となれば、ハヤトにそれを伝えなければ。

「ねえ、ハヤト。……私」

手がきゅっと握られた。

「いいよ。話するんでしょ？　俺もついて行っていい？」

「……ありがとう」

どうして言わなくても分かってくれるのかしら。自分が情けないけど、頼ってしまいたくなるだけど。

「気持ちは嬉しいのですが、ここは私一人で行きますよ。ハヤトは、私から見えるところにいて頂ければ」

「……俺に話、聞かれたくない？」

「そうではありません。ハヤトは叙爵を控えているのですから、例え勘当中の相手であっても王族とのトラブルは今は避けるべきと思いました」

「そう……」

ハヤトは少し間を置いて、「わかった」と頷いた。

「でも、もしアリスが危ない目に遭いそうになったら、殴り込むかさらって逃げるかのどっちかにしようと思ってるんだけど。どっちがいい？」

「さらって逃げるほうでお願いします」

物騒なところはあるけど、殴る一択じゃないから大丈夫だよね。

人混みをかき分けて、騒ぎの中心に向かった。

「メル様」

先ほどキャラバンの主が口にしていたのと同じ呼称で呼び掛けると、その場の全員が私に視線を向けた。空気が張り詰める中、殿下がぽつりと呟く。

「アリス……」

「お久しぶりです、メル様。ずいぶん騒がしくしておりますのね」

「そ、そうか？　ちょうど良かった。君と話がしたいとずっと思っていたんだ」

「私はあまり話したくなかったのですけど。一度はちゃんと話すべきだと思いまして」

「そうか。……おいキャラバンの。もう失せていいぞ」

ほっとした様子で頭を下げて立ち去る商人を見届けると、野次馬が逃げるように散らばり始める。

誰も私達の揉め事には関わりたくないのだ。

……私だって本当は関わりたくないよ。

視界の端にハヤトの姿を確認して、なんとか心を奮い立たせる。

「アリス、会いたかった」

「私は会いたくなかったです」

「……冷たいな」

「当たり前です。優しくする理由がありません」

何となく建物の壁に背中をつけて寄りかかり、殿下と間隔をあけて横に並んで立った。これが今の私と殿下のちょうどいい距離感。道行く人々の姿がよく見える。

「なぜ。婚約者同士じゃないか」

「〝元〟ですわね。もうとっくに婚約は破棄されておりますから。おかげで私、とても良いご縁に恵まれました。もったいないくらい素敵な方と婚約できたんですよ」

「はぁっ!? 冗談だろう!?」

「本当です」

ふふ、と笑うと殿下は髪をぐしゃぐしゃに掻き乱してため息をついた。

「君はずっと私のものだったのだけどな」

「でも、要らなかったでしょう?」

「気の迷いだった。あの時の俺は、まるで自分が正義の味方にでもなったような気分で、物語のヒーローのような万能感に酔いしれて……。ヒーローを演じるのが楽しくて、ずいぶん浮かれてしまっていた」

「そうですか。ところで、他の皆さんはどうしているのですか? マリア様以外の」

「知らないな。命を狙われているのが実は私だけだと悟ったら、皆逃げて行ってしまった」

「かわいそう」

「はは……機を見るに敏な奴らばかりなのに、なぜ勘当は避けられなかったのだろうと思うと笑えてくる」

「そうですね。で、これから一体どうするのですか？　国外に出て身分を隠して生きていくのですか？」

「そのつもりだったが……この機会にもう一度聞きたい。アリス、私とやり直してはくれないか？」

「無理です。私がいれば王宮に戻れると思っているのですか？　きっと勘当の原因はそこじゃないと思いますよ」

「違う。王宮にはもう戻れなくてもいい。ただ、君とやり直したいんだ。学院に入る前、共に過ごした時間を思い出すと胸が締め付けられるように痛む。今になってわかった。愛していたんだ。君を」

「ありもしなかった感情を後から付け足すのはお止めください。私はそのような話をしたくて声をかけたのではないのですよ。仲違いしたとはいえ、幼なじみのように過ごしてきた方がこのまま命を落としたら寝覚めが悪いな、と思っただけです」

「アリス……」

「陛下には、父と共に私から何とか穏便に済ませられないか伺ってみますから。しばらくの間、御身を隠して大人しくお過ごし下さいませ。伝えたかったのは、それだけです」

言いたい事は言えたので「それでは」と話を終わらせて、壁から背を離して立ち去ろうとした。

だけど、手を引かれて止まらざるを得なくなる。

「アリス、行かないでくれ。好きなんだ」

振り返らずに手を振り払おうとするけど、力強くしっかり掴まれていてなかなか振り払えない。あまり騒ぎを起こしたくないから、何とか静かに済ませたいのだけど。

「離してください」

「嫌だ」

「私、婚約したんです。殿下の下には戻りません」

「その婚約者はどんな奴だ？　以前街で一緒にいた奴か？　ただの庶民じゃないか。君を満足させられると思えない」

そんな事はない。好きで好きでたまらないのに、満足も何もない。

視線をハヤトに向けると、彼は既にこちらに向かって真っ直ぐ歩き始めていた。

「アリス、もう行こう」

差し出された手を掴むと、一瞬殿下の手が緩んだのでサッと振り払った。ハヤトに手を引かれて歩き出す。

「待ってくれ。私には、もう君しかいないんだ」

——捨てられた子犬……。

罪悪感で後ろ髪を引かれる思いはあるけど、振り返る訳にはいかない。私にはもうどうする事もできないのだから。

ハヤトの歩く足がどんどん早くなっていく。理由はわかってる。追われているのだ。

「アリス！」

ひときわ大きな声で呼ばれたのを引き金に、ハヤトは走り出した。私も走る。人混みをすり抜け、市街地を駆け抜ける。角をいくつも曲がり、建物の間も抜けてみる。

だけど人が多くて全力では走れないのと、殿下もそれなりにハイスペックな人なのでなかなか撒(ま)く事が出来ない。

「どうしましょう、このままでは家には逃げ込めないですよね」

「うちにまでついて来られたら嫌だもんね。どこかに隠れてやり過ごせないかな。……あ、アリス！　あれ！」

角を曲がってすぐのところに野菜を売るお店があって、路上に運搬用の荷車が置かれていた。その上には、大きな空の木箱が載っている。

まさか。

「あの中に隠れよう」

「やっぱり!?　本気ですか!?」

「だって他にないじゃん。早く！　追いつかれるよ！　おっちゃん、ちょっと箱借りるよ！」

事態を呑み込めていない店主がとりあえず頷くのを見て、ひょいと木箱に入り込む。考える間もなく私も木箱に引きずり込まれ、ハヤトは通りすがりの人達に向かって口元に人差し指を当て「しー、だよ」と言った。皆こくこくと頷いてくれた。横に立て掛けてあった木箱の蓋(ふた)を持ち上げ、ぱたんと蓋をする。

息を潜め、木箱の外の気配を探った。

「……ねえアリス、あいつとどんな話をしたの」

耳元で小声で囁(ささや)かれ、ようやく意識が箱の中にやって来た。改めて意識すると、私はハヤトの脚の間に座り込み向かい合って寄りかかっているという、割ととんでもない体勢になってしまっている。

………動けない。

狭くて体勢を直す事は出来ないので、動揺を見せないように平静を装って小声で答える。

「陛下に助命だけはして頂けないか伺ってみる、と伝えただけです」

「ふぅん？　本当にそれだけ？」

「それだけ……ですよ……」

「本当に？」

耳元で喋るのやめてほしい。なんだか心拍数が上がってきて、息が苦しくなってしまう。

あれ……？　本当に、苦しい……。

「はっ、はっ……」

「………どうしたの？　大丈夫？」

おかしい。

別に閉所恐怖症などではない（むしろ狭いところ好き）のに、息が出来ない。手足の末端が少し痺(しび)れてきて、まるで過呼吸のような症状だ。ほとんど無意識にコルセットベルトを外しにかかり、上半身をブラウス一枚にした。

「待って！　本当にどうした!?」

ハヤトの慌てる声が遠くに感じる。

何だろう。ものすごくキスしたい。

首にしがみついて、頬に唇をつけた。これじゃ足りない。

ふつふつと体温が上がり、うっすらと汗が滲む。

「ねえ、キスして」

すると、足元のほうでガタッと音がした。

「いや、アリス、ちょっと落ち着こうか。ね？　なんか様子がおかしいから」

「キスだけでいいんです、お願い。だめですか？」

「絶対だめとまでは思ってないけど！　でもこんな箱の中はどうかと思う！　俺はいいけどアリスが」

「それならいいじゃないですか。こっち向いてください」

目一杯顔を背けて逃げるハヤトの頬に何回もキスをする。――私は今おかしいのだろうか。頭がぼんやりして何も考える事が出来ない。

「あーっもう！……だめ！　今普通じゃないでしょ⁉　絶対後悔するって！」

すっかり隠れるどころじゃなくなってしまい、ガタガタと木箱の中で押し合いが始まった。やがてハヤトは根負けしたのか、ぐっと目を瞑（つむ）ったと思ったら、次に目を開いた時には完全に表情が変わっていて。

「……本当に、いいの？」

小さく頷くと、こつんと額を合わせてきた。すごく熱っぽい視線。心が満たされていく。

「大好きですよ、ハヤト」

「俺も、すっごい好き。大好き」

唇が触れ合う。

その、直前。

「君達、それで隠れているつもりなのか？」

と声がして木箱の蓋が開かれた。外の光が背中とハヤトの顔半分に当たり、はっと我に返る。呼吸が楽になって、頭の中もクリアになっていく。

……今の衝動は一体……？

いや、それより、この状況は……。

おそるおそる振り返ると、唖然（あぜん）とした表情の殿下と目が合って。

「………」

ぱたん、と蓋が閉じられた。

「……おい、店主」

「は、はい！」

「迷惑をかけたな。この箱は、出荷しろ」

「しゅ、出荷ですか!?　どちらに!?」

「地獄」

殿下も言うようになったな、と思いながらそっと服を直し、ああ、この後どうしよう、と真剣に悩んだ。

さて、本当にどうしよう。

何故かは分からないけど、とにかくやらかしてしまった。反省は後でするとして、今はこの場をやり過ごす方法を考えなければ。

「……いっそ何食わぬ顔で出ていくのがベストだと思うんですけど、どうでしょう？」

さっきから私の肩に額を押し付けたまま死んだように動かないハヤトに、〝私が考えたベストな出方〟を提案してみる。

〝あら皆さんどうかなさいまして？〟みたいな顔で出て行って、何か言われても〝あらうふふ、そのお話はいずれまた〟と言って優雅に立ち去る。これしかない。

店主さんには本当に後日お詫びをするとして、殿下はそんな感じで逃げていいと思う。

「ね、ハヤト。もう開き直っていきましょう。出荷されちゃいますよ……どうしたんです？　大丈夫ですか？」

彼は肩に押し付けた額はそのままにゆるゆると首を振り

「……触れなば落ちん風情からのお預けはキツい……」

と呟いた。

ごめんて。

うだうだしていても仕方ないので、蓋に手をかけ開けようとする。だけど、その手首が掴まれ止められてしまった。

「ん？　もう少しここにいたいんですか？」

「そんな訳ないでしょ。ただ、いけそうな気がするから、試してみたいんだ」

「？」

何を、と聞こうとして、木箱の内側一面の薄暗い影がまるで水面のように波打っているのに気が付いた。

――これは、闇魔法？

足元がぬかるみに沈んでいくような感覚。

「いける」

ハヤトがそう呟いた瞬間、何とも言えない浮遊感と共に暗闇に落ちた。そう、落ちた。落ちたとしか言いようがない、だけど上下が逆転したような感じがあって、何が起きたのかわからないうちに、私達は箱の外、先ほどの場所から少し離れたところの物陰に座り込んでいた。

「いけたね」

あっさりした口調でそう言ってスッと立ち上がったハヤトは私の手を取り、引っ張りあげてくれた。

「今の、影移動ですか？」

「うん。やっと属性に染まってない時にも入れるようになったよ。しかもふたり一緒になんて、我ながら進化したなぁ」

そう話しながら、彼は物陰から殿下のいるところを窺う。

軽い感じで言ってるけど、それって凄い事だよね？　日頃から彼の近くにいると、凄さの基準がわからなくなって困る。とりあえず、これから通う予定の学院では、影を使った闇魔法など誰も知らないのは確かだ。異次元の構築など、私も含め普通の人間には無理無理無理無理。それを感覚で作り出してしまったハヤトと、説明を聞いて理解し術式化してしまったクリスお兄様がおかしいのだ。先日お兄様に術式を解説してもらったけど、多元宇宙論のような感じでふんわりとしか理解できなかった。私はホーキング博士の弟子にはなれそうにない。

それはさておき、あまりおおっぴらにやると、もしどこかで暗殺などの事件が起きた時に濡れ衣を着せられかねないので、秘密にしておいたほうがいいような気がする。

「とっても凄いんですけど！　だけどそれ、人前で使わないほうがいいと思います」

「うーん……そうだね。影からいきなり出て来る人なんていたら嫌だもんね。そうするよ」

荷車のほうから殿下が

「今から三秒以内に自分達から出て来い。三、二、一…………そうか、出て来ないか。では開けるぞ。何っ⁉　消えてる⁉」

と言っているのが聞こえる。見付かっても困るので、今のうちにこっそり退散する事にした。

予定していた〝かわいい眼鏡探し〟は今回は無しだ。ギルドにも寄らずまっすぐ家に帰り、まずはシャワーを浴びて、着替えてから玄関の扉付きの手紙入れをチェックしてみた。ベティは私の家を知っているから、不在の間に手紙を入れてくれてたりしないかな、と思って。

「あ、来てる。嬉しい」

立ったまま手紙を開いて読んでみる。手紙にはお祝いパーティーの日にち伺いと、テッドさん達との活動がすごく楽しいという話が数枚に渡って書かれていた。あと、ワンちゃん達が可愛いという報告も。上手くやっているみたいで何よりだ。

テーブルで返事の手紙をしたためていると、浴室から上半身裸のハヤトが頭をタオルでがしがし拭きながら出てきた。慣れとは恐ろしいもので、そんな姿を見てももう意識が飛んだりはしない。少し目眩がする程度だ。

「もう、服を着てから出てきてくださいよ」

「だって濡れたまま着るの嫌なんだもん」

「ちゃんと拭けばいいじゃないですか」

「まあそうなんだけど。……手紙書いてるの？　誰に？」

「ベティです。手紙が来てたんですよ。読みますか？」

「うん」

デリケートな内容は書いてなかったので、ハヤトにも読んでもらった。テッドさん達と上手くやれているかハヤトも気になっていたようで、読み進めるごとに表情が柔らかい笑みになっていく。

「……そっか、楽しくやってるみたいだね。良かった。このお祝いパーティーって、半月後？　アリスはこの日でいいの？」

「はい。ハヤトも大丈夫ですか？　学院に入ってからの日程にはなりますが、土の日の夕方からですし、時間的には余裕があるかと」

「いいよー」

手紙に日程ＯＫの返事を書き込み、折り畳んで封をした。あとは出すだけだ。

「……そういえば、市井の皆さんって、結婚が決まった時のパーティーはどんな事をするんですか？」

「集まって飲んだり食べたり音楽鳴らして踊ったり、かな」

「ふふ、貴族とそう変わらないですね。音楽は誰が鳴らすんですか？」

「楽器出来る奴が持ち込んで勝手にやってるよ。音楽の感じは貴族のとは全然違うから驚かないでね」

「はい、大丈夫です」

こちとら前世でポップスからクラシック、何でも聴いてきたのだ。例え突然ラップバトルが始まってもうろたえない自信はある。

……まあ、さすがにラップはないと思うけど。

「そういう雰囲気なら、何を着て行けばいいですかね……。少し改まった感じで大丈夫ですか？」

「何でもいいんじゃないかなー。女の子は確かにそういう時はいつもより気合い入れてくるけど。

……うん、アリスの基準だと確かにちょっとズレる可能性はあるね。こんどカルロス姐さんに聞いてみようか」

「嫌な予感しかしない」

だけど私の基準が当てにならないのは確かなので、聞くだけ聞いてみようと思った。

ハヤトはようやく肌が乾いたらしく、黒いパーカーを羽織った姿にほっとしながらお茶を勧める。

「あ、そういえば……これ、どうする？」

彼が突然神妙な感じになってテーブルの裏面の影から取り出した物は、例の、キラービーの蜂蜜酒。

「どうする、とは？」

元はといえば、苦労しがちなお父様にお酒を贈ろうという思い付きから採ってきたものだ。贈る以外に何か使い道があっただろうか。

「その……アリスはこれ飲んだ時、どうだった？」

めちゃくちゃ気まずそうに言ってくる。

何だろう？

「喉が焼けるようだと思いましたよ。他には……あまりおいしいものではないな、と……」

「……ちょっと変な作用を感じなかった？」

「変な？　んー……これと言って、別に」

するとハヤトは「はぁー……」と大きなため息をついてテーブルに突っ伏した。

「あれが素だとしたら精神が持つ気がしない……。とりあえず明日、ピートさんにこれがどんな性質を持ってるのか詳しく聞いてみよう。もしかしたら結構厄介なものかも知れないから」

「わかりました」

厄介って……。飲んじゃったけど。大丈夫かな。お父様に渡すものが変なものだったら良くないから、ちゃんと確認したほうが良さそうね。

翌日、ギルドでピートさんに現物を出して聞いてみたら、彼は顔面を蒼白にして「……まさか……飲んでませんよね？」と聞いてきた。少し飲んだと言うと、まずハヤトにゲンコツを食らわせてから気まずそうに小声で説明を始めてくれて。

いわく、密閉、密接、密集の条件が揃うと効果の出る、いわゆる男女関係に効く薬だそうだ。

「でも、良かったですよ。そのご様子だと効果は出なかったようですね」

いや、出たよ。心当たりあるよ。

時間差ありすぎてわからなかっただけだよ……。

結局、お父様に贈るのは取り止めて即売り払い、お金はそのまま何の変哲(へんてつ)もないハイエンドのブランデーに化けた。

そうして日にちは過ぎ、とうとうハヤトが叙爵の儀式を受ける日がやって来た。

その日、私達一家とハヤト、ラヴとクリスお兄様は三台の馬車に分乗して王宮に向かった。お父様とお母様とルークで一台、クリスお兄様とラヴで一台、ハヤトと私で一台と、なかなか仰々(ぎょうぎょう)しいことになっている。

「……緊張していますか？」

「少しね。でも大丈夫」

向かいに座るハヤトは珍しく言葉少なだ。初めて王宮に上がる彼が着る大礼服は上質な生地できっちりと体のサイズに合わせて仕立てられたおかげで、立ち姿だけでなく動作の一つ一つまでがとても優雅に映える作り。平民の貴方も好きだけど、今の貴方はどんな貴族にも負けないオーラがあると自信を持って言える。

「私ね、今日の貴方の隣を歩けることを光栄に思いますよ」

そう言うと、彼は少し笑って「ありがと」と言った。

王宮にはすぐに着き、お父様達の後についてハヤトのエスコートで謁見の間へ向かった。

今日は公的儀式なので私も宮廷礼服で謁見だ。細かな刺繍が施された薄紫のビロードのマントは、このところ忘れかけていた貴族の矜持を思い出させる。

――そういえば私、お嬢様だった。野菜の箱で出荷されそうになってる場合じゃなかった。今日は手持ちの気品を全て出し切って、しっかりハヤトを引き立てないといけない。

気持ちを引き締めて、深紅の絨毯の上をゆっくりと歩いた。

謁見の間は、人がいっぱいだった。他公爵家の当主夫妻はもちろん、侯爵家、伯爵家以下も派閥を問わず集まっている。平民への叙爵にここまで人が集まるなど、通常あり得ない。それだけ彼が注目の人物という事だ。

孤児院出身ながら貴族にと望まれ、つれなく断り続けていたのが、うちのお父様に捕まって一代貴族を通り越しいきなり子爵位に就いたところとか。次期王妃からの婚約破棄で社交界からしばらく消えていた私の、新しい婚約者なところとか。妹が次期ステュアート公爵夫人になるところとか。

世界でただ一人、単独でSランクの称号を手にしたところとか。めっちゃかっこいいところとか。少し考えただけでも盛りだくさんだ。

これに加えて、私は儀式の最中に彼の髪が銀に変色するんじゃないかと予想している。王宮は教会と同じくらい神聖な魔力に満ちた特別な場所なのだ。変色を初めて見た人はびっくりすると思う。私もびっくりした。改めて、大変な運命の星の下に生まれてきた人だと思う。幸いな事に彼は注目され慣れているので、この王侯貴族に取り囲まれた状況でも平然としているけれど。

――二人で過ごしている間は意識していなかったけど、私達の結びつきは貴族社会から見ると案外大きな出来事だったのかも知れない。

品定めをするような視線を四方から浴びながら、そんな事を考えていた。

お父様達は横に控え、私とハヤトで玉座の前で跪く。目の前には、ルイス・フォルトゥナ陛下――私にとっては気のいいおじ様が今日は威厳をたっぷりみなぎらせて座っている。宰相による前口上の後、ハヤト一人が前に出て跪き、勅許状（ちょっきょじょう）の読み上げが行われた。そして、玉座から降りてきた陛下に魔法銀の儀式剣が渡され、ハヤトの両肩に当てられる。

これをもってハヤトは正式にリディル子爵家の当主となった。同時に、予想していた通り、彼の薄茶の髪が銀色に変色していく。周囲からはどよめきが起こり、間近で変化を目の当たりにした陛下は嬉しそうな顔で笑った。

「話には聞いていたが面白いね。ここが神聖な場所だと改めて知れて良かった」

勅許状に加え、新しく創作されたリディル子爵家の紋章（お父様が出した図案）がついた懐中時計と指輪――シグネットリングが下賜（かし）され、謁見の間を下がる。この後は庭園に移り、お茶会になる予定。

廊下で紋章を見せてもらうと、下辺に五つのアマリリスが置かれ、その花の上に黒い盾と交差する二本の剣、それを左右から囲む二体のエンシェントドラゴン、子爵位を示す冠（かんむり）の上に白い梟（ふくろう）がいるという、ほぼほぼうちと同じものだった。うちは金と赤がメインの色だけど、リディル家は銀と黒になる。要するに、ただの色違いだ。一目でステュアートとの繋がりが見て取れる。

「うちとほとんど一緒ですね」

「そうだけど、よく見て。ほら、ここ」

ハヤトが指差すところをよく見ると、盾の中にしっかりカメレオンがいるのを見付けて、少し笑ってしまった。

庭園に出るとすぐに他家の公爵夫妻がやって来て、声をかけてくれた。夫妻とは当たり障りない挨拶をしてすぐに離れたけど、それを皮切りに、代わる代わるひっきりなしに貴族達が挨拶に訪れる。本当に、普通の叙爵ではあり得ない光景だ。

中には平民という言葉を使って悪意を含ませてくる人もいるにはいたんだけど、青みのある銀髪に変わったハヤトがその深い群青色の瞳でニコッと微笑んで返すと、急にどぎまぎし出して、

「つ、つまり、困ったことがあったら相談してくれって言いたかったんだよ。明日から学院なんだろう？　頑張れよ」

と見事なツンデレを見せてくれた。美形の微笑み、恐るべし。

だけど彼はただ顔がいいだけじゃないのだ。顔が整っている人というのはそれなりにいるものだけど、彼は妙な異質感があるというか。引力のある人、と言うとしっくり来るかもしれない。前世で、町中で偶然美形俳優を見掛けた人が「人間の群れの中にアザラシがいると思ったくらい周りと違う」と言っている人がいたけれど、多分そんな感じなんだと思う。

幸いな事に今日はうち以外の家は当主夫妻のみの参加で、同世代はいないから恋のライバルは現れていない。

明日から学院――ツンデレが言った言葉にどこか不吉なものを感じながら、お茶会の時間を過ごした。


その日の夜、明かりを消して眠ろうという時になってコンコンと窓がノックされた。

――なんだろう？

こんな時間に私の部屋の窓をノックしそうな人など一人しか思い浮かばないけど、念のため剣を持ってカーテンを開けた。案の定ハヤトだったので剣を置いて、窓を開けてバルコニーに出る。ひやりと涼しい夜風が、髪を撫でるように室内へ吹き抜けていった。

「ごめん、こんなとこから」

「いえ、それは良いのですが……どうしたんですか？　なんで窓から？」

「ちょっと外に出てたんだ。戻ってきたら、明かりが消えるのが見えて急いで影を渡ってきた」

「外に？　どちらへ行かれていたのですか？」

「……これ、受け取りに行ってた。どうしても今日中に渡したくて」

そう言って取り出したのは、黒いベルベットの小さな箱。これって。

「……指輪？」

「そう。遅くなってごめんね。どんなやつにするか、なかなか決められなかった」

結局名前で決めちゃったよ、と言いながら箱を開いて見せてくれる。ダイヤモンドが並ぶエタニティーと呼ばれるタイプの指輪が、月の光を反射して柔らかくちかちかと光った。

彼が悩んだ末に選んだのが〝永遠〟だなんて――様々な思いが沸き上がってきて、言葉にならない。

「アリスに似合うのを、と思ってたんだけど、どれも似合うなぁって思ったら選べなくなっちゃってさ。最初は一ヶ月もかけるつもりなかったんだ。……本当だよ？」

一生懸命に遅くなった言い訳をしている。一人になる時間なんてほとんど無かったのを知っているから、遅いなんて思わないし、むしろ婚約指輪は無くてもいいって思ってた。

けど、やっぱり凄く嬉しいよ。

左手を彼に差し出す。するとそっと手を取り、薬指に指輪を嵌めてくれた。……サイズ、ぴったり。

「ありがとう。すごく、嬉しい」

「よかった」

ぎゅーって抱き合った。

「……俺、ちょっとはアリスに相応しくなれたかな？」

「え、なんですかそれ。そんな事を思っていたんですか？」

「そりゃね」

「どうして……。相応しくなれるよう努力しなければならないのは、私のほうですよ」

「どこが？　これ以上にならなくていいんだけど」

なんだか誉(ほ)め合い合戦になりそうな気配を感じて、話を変えようと思った。だって私は、誉めるのはいいけど、誉められるのは苦手なのだ。私の長所など親から与えられたものしかないのは自覚している。

自分の力で手にしたものじゃないのに誉めてもらうと、ありがとう、とも、そんな事ないです、とも言い難い複雑な気持ちになる。社交の場なら難なく「ありがとう」と言えると思うけど、ハヤトの前では言いたくない。

私は結構めんどくさい人なのだ。

「ともかく、こんどお礼の品を贈りますね。何かリクエストはありますか？」

「アリス」

「それはもう貴方のものじゃないですか。そうじゃなくて、記念になるようなものを」

「別にいいよ。何もいらない」

「うーん……。じゃあ私が選びますね。本当は私からも婚約指輪を贈りたいくらいですけど」

「え、じゃあそれがいい」

「いいんですか」

男性が結婚指輪でなく婚約指輪をするのはあまり一般的ではないけれど……本人がいいと言うのならいいかも知れない。

「じゃあ、そうします。……ふふっ、楽しみです。じゃあ、サイズ測らせて下さい」

「うん」

室内から紙を細長く切ったものを持ってきて、彼の左手の薬指に巻いて印をつける。薬指の隣、小指にはちゃんと紋章のシグネットリングがつけられていた。

ちょっと意外。

「これ、ちゃんとつけてるんですね。必要な時しかつけないいんじゃないかと思ってました」

「最初はそうしようと思ったんだけどねー。ジェフリーさんに怒られた。これは身分証明と一緒だから、安易に外しちゃいけないって」

「あら、怒られちゃいましたか」

でもそれでちゃんとつけるようになるなんて、素直な人だ。

「まあね。……そういう事なら、これももう俺の一部なんだから変につけたり外したりするのも良くないなって思って。後押ししてくれた公爵にも失礼だしね」

そうは言うけど、果たしてどんな思いで、それを身に付けてくれているのか。

私は、彼が好き好んで貴族社会に飛び込んできた訳じゃないと知っている。推し量ることしか出来ないけれど、きっと、今までの自分と決別するような気持ちが少なからずあったんじゃないかと思う。

どうすれば彼に報いる事が出来るのだろう。平凡な私が彼に与えられるものなど、あまり無い。

それが口惜しい。

「じゃあ、指輪楽しみにしてるよ。おやすみ。また明日ね」

「はい。おやすみなさい」

月が作る木の影に溶け込むように彼の姿がかき消えていく。完全に見えなくなるまで、繋いだ手の感触は消えなかった。


私達は、星の浮かぶ空間で神力を持って自然発生した意識です。実体はありません。

私の他にも神力を持った意識はいて、皆それぞれがひとつの星を持っております。

神力とは無機物への干渉力と言うと伝わりやすいかも知れません。勿論それだけではありませんが、意識を持たない物であれば自由自在に創造する事が出来ます。その力を使って私達は星が生み出す生命を育み、星と共に生きていく訳ですが、ある程度生命が育ちましたら大抵は見守るのみに徹します。そのほうが、いたずらに神力で介入するより余程面白いのです。

星は神に似ると言いますか、神の性質によっては生命の維持が困難な世界になったりもするようですが、私は優しい世界を選びました。

神力の一部を星に与え（人はそれを魔力と呼ぶようになりました。星のものになった時点で、もう、私の神力とは別物なのですが）水や資源がよく循環する世界であるように。

初めの頃は加減が上手くいかず、生命が増えすぎて星の容量を越えてしまったり、逆に魔力が濃くなりすぎて強いモンスターが山ほど発生してしまったりもしましたが、最終的には自然とバランスのとれたところに収まりました。

今の世界は概(おおむ)ね上手くいっているようです。小さな諍(いさか)いはありますが、全体的には調和の取れた状態で回っております。


少し前に魔法を物質に付与したいという祈りが届きました。

物質への付与。少し迷いました。無機物への干渉は私達の力そのものです。

たまたま今生きているだけの生命が扱うには大変なもののように思うのですが、彼は挑戦したいと言うのです。これまでにもそういった祈りが届くことはありましたが、聞かなかった事にしておりました。


きっと、気まぐれだったのでしょう。私は彼の扱う文字に力を与えました。

しばらくバランスの取れた状態が続いていたので、この辺りで少し変化しても良いような気がしたのです。ただ、急激な変化は困りますので、緩やかに変化していけるよう一つだけ制約を設けました。

〝これを使うのは貴方の血筋のみです〟

その言葉をどう受け止めたのか、彼は文字を一見しただけでは分かりにくいように記号と数式にしてしまい、自分の息子にだけそれを教えるという頓珍漢(とんちんかん)な行動に出ました。

血筋に与えた力は、そんな事などしなくとも他には真似出来ないというのに。

面白かったです。

なので定期的に届く〝約束の言葉〟にはきちんと答えてあげました。

長い間、見守るだけだった彼らと意思を通わせるのが、楽しみになってしまったのです。いつ隠す必要が無いものだと気付くのか、悪戯をする子供のような気持ちで見ておりました。

そんな平和なところに、ある時不穏がやってきたのです。

神力を持って発生したものの、自分の星を持たず、ただ浮遊するだけの意識が。それは星とも呼べないような小さな星屑に入り込み、私の星に迷い込んできました。

神力を持つ者同士は干渉し合わないのが不文律（ふぶんりつ）なので、どうしたものか、と迷っているうちに、それはあろう事かひとつの生命体に入り込んでしまい、私が手出し出来ないようになってしまったのです。

生命体にはほとんど干渉出来ない私達ですが、例外があります、自分が生命体に入り込む事です。

私達を受け入れるだけの器がある体じゃないと壊れてしまうので私はやった事がありませんが、幸か不幸か、それは器を見付けてしまいました。

一度生命体に入り込むとその体が死ぬまで出られないのに、入り込んでしまったのです。

今のところ大人しくしている様子ですが、あれがこの先どうするつもりなのか、注視しているところです。

書き下ろし短編

ハヤトがソロのAランクだった頃の話

これは、ソロのAランク冒険者としてそこそこ名前が売れていると自覚してきた頃の話だ。

王都から乗り合い馬車に乗って一週間、辿り着いた小さな町から山に入って三日ほど経った時の事。

人里離れた山間の森の奥深くってのは、高く売れる食材や珍しいモンスターがよく出て狩りの効率がとても良い。今回も例に洩れず、珍しいキノコや木の実を集めたり、山にしか出ないモンスターを狩ったりして過ごしていた。

幼なじみ達といた頃もこんな場所を狙ってよく遠征を繰り返してきたものだ。

今は一人だけどやる事はほとんど変わらなくて、まずは辺りで一番大きな木に登って森を上から見渡せる範囲で確認。すると、何かありそうな場所っていうのを勘が伝えてくるから、それに従って行き先を決めるんだ。

幼なじみ達は「お前のその〝勘〟ってやつ、当たりすぎて気持ち悪い」とか言ってたけど、多分風や魔力の流れを感じ取ってるだけなんだよ。はっきり目に見える訳じゃないけど、ちょっと意識すれば皆も分かるようになると思う。

狙い通り、やけに強い魔力に満ちた泉を発見し、近くに群生している山葡萄（やまぶどう）や木苺（きいちご）を採って影の中に入れた。こういうところに生えている食べ物って、魔力回復薬の材料になるから高く売れるんだ。

『おい、その葡萄はダメだ。あんまり色が良くない』

幼なじみのジョージはこんなこだわりを必ず出してきて、ちょっとめんどくさい奴だった。

『あ、あそこにトゲマロンがいる。狩っておくか？』

テッドはとにかくモンスターの気配を見逃さない奴だった。いが栗みたいな小さいモンスターにも真っ先に気付く目ざとい奴。あの嗅覚には特に最初の頃は本当に助けられた。

『兄ちゃん、これ本当に全部入るの？』

ラヴは案外ケチなところがあって、持ち帰れそうなものは全部持って帰りたい奴。俺が影を扱えるようになるまで、結構振り回された。

影の中に異次元を作り出せるようになって以来、荷物の量を気にしなくて良くなって凄く楽になった。しかも中はどうやら時間の経ち方が違うようで、どんなに放置しても食べ物が腐ったりしない。我ながら使い勝手の良い魔法を開発したと思う。昼だろうと夜だろうと、影が無いところなんて無いもんな。

ひょいひょい収穫してどんどん影に入れていく。でも、全部採っちゃうと山の動物が困ると思って半分くらいで止めた。

ついでに、泉で水浴びをする事にする。

水と火の魔法でいくらでもお湯が使えるから体は汚れてないけど、こういう魔力スポットを見付けたら危険が無い限りは浸っておけというのは冒険者の常識だ。ほんの僅かだけど、魔力の最大値が増えるって話。

いつの間にか水色に変色していた頭を冷たい水の中に沈め、水中からきらきらと光る水面を見上げる。綺麗だけど、あまりゆっくりしていたら強いモンスターに遭遇しかねない。早々に上がって、すぐに火と風を混ぜた魔法で全身を乾かした。

——それからしばらく警戒して待っていたのに、強い奴は一向に出てこない。そういえば、この泉の周辺に近付いてから一度もモンスターに遭遇していない気がする。

　これは、何かあるな。

　もう少し待つ事にして、その場に腰を下ろした。やがて夜が更けてきたから、適当に落ち葉や枯れ枝を集め火を熾す。

　焚き火の前に腰を下ろして、赤く揺らめく炎を眺めながらぱちぱちと薪の爆ぜる音を聞いた。

　無意識のうちに緊張が弛み、ふと幼なじみ達と過ごした日々を想う。一人きりで焚き火を眺めていると、必ずこんな気分になってしまう。

　寂しい。

　話し相手がいない夜は長く感じるんだってのは、一人になってから初めて知った事だ。


　空気が震えた感覚に襲われたのはその時だった。

　周囲の気温が一気に下がり、氷のような冷気に包まれる。強いモンスターの気配だ。弾かれるように立ち上がり身構える。肌がぴりぴりするように痛い。よく当たると評判の〝勘〟が危険を知らせてくる。

　――怖い。

　こんな感覚、初めてだ。今まで出会ったモンスターの中で一番強い。桁違いだ。少し震えるけど同時に高揚もしていた。

　何かに月光が遮られるのと同時に飛び退く。上空から降り注ぐ膨大なエネルギーで今までいた場所が消滅、陥没した。木々が消し飛び、開けた上空を見上げる。

月を覆い隠す巨大な体躯。長い尾を靡かせ、翼をはためかせているモンスターが姿を見せた。あれは――ドラゴンだ！

血液が一気に沸騰したような興奮がやってきた。ドラゴンには初めて遭遇する。俺はすぐさま体を結界で覆い、ほぼ同時に雷撃の魔法を放った。数秒間、昼間のように明るくなり奴の全貌が見える。青白い竜だ。氷の属性。

雷撃を受けたあいつは空気を切り裂くような叫び声を上げ、俺に向かって上空から突進してきた。横に跳んでかわし木の幹に着地すると、奴から発生した轟音と衝撃波が後からやってくる。この圧力、半端じゃない。あいつ、音より速いんじゃないか？

自らに身体強化をかけつつ自分の影の中から剣を取り出し、二階建ての家ほどもある大きさの青白いドラゴンの背に向かって跳び、斬り掛かる。

あいつを倒したらSランクだ。途方もない夢だと思っていたけど、いざこうして目の前にしてみると案外いける気がしてくる。対峙して初めて分かる相手の力量。とても強い。だけどきっと俺、あいつにそう負けてない。

全速力で奴の背中に迫り翼を狙って薙ぎ払った。硬い。でも何とか片方の翼は落とせた。飛行能力は多少落ちたはずだ。

奴は怒りを漲らせた目をこちらに向け、鋭い爪で斬りかかってくる。避けたけど風圧で頬から胸に傷が走った。一撃で結界を割られたのは初めてだ。

凄い。

でも耐えられる程度。やっぱりそうだ。俺、多分こいつ倒せる。氷を相手にするならこっちは炎。剣に結界と炎魔法を纏わせ、奴の二撃目の爪を受け止めた。魔力が相殺し合って爪の威力が多少落ちる。

——このまま、溶かしてやる。

炎にどんどん魔力を注ぎ込むと、赤から黄に炎色が変わり、やがて白になる。超高温の炎。ここにきて初めてドラゴンに怯む様子が見えた。

奴は俺から飛び退き、距離を取る。やはり少し飛びにくいようで、スピードが落ちている。最初に翼を落として正解だった。

だけど白い炎で消滅しないモンスターなんてあいつが初めて。さすがドラゴン、この世で一番強いモンスターと言われるだけある。

奴の口元に膨大な魔力が集まり出した。空気が歪んで光が吸い込まれていく。ブレスが来る。嘘か本当か、氷のドラゴンが放つブレスは絶対零度に近いって噂を聞いた事がある。そんなの食らったらおしまいだ。だけど勘は〝このまま突っ込め〟と伝えてくる。

俺は体を包む結界に炎を混ぜた。熱い。地面を蹴り、正面からドラゴンに突っ込む。奴の口からブレスが放たれ、俺に直撃した。あまりの冷たさに体の前面に氷が張る。

負けじと体を巡る炎属性を強化した。剣に纏わせた白い炎が青くなる。俺が出来る中で一番高い温度の炎の色。結界越しにも拘わらず剣はドロリと溶けて蒸発し、剣の形はそのままに青い炎だけが残った。

ブレスを突破してドラゴンの懐に飛び込み、口の中に炎を突き刺す。

声も上げずにドラゴンの頭が蒸発した。激しい温度差のせいか、俺達のいるところを中心に竜巻が発生し森を蹂躙（じゅうりん）していく。

ブレスが止み、代わりに爪の攻撃が降ってきた。跳んでかわし、距離を取る。

頭を消し飛ばしただけじゃ仕留めきれなかったけど、こうなればもうこっちの勝ちだ。動きは遅くなったし、もうブレスだって吐いてこない。

奴が手当たり次第に爪や尻尾を振り回し森を破壊していくのを避けながら、影から予備の剣を引き出し、少しずつ奴の体を削っていった。魔石の在処さえ分かれば倒しやすくなるんだけど、どうも魔石ってやつはモンスターの体内を移動する性質があるらしく、当てるまでどこにあるか分からない。

運が良ければ一発で当たるし、悪ければ全部削るまで当たらない。どうやら今日は運が悪い方だったようで、尻尾を落とし腕を落とし、脚を斬り落としてもまだ仕留めきれなかった。やがて胴体だけになったドラゴンの身体を手当たり次第に切り刻むと、体内からようやく青白く光る魔石が顔を覗かせた。

ためらいなく、打ち砕いた。

霧のように消えていく氷のドラゴン。同時に、俺の集中力も解けていく。


——やっ、た……！

ドラゴンを、倒した！

信じられないような気持ちで、胸の中に喜びが沸き上がってくる。この感覚を無性に誰かと共有したくて周囲を見回した。だけど当然誰かがいるはずもない。戦闘で更地と化した向こうには、荒れ果てた暗い森だけが一面に広がっていた。

ドラゴンが消滅した辺りにきらきらと光が降りてくる。どうやらドロップ品があるらしい。見ていると、たった今倒したばかりの氷のドラゴンが完全な姿のまま横たわった。生きてはいないようで、瞳は閉じられぴくりとも動かない。

これがドロップ品か。思わず笑ってしまった。こんな大きなドラゴンの死体なんて、どうやって持って帰れって言うんだ。持って帰るけどさ。

巨大な体躯をまるごと影の中に落とし、山を降りた。


往路と同じくらいの時間を掛けて王都に帰り、ギルドに向かう。扉を開けるとピートさんがいつもの調子で片手を挙げて出迎えてくれた。

「おう、ハヤト。戻ったのか。今回はどうだった？」

「んーとね、凄いの狩ったよ」

「ほお。Aランクのお前が凄いのって言うからにはそりゃ凄いんだろうな。で、何狩ったんだ？ドラゴンか？」

わはは、と軽い口調で笑いながら言うピートさんに首から外したプラチナのタグを手渡す。

「よく分かったね。そう、たまたま遭遇したから狩ってきた」

ぴたり、とピートさんの動きが止まる。

「は……？　何を狩ってきたって？」

「だから、ドラゴン。倒してきた」

「はっ!?　いやいや、お前、アレはどんな凄腕でも一人で倒せるようなやつじゃないんだぞ。凄腕ばかりが何人も集まってようやく相手が出来るようになるやつだ。いくらお前でもこればっかりはソロじゃ……」

話しながらタグを魔道具に載せる。浮かび上がる記録の文字に、ピートさんは目を剥いて固まった。

「氷の……ドラゴン……」

「ね、本当でしょ？　俺、今日からSランク？」

「お前これ……本当に一人でやったのか？」

「そうだよ。パーティー組むのは……まだしばらくはいいかなって」

「そうか」

そう言うと、急に真面目くさった顔になった。この人のそういう顔をあんまり見た事がないからちょっと調子が狂う。

「お前のことはNランクの頃から見てきたが、確かに最初から普通じゃなかったもんな。いつかこうなるとは思っていたが、まさかこんなに早く……しかも単独でやり遂げるとは。……ドラゴンの討伐、確かに確認した。今日からお前はSランクだ。おめでとう」

「ありがと」

笑みを浮かべると、ぐりぐりと頭を撫でくり回された。いつから聞いていたのか、受付の女の子達や顔見知りの冒険者達が拍手で祝福してくれる。

「おめでとう！　ハヤトくん」

「お前スゲーじゃん！　単独でSランクになった奴なんて世界でもお前だけじゃないか⁉」

「そうだよな。しかもこないだ十五になったばっかりだろ？　冒険者になってたった二年で……恐ろしい奴だなお前って奴は」

「俺、なんだか凄い瞬間に立ち会った気がするぜ」

口々に囃し立てられて、照れ臭さからはにかんだ。そんな中、ピートさんがカウンターの向こうから身を乗り出してくる。

「そんでさ、何かドロップしなかったのか？」

「したよ」

「売らないのか？　凄い金になるぞ」

「うーん……。今はまだやめておこうかな。何となくだけど。そのうち金に困ったら売るよ」

「そうか。ドロップ品をどうするかは勝ち取った奴の自由ではあるが……。ちなみに、何だった？　ドラゴンのドロップといえば……鱗(うろこ)か牙か？　それとも爪？　いや、まさかの眼球？」

「見る？」

「見たい。すごーく見たい」

「いいよ。じゃあ外行こ。ついてきて」

「外？」

怪訝な顔をするピートさんと、それに居合わせた皆も俺に付いて出てくる。あんなデカイの、外じゃないと出せないからな。

外に出て、手頃な大きさの日陰を見つけて中からドラゴンの死体を取り出した。

「きゃーっ!!」

「で、で、出たーっ！」

町中にモンスターが出たと思われて通行人が腰を抜かした。大丈夫だよ、と声を掛けてドラゴンの青白い体にぺたぺたと触って見せる。——ああ、そういえば俺もこんなにじっくり見るのは初めてだな。夜だったし、戦ってたから細かいところまで見てなかった。

氷のようにひんやりとした白い体は透明な鱗で覆われていて、これが光の角度によって青く見えたりするようだ。なかなか綺麗なものだと思う。

「ね、凄いでしょ。こんなのがドロップされたんだよ。ピートさん。……ピートさん？　どうしたの」

振り返ると、ピートさん含む全員が真っ青な顔でドン引きしていた。

「お、おおお前……それ……大丈夫なのか？」

「大丈夫だって。生きてない。ほら」

目元に手をやって瞼を持ち上げ、眼球を見せる。青くて綺麗な眼球だ。ここまでしても一切の反応をしない眼球に安心したのか、遠巻きにしていた人達が少しずつ近寄ってくる。

「さ、触っても大丈夫か？」

「大丈夫だよ」

「……っ、おぉ……！　冷たい！　凄い！」

「俺も触りたい！　ハヤト、いいか？」

頷くと、通りすがりの親子連れも近寄ってきた。

「ママー、ぼくも触ってみたい」

「あのお兄ちゃんに頼んでみなさい」

「うん！　お兄ちゃん、いい？」

「いいよ」

肩車をしてやると、その子はキャッキャッと笑いながらドラゴンに手を伸ばした。

大人も子供みたいに目をきらきらさせて、ドラゴンに触れている。

「それにしても、ドロップがドラゴンの体丸ごとなんて珍しいな。普通は鱗とか牙とかなのに。これを売ったらいくらの値が付くのか想像もつかん……。下手したら国宝レベルの代物だ。ハヤト、これを売る時は絶対俺んとこに来てくれよ。他のギルドで売ったら怒るからな」

ドラゴンに抱き付きながら真剣な顔で言ってくるピートさんの、その言動のギャップに笑いながら頷いた。

「わかったよ」

「やった……！　あ、そうだ。タグの件なんだが、ランク昇格に伴ってプラチナじゃなくなるんだよな。今ギルドに魔法銀のプレートがないんで、何日か待ってくれないか？　Sランクになる奴なんて数年に一回出るか出ないかってとこだから、在庫を置いてないんだよ」

「そうなんだ。わかった」

するると、横から見知らぬ女の子が震えながら話し掛けてきた。

「あのっ……！　ハヤトくん！　その、Aランクのタグ、記録の移行作業と使用不可の処理が終わったら、私に売ってくれませんか？」

「……いいけど」

使用不可の処理とは、刻み込まれた文字を削り取る事を指す。そうすると魔道具から情報を読み取る事が出来なくなるのだ。プラチナだからそれなりに高価なものだし、アクセサリーとして欲しがる女の子がいてもおかしくはない。

俺の名前は削り取るんだし、別にあげてもいいかな。

「良かったらあげ……」

「ちょっとアンタ！　なに抜け駆けしてんのよ！　そういう接触はちゃんとルールに則ってやってもらわないと困るの！」

「そうよ！　何のためにわざわざ組織にしてると思ってんのよ！　こういう時に揉め事を起こさないためでしょう？」

何か始まった。女の子の揉め事には関わらないのが吉だ。こういう時、男がしゃしゃり出ると余計にこじれると学んだ事がある。こっそりその場から離れ、遠くからドラゴンと皆の様子を見守った。

あとがき

このたびは「元悪役令嬢とS級冒険者のほのぼの街暮らし〜不遇なキャラに転生してたけど、理想の美女になれたからプラマイゼロだよね〜」をお読み下さり、ありがとうございました。

ＷＥＢ小説界隈で大流行している悪役令嬢ものですが、私自身もこの設定が本当に大好きで、最初に出会った一作にハマってから数か月に渡ってたくさんの悪役令嬢ものを拝読しました。その中で感じたのは、嫌われても振られても何とか立ち直り、新しい恋に救われる姿だったり、周囲の人達と良い関係を築こうとする姿だったり、はたまた才覚を発揮して領地を発展させる姿だったりと見せてくれる姿は様々ですが、どの作品の悪役令嬢達もとにかく輝いているなという事でした。そんな強い彼女達が私はとても好きです。

人生万事塞翁が馬という故事の通り、一見悪いように思える出来事も、思いもかけないところで幸運に繋がっていて（逆もまた然りではありますけれども）一方的に婚約を破棄されるという最悪とも言える理不尽を経験したお嬢様が、それを切掛けに自ら幸せを掴んでいく姿には何度も励まされました。

そうやって読み漁るうちにふと「私も書いてみたいな」と思い立って勢いで書き始めたのが拙作でした。書き始めるに当たって一番大事な「何を主軸に置くか」という事を決める際には、不思議と迷いがありませんでした。それは「とにかく一途な愛を書きたい。お互いに気持ちを伝えあう事にためらいのないバカップルを書くんだ」という、ただその一点でした。それは既に達成してはいるのですが、この後もバカップルのままお話が続きます。むしろハヤトを巻き込んで加速度的にバカさが増していきます。人は幸せだとマヌケになるらしいので、この二人もそうなのだと思います。

　恋愛ものにおいて主人公カップルがくっついた後というのはどうしても蛇足（だそく）になりがちではありますが、主人公アリスには命を懸けても構わないというほどの愛を見せてもらいたいので、そこに辿り着くまでは続けて行こうと思っております。同時に、主人公の暑苦しいほどの愛を一身に受けるに相応しいヒーロー像というものもハヤトには見せてもらいたいと思っております。

　ハヤトが変色する設定については、どんなヒーローにしようかなと考えていた時に、乙女ゲームで王子や高位貴族を攻略し終えた後の隠しキャラという事で、残るは平民かな、だけどただの平民じゃご褒美感ないな、じゃあとにかくハイスペックで思いつく設定全部入れて行こう。という、どこか投げやりさすら感じるやり取りがきっと乙女ゲーム開発陣から出ていたんじゃないのかな。などと考えていたところに、いつも行っているコンビニで様々なカラーのイケメン達がずらりと並ぶ絵を見かけて「これ全部ください」みたいな気持ちになったところから決めた設定でした。生きているとは言い難い設定ではありますが、書いている側としては楽しいです。変色するのが赤い髪や青い髪で無く水色やピンクというのは、表の攻略対象達との被りを避けた結果そうなったという何ともメタな理由でした。

さて、WEB発のファンタジーものには必ず出てくる〝魔道具〟ですけれども、拙作においては『文字による魔法付与』で『主人公の家の人のみが使える技』という設定にいたしました。というのも、映画「フィッシュストーリー」に出てくる天才数学少女が壁一面に数式を書く画が非常に素敵で印象に残っていて、魔法のある世界観で主人公の少女にそんな画をつけてみたいなと思ったのが最初の切掛けでした。残念ながらアリスにはそこまでの頭脳は搭載させられませんでしたが、記号と数式で魔法付与という事は結構無制限なんじゃ……それってすごく危ないんじゃ……という思いから主人公の家のみの能力という設定に繋がり、世界に名だたるステュアート家という具合に発展していきました。完全に独占市場なのでほぼ発達しない状態だった魔道具ですけれども、いずれ武器や防具を解禁せざるを得ない流れに持って行きたいと思っております。

ここからハッピーエンド目指して一直線で参りますので、どうか今後ともお付き合い下さればば幸いでございます。この度は拙作を手に取って下さり、本当にありがとうございました。

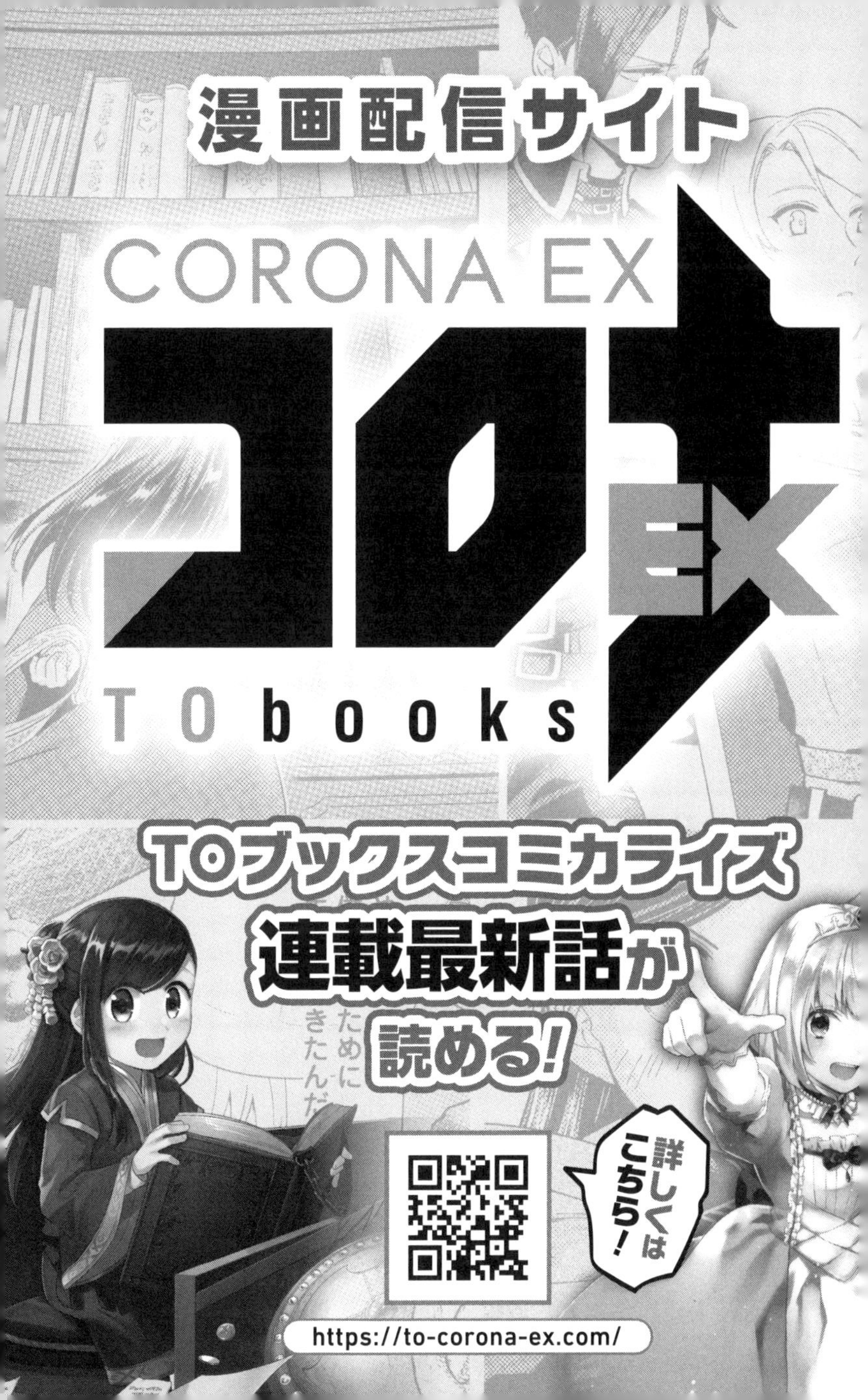

漫画配信サイト
CORONA EX
コロナEX
TObooks
TOブックスコミカライズ
連載最新話が
読める!
詳しくはこちら!
https://to-corona-ex.com/

元悪役令嬢とＳ級冒険者のほのぼの街暮らし
～不遇なキャラに転生してたけど、
理想の美女になれたからプラマイゼロだよね～

2021年6月1日　第1刷発行
2024年3月1日　第2刷発行

著　者　**ひだまり**

編集協力　**株式会社MARCOT**

発行者　**本田武市**

発行所　**TOブックス**
〒150-0002
東京都渋谷区渋谷三丁目1番1号　ＰＭＯ渋谷Ⅱ　11階
TEL 0120-933-772（営業フリーダイヤル）
FAX 050-3156-0508

印刷・製本　中央精版印刷株式会社

ISBN978-4-86699-215-0